다시 만나는 옛이야기 ❸

복은 빌릴 수도 있지

다시 만나는 옛이야기 ❸
복은 빌릴 수도 있지

초판 1쇄 펴낸 날 / 2018년 6월 8일

지은이 • 구광본 | 펴낸이 • 임형욱 | 디자인 • 예민 | 영업 • 이다윗 |
펴낸곳 • 열림과울림(행복한책읽기) | 주소 • 서울시 종로구 명륜4길 5-2, 403호
전화 • 02-2277-9216,7 | 팩스 • 02-2277-8283 | E-mail • happysf@naver.com
인쇄 제본 • 동양인쇄주식회사 | 배본처 • 뱅크북(031-977-5953)
등록 • 2001년 2월 5일 제300-2014-27호 | ISBN 979-11-88502-08-0 03810   값 • 14,000원

＊열림과울림은 행복한책읽기의 임프린트입니다.

복은 빌릴 수도 있지

구광본 소설

열림과울림

다시 만나는 옛이야기

다 지나간 시대의 이야기를 단지 다시 한다면 그것은 때늦은 이야기입니다. 그런데 그 이야기에 누구도 생각지 못한 새로움을 담아내었다면 그것은 한참이나 앞서가는 놀라운 이야기일 수 있습니다.

옛이야기는 원래 마주하거나 둘러앉은 상태에서 구연하던 것이지요. 눈 오는 밤 등잔불 밝힌 방이나 더운 여름날 큰 정자나무 그늘에 둘러앉아 흥겨워하는 사람들의 모습이 떠오르시는지요. 옛이야기가 살아 있던 시대는 바로 그러했습니다. 그런데 진작부터 혼자 고독하게 책을 읽는 세상으로 바뀌었지요. 소설은 고독한 존재인 작가가 또 다른 고독한 존재인 미지의 독자를 향하여 자판을 두드려 보내는 모스 부호 같은 것이 아니겠습니까.

구술시대에는 말이 중심이었습니다. 문자시대에는 글이 중심이었고요. 메신저의 말풍선이 상징하는 오늘날은 어떤 시대인가요? 이미 시작되었고 앞으로 더 분명해질 새로운 구술시대, 마셜 맥루한이나 월터 J. 옹이 말하는 2차 구술시대에는 어떻게 될까요? 말과 글이 함께 어우러질까요? 옛이야기를 되살리는 작업은 그동안 주로 전래동화라는 이름으로 이루어졌습니다. 옛이야기는 원래 아이들만을 위한 것이 아니었는데도 말입니다. '다시 만나는 옛이야기'는 우리 옛이야기를 둘러앉아 말로 하던 원래 모습과 그 정신을 살려 복원합니다. 뿐만 아니라 전통시대의 단순 소박한 옛이야기를 사건 전개의 개연성과 구체성을 강화하며 현대적으로 계승합니다. 옛이야기를 소설화하는 이 같은 작업의 저변에는 전통시대 이야기의 힘과 공동체의 정신을 오늘에 맞게 되살리고자 하는 의도가 놓여 있다고 해야 할 것입니다.

발터 벤야민은 소설이 발흥하여 융성하는 사이 옛이야기와 그 판이 쇠퇴한 상황을 문화사의 거대한 흐름으로 살펴본 바 있지요. 입말투(구어체)로 구연할 수 있는 형식을 창출하며, 때로는 옛이야기가 구연되는 상황과 옛이야기가 실제 삶 가운데 살아 있던 당시의 세상을 함께 재현하는 이 작업은 그렇다면 무슨 의미를 가질까요? 읽을 수 있는 텍스트이자 들을 수 있는 텍스트이기도 한, 즉 일종의 구연 대본을 지향하는 듯한 이 작업의 의미는 무엇일까요? 그것은 문자문화의 등장과 함께 쇠퇴한 구술문화를 되살리면서, 오래된 이야기와 그 이야기판의 놀라운 힘을 동시에 되찾아오는 일입니다. 진작부터 논의된 우리 시대 서사의 위기가 이로써 하나의 돌파구를 찾는다면 더없이 좋겠습니다.

태곳적 세상의 모습을 그린 신화적 옛이야기의 1권부터, 무시무시하거나 기이한, 유쾌하거나 통쾌한 이야기들을 모은 2권, 민중의 좌절하지 않는 낙관적 삶과 기상천외의 발상을 담은 3권, 지하 세상 괴물 퇴치 모험담인 4권(경장편), 그리고 아기장수의 비극과 민중의 염원을 새긴 5권(경장편)까지.

'다시 만나는 옛이야기'는 모든 세대에게 충분히 의미 깊고 흥미로우리라 기대합니다. 무명의 이야기꾼들이 오랜 세월에 걸쳐 찾아 담아낸 삶의 깊은 지혜와도 가슴 벅차게 만날 수 있으리라 기대합니다.

차 례

벙어리 이야기꾼

나는 벙어리입니다. 아니, 벙어리였습니다.

벙어리라면 이렇게 이야기를 할 수 없는 일이지요. 이제 제가 해보려는 이야기는 벙어리가 입이 열린 일에 관한 이야기라고 할 수 있겠습니다. 벙어리였던 제가 입이 열려 이야기를 할 수 있게 되었더라 이 말씀입니다.

벙어리가 입이 열려 이야기를 하겠다니! 무슨 거짓부렁이냐! 뭐 이런 소리가 벌써 들려오는 듯합니다. 아시는 분은 아실 테지만, 저는 분명히 벙어리였습니다. 우리 도련님, 우리 서방님이 초례를 치르러 사흘 전 이 마을로 왔을 때 저는 벙어리였습니다. 벙어리를 우리 마을에서는 뻘찌라고 합지요. 이 마을에서는 버버리라고 하더군요. 사흘 전 새벽같이 청석골을 나서 이곳 안평골에 당도한 것은 해가 중천에서 기운 지도 이슥한 때였습니다.

그때 제가 벙어리라는 사실은 다 알려져버렸습니다. 우리 서방님과 함께 신부 집이 어딘지 알아보는 잠깐 사이에 말입니다. 뭐 굳이 숨길 생각은 없었습니다. 하지만, 그래도 돌아서면서 바로 버버리네 어쩌네 하며 쑤군대는 소리는 썩 듣기 좋지는 않더군요.

쑤군댔던 사람이 이 자리에도 분명히 와 있을 터. 물어들 보세요. 제 말이 거짓인지 아닌지. 여전히 무슨 흰소리냐는 분들 계신 듯해 해두는 소리입니다. 어쨌든 저는 그때까지도 벙어리였습니다.

벙어리였던 놈이 어찌해 말문이 열렸느냐 하면, 그건 신부 집한 상 잘 차려놓은 맛난 음식 때문이냐, 아니면 용궁 같은 데서 구해온 무슨 신기한 약 때문이냐 하면, 그건 아니고, 아니고요. 하하.

이제 제 이야기가 어찌 되려나 하고, 좀은 궁금해들 하는 표정이십니다. 그럼 본격적으로 이야기해봅지요.

*

우리 서방님 훤한 용모는 다들 보셨을 테죠.

청석골 우리 서방님 까마득하게 멀다고는 할 수 없지만 그렇다고 아주 가깝다고도 할 수 없는 안평골까지 몇 고개나 넘어와 정초시네 따님과 혼례를 치른 게 바로 어제 아닙니까.

신부 일가친지는 물론 마을 분들 몰려와 축하해주시고, 홍도 돋우어주시고, 또 덤으로 짓궂은 장난도 치시고 하셨는데, 잔치 음식도 맛보셨지요? 네, 잔치인데 음식이 빠질 수 없지요. 흥겨운 잔치였습니다.

그런데 제일 기분 좋았어야 할 우리 서방님 얼굴이 붉으락푸르락 바뀌는 일이 있었답니다. 본 사람도 있을 겁니다. 행례청에서 신부가 먼저 두 번 절한 뒤, 신랑이 절을 하는 순서 있잖습니까. 우리 서방님 절하려고 무릎을 꿇으려 할 때, 제가 밀쳐버렸지 않겠습니까.

황당한 일이었겠지요. 서방님 막 절을 하려는 것을, 제가 비칠거려 넘어지듯 다가가서는 밀쳐 방석에 못 앉게 했지요. 그러곤 아래쪽에 깔린 방석을 재빨리 치워버렸습니다.

이 무슨 망신이냐는 표정으로 쳐다보셨죠, 우리 도련님. 우리 서방님. 이까지 악무시더군요. 초행에 굳이 따라나선 벙어리 머슴 놈 단단히 손봐야겠다 싶었을 겁니다. 나로선 긴박한 순간이어서 달리 어쩔 수 없었답니다. 그때 제 말문이 열렸을지라도 말로 어찌할 수도 없었을 겁니다. 서방님을 밀치고 제가 치운 건 바늘 삐죽삐죽 나온 방석이었습니다. 신부 집에서 바늘방석으로 우리 서방님 죽이려고 했다는 소리 하려는 것 아닙니다.

그러니 그렇게 기가 찬 표정으로 노려보지는 마십시오. 어찌
된 사연인지 이제 차차 다 이야기할 테니 말입죠.

*

이야기 듣기 무척 좋아하는 아이가 하나 살았습니다.

이 아이가 누구인가 하면 바로 우리 서방님입니다. 그러니까
안평골로 와서 혼례를 치른 우리 서방님이 이야기를 엄청나게
좋아했더라는 것입니다.

이야기야 다들 좋아하지만 아이 적 우리 서방님은 대단했나봅
니다. 네, 자나 깨나 이야기 듣는 게 일이었다, 뭐 그렇게 말해도
좋겠네요. 그래도 좋겠습니다.

이야기판이야 곳곳에서 벌어지지요. 화롯불가가 이야기판일
수도 있고, 호롱불 밝힌 방이 이야기판일 수도 있지요. 그리고
돈푼으로 꾼을 청할 수 있는 대갓집의 마당이 이야기판일 수도
있는 일이지요.

여하튼 이야기 좋아하는 사람이야 기회 닿는 대로 이야기판
한쪽 구석에 자리를 잡고 앉게 마련입지요. 여기 모여 앉은 여러
분도 다르지 않겠군요. 그런데 우리 서방님 듣기는 엄청나게 좋

아했는데, 들은 이야기를 남한테 해주는 법은 좀체 없더라는 겁니다.

듣기만 하고 누구에게 해주지는 않더라, 이 소리입니다. 무슨 이야기든 듣고 나면 자연스레 누구에게 해주고 싶은 법인데 말입니다. 처음부터 그랬을까요? 그렇진 않겠지요. 서방님은 나를 약 올리느라 그러기 시작했던 것이 아닌가 합니다. 제 짐작에는 그렇습니다.

이야기는 아이 적 저도 무척 좋아했지요. 저는 어릴 적부터 서방님 댁 머슴이었습니다. 꼴머슴이었습니다. 태어나면서부터 벙어리는 아니었다고 합니다. 아버지 어머니가 무슨 일인가를 당하시고 제가 혼자가 되던 다섯 살 무렵 말문이 닫히기 시작했나 봅니다. 타고난 벙어리가 아니고 너무 큰 충격을 받고 차차 말문이 닫히게 된 그런 벙어리라고 합니다. 네네, 맞습니다. 듣지도 못 하는 벙어리도 있습니다만, 저는 듣기는 하는 벙어리였습니다.

그런데 제가 저 자신에 대해 기억하는 건 청석골 서방님 댁 꼴머슴이자 벙어리라는 사실뿐입니다. 첫 기억이 꼴머슴이자 벙어리이니 아버지 어머니에 대해 아는 바가 없지요. 어둠 속 그림자 같은 몇 장면이 있긴 합니다. 그러나 그걸 가지고 뭘 안다고는 알 수 없지요. 들은 소리로 그냥 무슨 일이 있었으려니 짐작만 할 뿐입니다.

다들 많이들 놀렸지요. 말 못 하는 아이 흉내 내며 놀렸지요.

두어 살 나이가 적은 저를 서방님은 어떻게 놀렸느냐 하면, 처음엔 어디서 어떤 이야기를 들었다며 시작해 잔뜩 궁금하게만 해놓고선 말도 못 하는 놈이 이야기는 들어서 뭐하겠느냐며 입을 싹 닫아버리는 식으로 놀렸지요. 별나게 재미난 이야기를 듣고 온 날은 요란했습니다. 하루는 주머니에다 대고 중얼중얼해요. 그리고선 주둥이를 끈으로 묶더군요. 재미난 이야기를 자기만 알고 있겠다는 것이지요. 매번 그랬던 건 아닙니다만 그런 적이 있습니다. 어릴 적에 얼마나 오래 그랬는지는 기억나지 않습니다만, 어제 일처럼 머리에 떠오릅니다.

우리 서방님이 서당 학동으로 글 좀 쓴다는 소리를 들었어요. 그런 소리를 듣게 됐을 무렵엔 들은 이야기를 종이에 써놓더군요. 그걸 틈틈이 펼쳐 보며 혼자 빙긋 웃곤 해요. 벙어리라 이야기는 못 해도 이야기 듣는 건 누구 못잖게 좋아하던 제가 졸라도 소용없었지요. 그때가 아마 제일 심했을 때일 겁니다. 애가 단 제가 아무리 졸라도 소용없었지요. 네놈은 봐도 모른다며 종잇장을 똘똘 말더니 어느 날인가에는 또 그걸 주머니에 넣어버리더군요. 언제는 주머니에 대고 이야기를 중얼중얼해놓고선 주둥이를 끈으로 묶더니, 이제 이야기를 쓴 종잇장을 넣고 주둥이를 단단히 묶어버린 겁니다.

벙어리라고 놀림을 받아서일까요. 저는 동네 아이들과 꽤 오래 잘 어울리지 못했습니다. 다른 머슴들과도 마찬가지였습죠. 그래도 서방님이 저를 아우나 동무처럼 대해줬는데, 이상하게도 이야기를 놓고는 그렇게 약을 올리곤 했던 겁니다. 언제는 주머니에 무슨 이야기가 담겼나 하고 들여다보려 한 적도 있습니다. 제가요. 발각돼 혼쭐이 나고 말았습니다만.

그러게요. 그놈의 이야기라는 게 가둘 수 있는 것이겠습니까. 주머니 같은 데. 애달아 할 필요가 전혀 없지요. 아, 그런데도 그랬으니 말씀처럼 바보 같았지요. 뭐 그렇지만 아이들이란 게 다 그렇지 않습니까. 다들 조금씩은 바보입지요. 꼴머슴 벗어나 중머슴이 되기도 전에 아마 더는 그런 놀림이 통하지 않았을 겁니다. 제가 그렇게 오래는 바보가 아니었다는 소리입니다.

서방님에게도 그 일은 한때였겠지요.

*

주머니는 그럼 어떻게 되었느냐.

서방님 세뱃돈 모으는 돈주머니 같은 게 되었느냐.

그런 건 아닙니다. 또 낡아빠져 다른 잡동사니와 함께 불사를 때 타 없어졌느냐 하면 그런 것도 아닙니다. 그냥, 그냥 기억에서 잊힌 채, 방이나 창고의 벽 어디에 달려 있었지요.

몇 번인가는 그놈을 발견했겠지요. 나나 서방님이나. 그놈은 잠깐 예전 일을 떠올리게 하곤 또다시 잊히곤 하며 불과 요 얼마 전까지 왔던 겁니다.

아, 아까 이야기란 것을 주머니에 가두어두는 게 가당한 일이냐고 하셨지요. 저도 그렇게 생각한다고 말씀드렸습니다. 그런데 그게, 꼭 그런 것만은 아닌 모양입니다. 불가능한 일이 아니더라 이 말입니다. 무슨 소리인고 하니, 들어보십시오. 우리 서방님 총각이 돼 마침내 장가를 가게 됐지요. 중매쟁이가 오가고 사성을 보낸다, 받는다 하는 떠들썩한 일들이 있고 드디어 혼삿날이 잡히더군요. 바로 어제로 말입니다.

혼삿날 잡히고 하루는 서방님이 저를 부르더군요. 서방님이 술잔을 기울이며 자기 이야기를 한동안 하더군요. 그러곤 저 보고 너도 장가가야 하지 않느냐고 한마디 하더군요. 저야 뭐 그냥 씽긋 웃고 말았지요. 재미나게 사시고 아들딸 많이 낳으시라고 덕담이나 해드렸습니다. 그리고 어쩌다 우리 두 사람 꽤나 오랜만에 발견했지요. 그 주머니 말입니다. 한동안 주머니와 얽힌 일을 이야기했고, 서방님은 무슨 마음에서인지 잠깐 끈을 풀어 안을 들여다보기까지 하셨습니다. 그러곤 아무것도 없다며 소리

내어 웃었지요. 어찌 된 일인지 종잇장도 보이지 않는대요. 바스러졌다면 뭐 부스러기라도 남아 있어야 할 텐데 말입니다. 이상하다면 이상한 일이죠. 나도 빈 주머니 들여다보긴 했습니다만, 뭐 그러려니 하고 넘어갔습니다. 다 지나간 일이었으니까요.

그새 서방님은 마지막 잔을 비우곤 예전 어릴 적 아우나 동무처럼 대해주던 때의 일이 생각났는지 자기 방에서 자고 가라고 하시더군요. 그날 저는 늦은 밤에 다른 머슴들 깨울지도 모르겠다 싶어 서방님 말대로 윗목에 다리를 뻗었습니다. 받아 마신 술도 있고 해서 금방 잠이 들었을 겁니다. 얼마나 잤을까요. 닭 울기 전이었으니 아직 새벽이 되기 전이었을 겁니다.

어디 길가에 잠자리를 펴기라도 한 듯 주위에서 대놓고 두런거리는 소리가 나지 뭐겠습니까. 훤한 아침인가 싶은데 눈을 떠보니 깜깜하였습니다. 물론 꿈을 꾼 것도 아니었습니다. 도둑들이 들었나 싶어 숨도 제대로 쉬지 않고 귀를 기울였지요. 들어보니 이게 생각지도 못한 일이 벌어진 것이더군요. 가당하지 않다 싶은 일이 벌어졌더라 이겁니다. 서방님이 어릴 적에 가둬둔다던 이야기가 주머니에 그때까지 정말 갇혀 있었던 겁니다. 네, 그렇다니까요. 그동안 주머니에 갇혀 있었던 이야기들은 삿된 것들로 변해 있었지요. 귀신이라고 할까 도깨비라고 할까, 뭐 그런 것으로. 저희는 이리저리 돌아다녀야 살맛이 나는 법인데 오래 갇혀 있느라 허리통이 쑤신다느니 가슴이 답답해 미칠 지경이라느니 해대더군요. 그리고 모의를 하더군요, 이놈들이. 세월이 많이 흐른 데다 잠깐이지만 바깥바람을 제대로 쐬어 드디어 깨어났으니 그동안 고생한 복수를 해주자는 것 아니겠습니까.

누구 하나는 복수도 좋지만 세상을 오고 가며 사는 맛을 제대로 느껴보자고도 했습니다. 그런데 우선 복수부터 하자는 소리가 힘을 얻더군요.

어지럽게 오가던 말들이 차차 정리되더니 이런 소리가 나오기 시작했습니다.

"이놈 장가를 간다잖아. 이 집 안에서야 어디 우리 힘이 제대로 통하겠어? 허나 바깥으로만 나가면 기회가 많을 거라고. 초행에 우리도 따라붙지 뭐. 복수할 기회를 잡아보자고."

하나가 이러더라고요. 그러니까 다른 하나가 묘안이라고 내놓더군요.

"그저 따라붙어서는 기회를 잡기 어려워. 처음부터 단단히 작전을 짜야지. 나는 이놈의 초행에 먹음직스러운 배가 되어 나무에 달려 있을 작정이야. 이놈이 배를 따 먹으면 즉사하는 거지."

"배라면 탐을 낼 만하겠군. 탐낼 만하겠어. 그런데 안 따 먹고 갈 수도 있단 말씀이야. 만약 그럴 때를 대비해야겠지. 나는 초행에 제일 목마를 만한 장소를 골라 옹달샘이 되어 있을 작정이야. 목이 마르는데 옹달샘을 그냥 지나치는 일은 웬만해선 없겠지. 자네는 배가 되어 기다려보게. 나는 그다음에 옹달샘이 되어 있다가 이놈이 마시면 죽게 할 테니."

"마시기만 하면 즉사겠지. 배도 좋고 옹달샘도 좋군. 오, 좋아. 그래도 자네들 작전이 안 먹혔을 때를 대비해야겠지. 행례청에서 절은 안 할 리 없을 테니, 그때를 노려볼 작정이네. 나는 행례청에 바늘방석이 되어 있다가 이놈이 앉으면 찔러 죽이지 뭐. 그럴 생각일세."

마지막에 바늘방석이 되어 기다리겠다는 녀석은 또 이런 소리도 하였습니다.

"세 번씩이나 기회를 놓치면? 우리는 힘을 잃어버린다고. 설마 그럴 일 없겠지?"

다른 녀석들은 그럴 일 없다고 떠들어대더군요. 이구동성으로. 그러고는 문을 소리 나게 열어젖히고 밖으로 나가버렸습니다.

놈들이 다 사라졌습니다. 그런데도 한참이나 나는 숨을 죽이고 있었죠. 꿈인지 생시인지 따져보면서. 꿈은 아니었습니다. 벌떡 몸을 일으킨 뒤 먼저 호롱불을 밝혔습니다. 벽에 걸린 주머니를 보니 끈이 제대로 묶여 있지 않더군요. 삿된 것으로 변해 있던 놈들이 긴 시간 제대로 바깥바람이 들어가면서 정말 깨어났구나 싶었습니다.

큰일이었지요. 처음에 저는 들은 소리를 서방님에게 다 하려 했습니다. 하지만 생각해보니 도저히 믿어줄 일이 아니더라니까요. 손짓 발짓으로 하면 하지만 믿어줄 소리가 아니니 어찌합니까. 이럴 때 벙어리 냉가슴 앓듯 한다는 말이 어울리겠지요. 동무처럼 아우처럼 대해주곤 했던 서방님을 살릴 방법을 혼자 생각하다 저는 초행에 무슨 일이 있어도 따라가기로 작정했습니다. 따라가겠다고 하자 서방님은 전혀 생각지도 않은 일이었는지 정색을 하며 나서지 말라고 하시더군요. 벙어리 머슴이 따라나서 신부 집에 좋은 인상 보일 일이 없겠다 싶었는지도 모르겠습니다. 서운했습니다만 내색하지 않고 한사코 따라가야 한다고 우겼지요.

혼담이 오가고 정혼이 되면 신랑 측에서는 신랑의 생년월일시를 적은 사주단자를 보낸다, 신부 측에서는 혼례 올릴 날을 잡아 알린다 하는 일로 분주해지지요. 신랑이 예물 담은 함을 가지고 한 차례 오고 그다음에는 초행이지요. 초행이 어떤 일입니까. 초행에 나서기 전 신랑은 어른 되었다는 의미로 관을 쓰는 의식을 치르지요. 그리고 가문의 대를 잇기 위해 신부를 맞이하러 가는 길을 나서지 않습니까. 이렇게 중요한 일을 하러 가는데 그냥 갈수 있습니까? 신랑은 백마를 타고 붉은 차선으로 얼굴을 가리지 않습니까. 신랑은 곁눈질도 하지 말고, 웃지도 말고, 함부로 말도 하지 말아야 할 것 아닙니까. 지름길이나 평지 피해 돌아가는 길로, 험한 길로 신부 집을 가야 하는데, 처가 마을에 들어서면 우르르 나온 패거리가 그냥 곱게 반기기만 하겠습니까? 이리저리 시험하고 장난도 하는데 말입니다.

그 내내 혼자 몸으로 어찌 감당하려느냐고, 이 내 몸이 필요할 것이라고 설득을 하였지요. 사정상 어르신과 사촌 형님은 하루 늦게 따로 오시는데, 그럼 마을 사람 아무나하고 동행할 거냐고 따졌지요. 말씨가 다른 고장으로 가는 길이니 왈짜패가 시비를 걸어올 수도 있다며, 그럴 때는 분명히 도움이 될 거라고 하기까지 했습니다요. 단단한 지팡이까지 준비하고 하니 진짜라고 생각하는 눈치더군요. 그렇게 고집을 부려대니 혀를 차며 마음대로 하라시더군요.

그래서 벙어리인 제가 서방님을 모시고 이 안평골까지 오게 된 것입니다.

*

미끈한 준마에는 도련님 태우고 억센 노새에는 짐을 싣고 초행에 나섰습니다.

노새 놈이야 잘 따라오니 나는 말의 고삐 잡아주며 이끌면 되었습니다. 견마잡이 하는 일이야 말의 고삐 잡아주는 것 아니겠습니까.

견마잡이로 우리 서방님 모시고 오는 길은 참 좋았습니다. 강을 따라서 또 산 굽이굽이를 돌아서 오는 길은 계절도 계절이고 하여 대단하였습니다. 오랜만에 먼 길 나선 머슴 놈에게는 하나같이 눈이 부시고 가슴이 확 트일 풍경이었지요. 하지만 경치 구경만 하고 있을 수는 없었지요. 상황이 아니니 말입니다. 어느 참에 배나무가 나타날지. 옹달샘은 어디쯤에서 나타날지. 한시도 긴장을 늦출 수 없었답니다.

배는 제가 먼저 발견했습니다. 한눈에 봐도 삿된 것이 우리 서방님을 해하려고 배로 변한 게 틀림없다 싶은 배였습니다. 큼지막하고 윤기가 나는 것이 먹음직스러워 보였지요. 저는 서방님이 못 보고 지나치기를 바랐습니다. 하지만 그런 먹음직스런 배를 정말 모르고 지나가기는 어렵겠더군요. 먼산바라기를 하는 제게 서방님의 목소리가 들렸습니다.

"뻘찌야, 저기 배가 대단하구나. 너 어서 가서 저 배 좀 따서 오너라. 말 고삐는 내게 주고."

저는 못 들은 척했습니다. 그때는 귀까지 먼 벙어리가 되었으면 싶더군요. 들은 척도 않으니 서방님은 재촉을 하시더군요. 어쩌겠습니까. 저는 그냥 채찍으로 죄 없는 말 엉덩짝을 후려쳤지요. 말도 놀라고 서방님은 더 놀라더군요.

어이가 없는지 서방님은 한동안 아무 말도 않다가, 나보고 무슨 일이냐고 드디어 물으시더군요. 배나무로 돌아가기에는 멀어졌다 싶을 때쯤이어서 저는 손짓으로 말했습니다. 어르신께서 초행에 동티가 나지 않게 잡된 짓은 절대 하지 말라고 하셨다고 했지요. 그리고 못을 박듯 준비한 음식이나 주막의 반듯한 음식 외에 먹었다간 동티가 나기 십상이라고 했지요.

"이놈아! 배를 먹고 동티가 났다는 소리는 어디서도 못 들어봤다. 우리 동리에서는 못 보던 탐스런 배인데 그걸 맛볼 기회를 날려버리느냐. 흔한 똘배였으면 말도 안 했다. 네놈한테는 한 조각도 주지 않을까봐 그랬느냐."

저는 당장이라도 돌아가서 따 오라고 할까봐 걸음발만 빨리했습니다. 다행히 서방님을 태운 말이 제 뜻대로 움직여주더군요. 거의 뛰다시피 합디다. 저는 한동안 억지 부려 따라와서는 훼방을 놓는다느니 어쩐다느니 하는 역정 섞인 소리를 고스란히 들어주어야만 했습니다.

그렇게 한 고비는 넘겼습니다. 넘겼습니다만 어느새 목이 슬슬 말라오더군요. 입 딱 닫고 있는 벙어리의 목도 말라오는데 역정을 낸 서방님 목이야 어떠할까 싶은 게 새로이 긴장이 되더군요. 어디서 일찌감치 물이라도 마시게 할 걸 싶었지만 그때는 그랬다간 또 어떤 소리를 들었을지 모를 일이지요. 소피를 보느라 말에서 내려 구석진 곳을 찾고 할 때 무슨 옹달샘 비슷한 게 없나 살피는 것만으로도 긴장을 풀 틈이 없었지요. 그러면서 한참을 갔습니다.

이젠 정말 물 한 모금이 간절하다 싶은 때쯤 거짓말같이 옹달샘이 나타나더군요. 이번에도 제가 먼저 발견했습니다. 그런데 서방님도 그걸 놓칠 리 없으셨지요. 그때쯤엔 못 먹은 배에 대한 생각은 하고 있지 않았을 때일 겁니다.

"뻘찌야, 말을 멈춰보아라."

서방님의 목소리가 들렸습니다. 윽박지르는 소리는 아니었습니다. 나는 서방님이 말에서 훌쩍 내려설지 모른다 싶어 조마조마했습니다.

"저 샘물로 목 좀 축이고 가야겠다."

금방이라도 말에서 뛰어내려 달려갈 듯했지요. 해서 저는 서방님이 물 한 바가지 떠오라는 소리는 아예 무시하고 고삐를 움켜잡았지요. 그리고 발걸음을 재게 놀렸습니다. 그러자 고함이 터져 나오더군요.

"이놈아! 멈추라고 하지 않느냐!"

저도 마음이 급했지요. 황급히 손짓을 했습니다. 웬만해서는 말에서 내릴 생각 마시라고요. 동티가 나면 큰일이라면서요. 또 그런 말씀 하지도 않으신 주인 어르신을 팔았지요. 곧 주막 하나 쯤 나타날 테니 그때 제대로 목 축이시라고 내 말만 손짓으로 했습니다. 제대로 알아들었건 말았건 고삐 바투 잡고 말을 몰았습니다.

거의 꼭지가 돌 지경이었을 겁니다. 서방님 말입니다. 새 신랑이 점잖지 못하게 마구 욕을 퍼부으시더군요. 채찍은 제 허리춤에 있었지요. 저로선 천만다행한 일이었습지요. 욕 얻어먹는 동안 옹달샘으로 변해 기회를 노렸을 샷된 것의 기분이 어땠을지는 그때 저로선 생각도 못 한 일이었습니다. 어땠을까요? 지금 생각해보니 그놈도 우리 서방님 못잖게 꼭지가 돌 지경이지 않았을까 싶습니다.

아, 그랬다네요.

두 고비를 넘기고 마침내 까마득하게 멀지는 않지만 말씨가 다른 이 안평골에 당도했지요. 동티 나지 않고 무사히 당도했더라 이 말씀입니다.

하지만 아직 한 고비가 남아 있었지요. 바로 그 마지막 고비에 대해서는 이미 말씀을 드렸습니다. 어이구, 벌써 까먹은 분들이 있는 듯한데, 이제 기억나시는지요. 하하. 그렇습니다. 행례청의 바늘방석이 세 번째이자 마지막 고비였지요. 벙어리인 저로서는 애초부터 무슨 상황인지를 말로 제대로 이해시킬 수가 없는 일 아니었습니까. 막무가내로, 그냥 못 들은 척, 동티 어쩌고 하며 말고삐를 당기거나 엉덩이를 채찍으로 쳤지요.

행례청에서도 막무가내로 몸을 날릴 수밖에 없었습니다. 한순간만 주저했어도 우리 서방님은 바늘방석에 털썩 주저앉았을 겁니다. 그게 그냥 바늘방석이겠습니까? 바늘 끝엔 독이라도 묻어 있었겠지요. 목숨 구해줬다고 서방님이 아직 제대로 제게 인사도 하지 않았습니다. 처음엔 아예 잡아먹을 태세였다니까요. 신부 집만 아니었으면 당장 채찍을 챙겨 들고 나를 잡으러 따라오셨을 겁니다.

청석골로 돌아가서 보자고 한 건 새 신랑 체통을 지키느라, 참고 또 참고서 그랬던 것이지요.

*

어젯밤 서방님이 신부를 기다리며 혼자 신방에 있을 때 제가 방문을 밀고 들어갔습니다. 요절이 날 작정이 아니었다면 당분간 피해 있는 게 좋았을 텐데 왜 그랬을까요?

놀라지 마십시오. 제 말문이 열리기 시작했던 겁니다. 말문이 열리는 놀라운 일이 일어나지 않았다면 서방님 앞에 나섰을 리가 절대 없습니다. 나도 놀랐고 서방님도 놀랐고 그랬습니다. 나는 어찌된 일인지를 떠듬떠듬 늘어놓기 시작했습니다. 세 번째 고비를 넘기고 나서 잔치 음식을 먹을 때, 그때 저도 한 상 대접을 받았는데, 추레한 몰골의 사람 셋이 마당을 기웃거리는 게 딱 보이더군요. 뭔가 의심스러워 낚아챘습니다. 그리고 밖으로 데려갔습니다. 그놈들 정체가 뭐냐 하면, 주머니에 갇혀 있다 샅된 것으로 변한 이야기들이었지요.

저희들은 이제 힘이 없으니 세게 움켜쥐지 않아도 된다고 중얼거리는데, 한눈에 봐도 그게 거짓 같지가 않았습니다. 복수가 실패하면서 힘을 잃어버린 게 확실했습니다. 그래서 저는 알아들을지 말지도 생각하지 않고 손짓으로 말했습니다. 풀려날 기회가 왔으면 훨훨 세상을 오고 가며 사는 맛을 느껴볼 것이지 웬 헛된 복수에 미쳤냐고 꾸중을 늘어놓기 시작했더라 이 말입니다.

그런데, 그런데, 바쁜 손짓 중에 제 입이 열려 소리가 나오는 것이 아니겠습니까. 이 무슨 일입니까. 아버지 어머니를 잃는 끔찍한 일의 충격으로 닫혔던 말문이, 동굴의 바위 문이 마치 그렇듯 우렁찬 소리를 내며 열리는 것이었습니다. 우리 서방님 구해냈다는 생각으로 혼자서이지만 가슴이 벅차올랐는데, 말문까지 열리자 흥분이 되어 어찌할 바를 모를 지경이었지요.

"다시 주머니에 가두는 벌은 내리지 않을 생각이다."

"네. 기회만 주신다면……."

나는 곧 주저앉을 것만 같은 녀석들을 어찌 처리할지 벌써 결정을 해놓고 있었지요. 제 목소리는 매끄럽진 않았지만 제가 듣기엔 썩 괜찮았습니다.

"그러니 다시는 우리 서방님에게 복수할 생각 품지 말고 너희 살고 싶은 대로 살기를 바란다. 세상을 오고 가며 살맛을 느끼고, 어려운 처지에 이야기를 좋아하는 사람들이 있다면 살아갈 힘을 줄 수 있도록 하여라. 너희가 세상에 나온 까닭은 그 때문이지 않느냐."

제 말을 알아듣고는 고개를 끄덕이더군요. 나름 고생했다 싶기도 했습니다.

"내가 차린 건 아니지만, 내 상의 음식 좀 먹고들 어서 떠나보거라."

내 상 앞으로 녀석들을 데려다 앉혔습니다. 그리고 신방으로 향했습니다.

"서방님."

"……."

"서방님!"

우리 서방님은 생전 처음 들어보는 낯선 소리에 누구냐며 들어오라고 하더군요.

저는 문을 열고 들어서며 뻘찌라고 말씀드렸습니다. 서방님은 잠깐 얼어붙은 듯했습니다. 저는 냉큼 바닥에 절을 하듯 앉고서는 말문이 열렸다고 말했습니다. 그리고 주머니에 갇혀 있던 이야기들이 꾸민 일을 다 전해주었지요. 제 말문이 열리는 놀라운 일이 증거가 되어주지 않았다면 도저히 믿을 수 없었을 일을 서방님은 재빨리 이해해주었습니다. 그러니 제가 요절날 일은 없게 된 것입지요.

신부가 방으로 들기 전에 저는 서방님 앞에서 물러났습니다. 추레한 몰골의 사내 셋이 내 상 앞에 그때까지도 모여 있기에 나는 그 자리로 갔습니다. 술잔도 주고받고 했더니 하나가 이러는 것이었습니다.

"어르신과 함께하고 싶습니다."

"나하고? 뭘?"

내가 그자를 쳐다보자 다른 하나가 이러더군요.

"사실 저희는 이제 제대로 세상을 오고 갈 힘이 없습니다. 어르신 옆에 머물면서 어르신을 도와드리면서 제 몫을 하고 싶습니다."

"혹시 나를 이야기꾼이 되도록 해주겠다는 건가?"

물었더니 셋 다 고개를 끄덕이더군요.

나는 잠시 묵묵히 생각하다가 잔을 들어 올렸습니다. 허락의 뜻으로 받아들인 녀석들이 환한 낯빛이 되어 제 앞의 잔을 각각 공손히 들어 올리더군요. 그런데 그 장면을 지켜본 누구는 저 혼자 뭐라고 지껄이고 심각한 표정이 되고 하더니 그렇게 잔을 들어 올리더라고 하더군요. 그자들이 다른 사람 눈엔 안 보인단 소리겠지요. 지금도 여러분 눈에는 보이지 않을 겁니다. 하지만 지금 제 곁에서 저의 첫 이야기를 도와주고 있었습니다. 자자, 다시 말씀드리지만, 둘러볼 필요는 없습니다.

남한테 들은 좋은 이야기를 다른 데 가서 해주지 않으면 해를 입는다는 말도 있지 않습니까.

여러분 모두 새겨듣고 제가 오늘 한 좋은 이야기 많이들 하도록 하십시오.

*

처음 하는 이야기라 그다지 매끄럽지 못했습니다.

하지만 어젯밤에서야 말문이 열린 제가 이만큼이나 이야기를 해낼 수 있었던 것은 분명히 제 주위에 그 친구들이 있기 때문입니다. 제가 어찌 말문이 열릴 수 있었겠습니까. 아직도 못 믿겠다는 표정이신데, 제가 어제 낮까지 벙어리였다는 것은 우리 서방님이 아는 일이고 신부 집 사람들도 다 아는 일입니다.

괜한 의심 마시고 제 첫 이야기나 많이들 해보십시오. 제 이야기도 먼 뒷날에 가서는, 옛날 옛적 갓날 갓적 벙어리 아이 하나가 살았는데 어쩌고저쩌고 하는 세상 모두의 이야기가 될지도 모를 일이지요. 모를 일입니다.

호랑이를 세 번씩이나 만나고도 다 살아났던 어느 머슴에 대한 이야기도 재미있겠고, 타고난 복이 형편없었지만 큰 복을 누릴 수 있었던 어떤 나무꾼 이야기도 좋겠습니다. 이젠 다 기억나는군요. 이러다 아버지 어머니가 당한 끔찍한 일과 제가 말문이 닫히던 때의 일도 제대로 기억날지도 모르겠습니다. 그런 건 좀 두렵습니다. 하지만 이젠 감당할 수 있을 것도 같습니다.

다음엔 어릴 적에 제가 들었던 이야기를 하지요. 이제는 기억나는군요. 그 옛날 옛적 이야기들 좀 더 재미나게 해볼 작정입니다요. 다시 뵐 날이 있으리라 믿습니다. 멍석에 앉아 들으신 분들이나 멍석에 앉지도 못 하고 서서 들으신 분들이나 모두 이제 이야기는 끝났으니 뒷날 만날 것을 기약해야겠습니다요.

혹 못 만나더라도, 어디서 재미난 이야기 들으면, 벙어리였다가 말문 열려 이야기꾼이 된 저를 만났거니 생각해주십시오. 그럼 이제 곧 저는 채비를 하여 견마잡이로 돌아가야겠습니다.

청석골로 우리 서방님 모셔가야지요.

*

　아, 신부도 모셔야지요. 당연히!

　이제 우리 새아씨 신행길입니다. 시댁으로 가기 위해 새아씨 그동안 정들었던 집과 마을을 떠나니 아쉬움이 이만저만하겠습니까만, 새로운 꿈과 기대로 가슴 부풀어 가는 길이기도 하지요.

　모두 걱정은 붙들어 매십시오. 이 안평골 떠나 청석골 가는 길에 또 무슨 새로운 삿된 것이 나타나더라도 제가 있고 또 제 친구들이 있지 않습니까. 시댁 어른들 호랑이 같을까 걱정하지 않아도 좋습니다. 머슴 함부로 잡지 않는 어른들이니 신부인들 함부로 잡으려 들겠습니까. 신랑은 백마 타고 오고 신부는 가마 타고 가지요. 신부는 꽃방석에 앉아 두 손은 무릎에 얹고 가만히 앉아만 계십시오. 가마꾼들이 어련히 잘 모시지 않으려고요.

　아, 이 견마잡이가 앞서 길을 열 것입니다요! 앞서 길을 열고말고요!

어흥!

옛날에야 호랑이가 많이 살았겠지. 얼마나 많이 살았을까 몰라. 요즘에도 호랑이가 살아 있다는 사람들이야 있기는 하지. 호랑이 발자국 사진 내놓고 하는 사람, 그런 사람들 말이야.

이젠 없을 것 같다고? 그래, 아무래도. 우리 주위 산야에는 아무래도 있을 것 같지가 않아. 그래. 있더라도 어디 그게 옛날 호랑이 같겠느냐고. 어흥! 울어대면 산천초목을 다 떨게 만든다는 호랑이, 그런 호랑이가 제대로 살 세상이 아니지. 이제는 동물원 가는 게 빠르겠지. 호랑이를 보자면. 옛날에도 그 호랑이 보는 게 쉬운 일은 아니었을 거야. 안 그렇겠어? 사람이야 마을에 살고 그놈들이야 산에 사니까. 사람들 어울려 사는 마을에 백수의 제왕이래도 쉽게 나타날 순 없는 일이었겠지. 사람인들 제 목숨 아까운 줄 모르고 아무렇게나 산으로 들어갔겠어?

그런데도 호환이라는 게 있단 말씀이야.

호랑이와 마주칠 일이 있었나 봐. 굶주린 호랑이가 가축을 물어가려고 마을로 오는 일도 있었겠지. 왜 없겠느냐고. 깊은 산중 고갯마루를 나그네 혼자 지날 일도 틀림없이 있었을 테고. 그럴 때 호랑이와 마주치게 될 수도 있는 일이겠지. 어이쿠, 무서워라.

산에 나무하러 갔다가 마주치기도 했을 거야. 틀림없이…….

옛날 옛적에 어떤 머슴이 호랑이를 만났다네. 산에 나무하러 갔다가! 그래, 하루에 세 번씩이나 호랑이를 만난 그 머슴 이야기! 바로 그…….

호랑이 많이 살았던 그 옛날이래도 평생 살면서 호랑이 한 번 만나기 어려웠을 텐데, 하루에 세 번씩이나 만나다니! 별일은 별일이지. 이제 하려는 이야기가 바로 그 이야기야. 그런데, 너희가 들었던 것하고는 약간은 다르지 않을까. 다르게, 살짝 다르게 해보려고 하니까, 그럼 슬슬 시작해 볼 테니까, 들어들 봐.

*

머슴이 뭔지 모를 리는 없겠지. 새경이 뭔지도 알지?

옛날에 부잣집이나, 부잣집까지는 아니래도 좀 사는 집에서는 농사 같은 일을 봐줄 일꾼을 썼다고. 그 일꾼이 머슴이지 뭐. 새경은 머슴이 한 해 동안 일하고 받는 돈이나 물건을 말한다고. 꼭 어마어마한 부잣집이 아니라도 머슴을 쓰곤 했어. 농사나 다른 잡일을 봐주는 일꾼. 종하곤 달라. 다르지.

하루에 호랑이를 세 번씩이나 봤다는 이 머슴 이름이 어떻게 되는가 하면, 뭐 이름은 덮어두고, 그냥 머슴이라고 하자고. 그래도 되겠어. 될 만하겠어. 이 머슴이 한 집에서 오래 일을 했거든. 그런데 새경을 못 받았어. 그래, 너희 말로는 열 받을 일이지. 주인이 막무가내 못 준다고야 했겠어? 이 핑계 저 핑계 댔겠지. 처음에야 밥 주고 옷 주고 재워줬으니 그만하면 됐잖느냐고 했을 테고, 나중에는 농사가 흉년이라느니 어쩐다느니 했겠지. 그러고선 내년쯤이나 언제 너 장가 갈 때 제대로 계산해주마 했을지도 모르지.

어느 해, 추수도 얼추 끝난 어느 날, 머슴은 마음먹고 주인에게 말했어. 올해는 무슨 일이 있어도 그동안 밀린 새경을 다 챙겨주셔야 합니다, 하고. 공손하게. 그런데 주인이란 양반이 얼른 대답은 않고 툇마루에 앉아 담뱃대만 빡빡 빨아대네.

담뱃불이 잘 타고 있는데도, 대답은 않고, 빡빡 빨아대기만 하는 거야. 빡빡.

그해에는 추수 끝내놓고 보자는 소리를 한두 번 한 게 아니거든. 그런데 이제 딴 소리를 하려는 것이지 뭐. 머슴은 울컥 화가 치밀었어.

"올해는 주시는 걸로 알겠습니다."

일단 말은 그렇게 부드럽게 해보았어.

"장가는 언제 가?"

뜬금없이 웬 장가? 머슴은 이렇게 말하지 않을 수 없었어.

"그동안 새경도 한 푼 못 받은 머슴 놈한테 누가 시집오겠습니까?"

"돈푼 있다고 다 장가가는 것 아냐."

뜨악한 소리에 쳐다보니 이러네.

"사람 마음보가 발라야 얼굴도 바로 보인다고."

가슴에서 목구멍으로 뜨거운 게 솟구치는 걸 머슴은 되삼켰어. 사람 마음보가 발라야 얼굴도 바로 보인다. 말이야 틀린 말 아니지. 하지만 새경 안 주는 주인이 할 소리는 아니지. 그렇잖아. 엉뚱한 소리 해놓고서 주인은 또 이래.

"심심하면 산에나 가."

"산엔 왜요?"

머슴은 퉁명스럽게 받았어.

"탁주 한 병도 챙기고 해서 올라가 보라고. 떡도 해놓았다니 그것도 가져가. 산에서 바람 좀 쐬면 엉뚱한 마음 안 들 테고 얼마나 좋아. 다른 집에선 다들…….”

　주인은 겨울 날 땔감 걱정이었지. 머슴 새경 걱정하고 있었던 게 아니지. 머슴은 울화통이 치밀었지만 툇마루 앞에서 더는 입열지 않고 물러났어. 그 자리에 그대로 버티고 섰다간 주인 영감 상투라도 비틀 일이었어. 그랬다간 공든 탑 무너질 일밖에 더 있겠어. 그동안에도 당장 때려치우고 나가고 싶었지만 한 푼 못 받을까봐 참아왔으니 말이야. 상투를 정말 비틀었다간 새경 받는건 고사하고 멍석말이 당하고는 내쫓길지 모를 일이거든. 언젠가 장작 패다가 홧김에 도끼 내던졌다가 얼마나 곤욕을 치렀는지 몰라. 주인 영감이 무슨 수작을 부렸는지 동네 노인네들로부터 은혜 모르고 예의 몰라서는 사람이라고 할 수 없다는 훈계를 수시로 들어야 했지. 그해에는 아예 새경 이야기는 꺼내지도 못했다고.

　머슴이 더는 입 열지 않고 물러나는데, 등 뒤론 담뱃대 탕탕 내리치는 소리가 약 올리듯 들려왔지.

*

　느지막이 머슴은 주인집을 나섰어.

　밥도 챙겨놓았다, 탁주도 챙겨놓았다, 떡도 챙겨놓았다 하는 소리를 채근 소리로 알아들었지만 아침나절 다 뭉개고 나섰지. 그런 까닭에 자리 잡아 도끼질 몇 번 하고 났더니 벌써 점심 먹을 때야. 머슴은 먼 하늘 보며 한숨을 내쉬었어. 그리곤 도끼를 저만치 집어 던지고 풀숲에 주저앉았지.

배는 고픈데 밥맛은 안 당겨. 머슴은 떡부터 먹었어. 쉬엄쉬엄. 나무 한 짐 해서 내려가야 할 터이지만 급하게 서둘고 싶은 생각이 없지 뭐. 그동안의 머슴살이가 떠오르며 힘이 쭉 빠져 다시 도끼 움켜쥘 마음이 좀체 안 생겨.

장가는 무슨 놈의 장가? 마음보가 발라야 얼굴도 제대로 보인다고?

생각할수록 울화만 끓지. 끝내 밥은 덮어놓고 탁주를 마시게 되었네. 혼자서 마시다보니 더 취해. 그렇잖아. 혼자 마시면. 탁주 한 병에 머리가 어질어질한 게 나무는 다했다 싶었지. 에라, 모르겠다, 하고 머슴은 자리에 누웠어. 팔베개도 했을라나.

그러고 있다가 담뱃대를 찾아 물었나봐. 주인 영감처럼 빡빡 빨아대고 있었거든. 밥을 챙겨놓았다, 탁주를 챙겨놓았다, 떡을 챙겨놓았다 하는 소리는 들었지만 담뱃대까지 챙겨놓았을 줄이야. 그동안 제대로 담배를 피운 적도 없는데 말이야. 희한하게도 말이지.

담뱃대는 담배 태우는 대통과 입에 무는 물부리와 둘을 잇는 설대까지 갖춘 제대로 된 것이었어. 어찌 되었든 머슴은 그 담뱃대를 빡빡 빨아대었어. 그러면 답답한 속이 좀 시원해질까 싶어서. 정신없이 연기를 빨아들였다가 코로 내뱉곤 했어.

그러기를 얼마쯤 했을까. 갑자기 엄청나게 큰 소리로 꿀꺽 하는 소리가 들리더니 눈앞이 캄캄해져 있지 뭐야. 그 경황 중에도 머슴은 담뱃대를 물고 있었거든. 힘껏 빨아봤지. 그랬더니 불빛이 발갛게 달아올라. 머슴은 제가 호랑이 뱃속에 들어온 걸 알 수 있었어.

도대체 얼마나 큰 호랑이였기에 담뱃대 문 사람을 한입에 그냥 꿀꺽 할 수 있었을까. 기절초풍할 일 아니냐. 그런데도 머슴은 담뱃대만은 놓지 않았어. 뿐인가. 빡빡 빨아대고 있었지. 물부리를 빨아대니 대통 전체가 벌겋게 달아오르네. 벌겋게 달아오른 쇠꼬챙이 같았지.

호랑이 놈도 느껴지나봐. 움찔거리기 시작해. 옳다구나 싶어 머슴은 더 힘껏 담뱃대를 빨았어. 뱃속이 뜨거우니 호랑이는 이리 뛰고 저리 뛰고 그래. 제 놈으로선 난리가 난 거지. 호랑이가 어찌할 바 몰라 날뛰는 동안에 이 머슴은 정신을 차릴 수가 있었어. 비틀거리면서도 이곳저곳 헤집고 다녔어. 빠져나갈 길을 찾으면서. 그러다가 구멍을 하나 발견했지.

그게 뭐냐고?

호랑이, 호랑이 똥구멍이지 뭐겠어.

머슴은 다짜고짜 그놈의 똥구멍에 담뱃대를 걸었어. 그리곤 온 힘을 다해, 그래 온 힘을 다해 냅다 잡아당겼다고. 그러니 호랑이가 홀라당 뒤집어지지 뭐야. 홀라당!

줄무늬 가죽이 안으로 쑥 들어가더라 이 말씀이지. 뱃속에 있던 머슴이야 밖으로 나왔고.

한숨 돌리고 담뱃대를 빨려는데 안 보여. 한순간에 환해졌다 싶었는데 착각이었나 봐. 눈앞도 다시 캄캄해. 머슴은 주위를 더듬다가 문득, 눈을 떴어. 늦가을 바람이 쏴아 소리를 내며 불어가고, 불어가고 해. 키 큰 나무는 흔들흔들. 그때서야 머슴은 모든 게 꿈이었구나 싶었지.

희한한 꿈 아니냐.

머슴은 다시 길게 안도의 한숨을 내쉬었어. 후유.

이참에 너희도 한숨 돌려.

*

꿈에서 그렇게 호랑이를 만난 뒤, 머슴은 한동안 멍하니 앉아 있었어.

꿈에서 봤다지만 아주 생생해 그냥 꿈이었구나 하고 다시 일을 할 기분이 아닌 거야. 목구멍으로 뭔가가 꿀꺽 넘어갈 때 그 느낌, 그래 그 느낌을 온몸으로 느꼈거든. 제 온몸으로. 뭘 삼킨 게 아니라 제가 호랑이 뱃속으로 쑥 들어간 일이지만. 여하튼 아주 생생하게 느꼈거든. 앉아 있자니 새삼 얼굴까지 축축해지고 말이야. 금세라도 수풀에서 호랑이 놈이 나타나 달려들 것만 같아. 그렇게 생각하자 등골이 오싹해. 머슴은 도끼만 챙기고는 그냥 지게를 짊어졌어. 빈 지게로 돌아가면 주인 영감한테야 욕을 바가지로 얻어먹을 일이었지. 하지만 어쩌겠어.

그렇지. 첫 번째는 꿈에서 만난 호랑이지.

꿈에서 호랑이를 만났다느니 어쨌다느니 했다간 욕 얻어먹기 딱 알맞지. 빈 지게 내려놓으면서 그런 소리 했다간 말이야. 호랑이 똥구멍 어쩌고 하는 소리까지 했다간 담뱃대로 머리통에 구멍이 날 정도로 맞을지도 모르지. 그래도 머슴은 나무할 마음이 아니었어. 새경 문제로 울화가 끓어서가 아니라, 꿀꺽 하는 소리와 캄캄해지던 눈앞이 생생한 게 금방이라도 호랑이가 산을 뒤흔들듯이 울어대며 달려들 것 같은데 어쩌겠어. 어쩌겠느냐고. 걸음아 날 살려라, 뭐 그 정도까지는 아니지만 머슴은 발걸음을 재게, 재게 놀렸어.

그런데 그날, 머슴은 기어코 호랑이와 만날 처지였던가 봐.

*

수풀 우거진 산에서 내려와 고갯길을 찾았을 때였어.

이제 한숨 돌렸다 싶었지. 그런데, 바로 그때 호랑이를 정말로 만났네. 만났다기보다, 뭔가가 뒷덜미를 홱 낚아채기에 벌러덩 뒤집어졌지. 보니, 호랑이 아니겠어? 지게막대기를 휘두르고 어쩌고 할 겨를도 없었지. 고갯마루에서 사람이 지나가길 기다린 놈이니, 대담해도 어지간히 대담한 놈이지.

호랑이라는 놈은 머슴의 뒷덜미를 고쳐 물더니 산으로 올라가. 수풀에서 숨통을 끊을 작정이겠지. 머슴은 차라리 꿈에서처럼 꿀꺽 삼켜준다면 고맙겠단 생각을 다 했어. 담뱃대로 똥구멍을 잡아당겨 살아날 요량을 하거나 해서야 아니지. 물어뜯겨 죽는 건 너무 끔찍했거든. 한동안은 옴짝달싹도 못하고 호랑이에게 물려 산으로 올라갔어. 그런데 정신을 차리고 보니 호랑이가 자신을 마구 다루는 듯하지는 않아.

그렇지만 그런 일이 기다리고 있을 줄이야 어찌 알았겠어.

한참을 호랑이에게 물려 산을 탔는데, 굴까지 왔단 말이야. 새끼 호랑이들이 들어앉은 굴까지 말이야. 어미 호랑이가 제 새끼한테 먹이려고 여기까지 물고 왔구나 생각하는 게 당연하지. 아이쿠, 이제 갈기갈기 찢길 일만 남았구나 생각하는 게 당연하지.

그런데 그게 아니었어. 어미가 사람을 도망 못 가게 반 죽여 놓는 것도 아니고, 새끼들도 배 채우겠다고 달려드는 게 아니었어. 입을 쩍쩍 벌리는 녀석이 하나 있긴 했지. 그런데 그놈도 아무리 봐도 제 배 채우려고 그러는 것 같지가 않아. 담뱃대를 빡빡 빨아 호랑이 뱃속을 밝히던 때처럼 머슴은 눈에 힘을 주고는 어찌 되어가는 형편인지 살폈어. 그러다가, 봤지. 입을 쩍쩍 벌려대던 새끼 호랑이 목구멍을. 그 목구멍에 뼈다귀가 턱 걸려 있는 걸.

어미 호랑이는 고갯마루에서 사람 지나가기를 기다렸구나! 제 새끼 목에 걸린 뼈다귀 빼내줄 사람을! 이런 생각이 번갯불처럼 일어나고, 그제야 굳었던 몸이 풀리고 빠져나간 얼이 되돌아와. 얼이 돌아오기도 전에 머슴은 저절로 손을 뻗었는지도 몰라. 그 새끼 호랑이 목구멍으로 말이야.

똥구멍에 담뱃대를 걸고 호랑이를 확 뒤집어놓았듯 뼈다귀를 단숨에 빼냈지.

쑥 빠져나온 뼈다귀를 쥐고 멈춘 잠깐 동안이 지났어. 그 새끼 호랑이는 캑캑 소리를 내보고, 어미는 목을 빼서 들여다보더니 머리를 끄덕거렸지. 그리곤 온몸을 흔드는데 이게 마치 덩실덩실 춤을 추는 것 같더라니까. 아니, 춤이었지 뭐. 자식이 살아났으니 춤출 만도 한 일이잖아. 머슴은 여전히 바닥에 주저앉은 채였고. 춤을 추던 어미 호랑이가 등을 척 들이대는 거야. 이게 아무래도 등에 타라는 것 같거든. 머슴은 주춤주춤 몸을 일으키고는 호랑이 등에 올라탔어. 거짓말 같은 일이 벌어지는 중이었지.

호랑이는 머슴을 등에 태우고 굴을 나왔어. 나와보니 산중턱이야.

머슴은 저도 모르게 꼴깍 침을 삼켰지. 이제 어찌 되려나 하고 눈알을 말똥거리는 순간, 호랑이가 등허리를 접는다 싶더니 쭉 펼치며 뛰기 시작하는 거야. 그리곤 한참 산을 달려. 사람을 등에 태우고 달리는 거니깐 평소보다야 빠르다 할 수 없겠지. 그런데도 머슴은 나무와 바위가 휙휙 뒤로 지나가는 것을 볼 수 있었지. 어지러울 정도였지. 호랑이 등에 탄 거라니까. 머슴은 용케도 호랑이 등에서 떨어지지 않고 붙어 있었어. 이윽고, 호랑이가 멈춰 섰는데, 사람 키보다 훨씬 높게 치솟은 바위 아래였어. 절벽 같은 곳은 아니고 우뚝 치솟은 바위 아래, 바위 아래였어. 그곳을 호랑이가 두 앞발로 번갈아 파는 거야. 얼마나 팠을까. 알이 통통한 칡뿌리인가 싶은 것이 나오는데, 그게 동삼이지 뭐야.

동삼이라고 몰라?

동자삼이라고 해야 옳은가. 산삼이라고 하면 쉽겠네. 어린아이처럼 생겼다 해서 동삼이다 동자삼이다 그런다고. 호랑이가 앞발로 바위 부근을 파더니 동삼을 찾아준 거야. 어미 호랑이는 제 새끼 살려준 보답으로 평소 봐뒀던 동삼을 머슴에게 준 거지.

머슴이야 호랑이 덕에 횡재했지.

*

"허어⋯⋯."

꿈에서 호랑이 똥구멍에 담뱃대를 걸고 빠져나왔다는 소리에 주인은 어이없다는 듯 혀를 찼지.

그날 머슴이 돌아가 꿈 이야기부터 시작했더니 주인 영감은 혀를 차. 나무가 없는 빈 지게인 거야 이미 봤지. 담뱃대를 찾는데 여차하면 벽력같은 소리와 함께 휘둘러댈 낌새야.

머슴은 보자기에 싸놓은 것을 힐끔 보고서 이야기를 계속했어. 주인 영감은 보자기에 싸놓은 게 뭔지 좀 궁금해 하는 표정이긴 해. 머슴은 바로 그게 뭔지 털어놓지 않고, 꿈 이야기부터 했던 거야. 그 왜 호랑이 똥구멍에 담뱃대 걸고 살아 나왔다는 이야기. 그 이야기부터 하고 진짜 호랑이에게 물려갔다가 살아난 이야기를 했어. 했는데 주인 영감이 믿을 턱이 있나. 호랑이 등을 타고 내달린 이야기는 더 안 믿지. 하라는 나무는 하지 않고 산으로 쏘다니기만 하다가 별 말도 안 되는 핑계를 댄다 싶었겠지.

주인 영감이야 겨울날 땔감 걱정뿐이지.

"그놈의 호랑이 때문에 나무는 하다 말았다 뭐 그런 소리냐?"

"호랑이가 고맙다고 저한테 뭘 줬느냐 하면요……."

담뱃대는 벌써 불이 붙어 있었어.

주인 영감이 빡빡 빨아댈 때마다 벌겋게 달아오르지 뭐. 잘못하다간 담뱃대에 맞겠다 싶은 순간, 머슴은 보자기를 풀었어. 이게 증거입니다요, 하고 말이야.

동삼!

그걸 내놓았지. 동삼을.

주인 영감 눈이 휘둥그레졌지. 하지만 그날 호랑이 만났다는 이야기는 끝내 믿어주지 않았어.

*

머슴은 세 번째로 호랑이를 만나. 그럼, 그건 언제냐 하면…….

내 이야기에서는 그날 다 만난 게 아냐. 그러니까 하루에 세 번씩이나 만난 건 아니지. 하루 쉬고 그 이튿날부터…….

그 이튿날 만났느냐고? 아니, 그것도 아냐.

하루 쉬고 그 이튿날부터 머슴은 주인 영감 성화에 나무하러 다시 산에 가게 되는데, 세 번째 호랑이를 만난 건 땔감 준비도 다 끝나가던 무렵, 그러니까 이제 다시 새경 문제를 끄집어내어 결판을 내야 할 날이 다가오던 무렵이었지. 그런 무렵 호랑이를 만나게 돼. 그런데, 이번에는 꿈도 아니고, 제 새끼 살려달라고 도움 청하는 어미 호랑이를 만난 것도 아니야. 동삼 내놓을 호랑이이기는커녕…….

나무하며 보내는 동안 뭘 자주 떠올렸을까? 호랑이를 만난 일이지 않겠어? 아, 당연히 동삼도 생각나지. 그런데, 그거야 호랑이를 만나 얻은 것이니깐. 호랑이 만난 일이 더 생각나야지. 호랑이 등을 타고 달린 일도 생각나고, 호랑이 어깨춤도 생각나고, 새끼 호랑이 목에 걸린 뼈다귀 빼낸 일도 생각나고 했지. 그런데 언젠가부터는 담배 피운 일이 제일 신기하게 생각되는 거야. 어쩌자고 그 순간에 자신이 담뱃대를 빡빡 빨아댔는지 생각할수록 이상하고 신기해. 꿈에서야 무슨 일이든 안 일어나겠냐만 말야. 그동안 담뱃대는 주인 영감 것이었거든. 마땅히 할 말이 없을 때 빨아대는 거였고, 거드름을 피우거나 하면서 빨아대는 거였고, 또 된통 벼락 치는 소리와 함께 휘둘러대는 거였지. 그런데 그걸 자신이 빡빡 빨아대고 있었다는 게 어딘지 기분이 좋아. 꿀꺽 자신을 삼켜버린 호랑이 놈 뱃속에서 살아난 건 그 순간 얼토당토 않게 담뱃대를 빨아댄 까닭이 틀림없다 싶기까지 해. 대통이 발

갖게 달아오르자 날뛰던 호랑이가 그동안의 자기 같다는 생각도 했어. 화가 치밀어 어쩔 줄 몰라 하던. 그런데 호랑이 뱃속에서는 달랐잖아. 날뛴 건 호랑이였고, 그는 뱃속에서도 일이 어떻게 되어가는지 살펴볼 여유가 있었지. 그래서 불빛으로 구멍도 발견했고, 그 구멍에다 담뱃대를 걸어 호랑이의 안과 밖을 휙 뒤집어놓아 살아날 수 있었던 거잖아.

그런데 이번에는 말 그대로 사람 잡아먹으려 달려든 호랑이와 맞닥뜨린 것이지. 머슴은 한눈에 알아봤어. 꿈에서 만난, 자신을 꿀꺽 삼켰던 어마어마하게 크지만 안과 밖이 휙 뒤집어지던 그 호랑이가 아닌 걸. 그리고 새끼 살리려던 어미 호랑이도 아닌 걸. 꿈속 호랑이가 아니라니까. 동삼으로 보답한 호랑이가 아니라니까.

그놈!

뼈를 부러뜨리고 정말 살점을 제대로 뜯어 먹겠다는 듯 입맛을 다시면서 다가오는 거야. 서둘지도 않으면서도 성큼성큼 다가오는데, 머슴은 이제는 꼼짝없이 죽는구나 싶었지. 어이쿠, 무서워라, 뭐 그 정도가 절대 아니야. 머슴은 어느 겨울날, 고양이를 맞닥뜨린 쥐가 얼어붙어버리는 걸 본 적이 있는데, 그때 제 꼴이 쥐라는 걸 알았어. 알면서도 꼼짝을 할 수가 없었어. 누구라도 그렇지 않겠어?

눈앞이 캄캄해진다 싶었지. 그러다가 또 담뱃대가 발갛게 달아오르듯 머릿속이 번쩍 하고 환해져. 소리도 없이 머릿속에서 번개가 친 듯했지. 머슴은 넙죽 엎드렸어. 호랑이 앞에. 머릿속에 번쩍 떠오른 생각은 그 전에 두 번씩이나 호랑이를 만난 일이 있었기에 해낼 수 있었던 생각이었지. 틀림없이! 사실 앞뒤 잴 틈도 없이 넙죽 엎드렸다고 해야겠지.

하지만, 머슴은 어느새 이렇게 소리치고 있었어.

"형님!"

"……."

"아이고, 형님! 어쩌다 형님이……."

머슴은 이어 엉엉 소리 내어 울기까지 했어. 한 걸음 한 걸음 먹잇감을 향해 다가오던 호랑이는 무슨 영문인지 몰라 움찔하며 멈춰 섰어. 무슨 수작을 부릴까 싶어 긴장도 하는 눈치였어. 그동안 잡아먹은 짐승들은 다 얼어붙거나 걸음아 날 살려라 하고 내빼거나 했을 텐데, 형님이라고 불러대니 너무도 난데없었겠지. 호랑이 놈이 지켜보자니, 엉엉 울어대던 머슴은 또 이런 소리를 시작하지 뭐겠어.

"형님!"

"……."

"형님이 호랑이가 되었다는 게 사실이었군요. 소문으로야 들었지만 설마 그럴 리야 했습니다. 형님이 집을 떠난 지 벌써 십년 아닙니까. 그동안 소식이 없더니 기어이 호랑이가 되었습니다요. 그리고 우리 형제 이렇게 만나다니요. 하나는 호랑이로 하나는 사람으로."

"……."

"사람이 호랑이로 변하면 옛일을 기억 못 한다던데 그렇습니까?"

"……."

"하나도 기억이 안 납니까?"

무슨 소리인지 대꾸조차 할 수 없겠지. 호랑이는 말이야. 머슴은 힘을 내, 정말 제 자신이 믿는 듯이 이야기를 꾸며갔어.

"그동안 어머니는 세상을 떠나셨습니다. 한 손엔 형님 손을, 다른 한 손엔 아우인 제 손을 잡고 아버지 산소를 찾아가던 그 어머님 말입니다. 젊어 혼자되셔서 힘들게 저희 키우시며 고생하신 어머니가 형님 사라지고 화병을 얻으셨지요. 형님은 형님 나름대로 사연이 있었겠지요. 나라에 부정부패한 놈들 많이 나오던 때였으니 의적이 되었나 했습니다. 그런데 어지간히도 사람 사는 세상이 싫으셨나봅니다. 아예 산중호걸이 되셨군요. 그러고는 혼자 남은 제가 뭘 하겠습니까? 남의 집 머슴살이 말고 뭘 할 수 있었겠습니까요. 산에 나무하러 올 때면 형님을 만날

56

수 있으려나 하고 기대를 했습니다. 그랬더니 드디어 이렇게 만나는군요. 아이고, 형님."

"……"

"아직도 영 못 알아보겠습니까?"

머슴은 다시 확인까지 하고 들었어. 이 얼토당토않은 형님 타령, 효과를 봤을까 어쨌을까.

목숨은 구했다고?

아, 목숨이야 구하지.

그뿐인가? 그뿐이었겠어? 새경 문제까지 호랑이 덕분에 해결을 보게 된다니까.

*

사람 볼에 흐르던 눈물이 짐승 볼에서도 옮겨 흐르기 시작했지.

이 순진한 호랑이 놈이 눈물까지 줄줄 흘리기 시작했는데, 동생인 사람을 어찌 잡아먹으려 달려들겠어. 제가 어떤 몹쓸 일에 휩쓸려 호랑이가 되었겠구나 하며, 속으로는 아예 펑펑 울며, 호랑이는 짐승으로 변한 제 모습을 동생에게 더 보이고 싶지 않아, 돌아서 산으로 달려가려 했어. 그런데 그런 호랑이를 불러 세웠단 말이야.

머슴이.

형님, 하고서!

목숨 구했으면 된 건데 말이야. 머슴은 옳다구나 하며 또 말했지.

똥구멍에 담뱃대 걸어 호랑이 뱃속에서 빠져나온 일이 터무니없다 싶은 생각의 불씨를 번개처럼 일으켰나 봐. 호랑이굴에 물려갔다가도 동삼까지 얻어 살아 돌아올 수 있었으니 뱃심까지도 어지간히 든든해졌나 봐. 그랬나 봐.

"산속에 살면서 힘든 일 있으면 말씀하세요!"

그러자, 호랑이가 몸을 돌려. 그리고 멈춰 선 채 머슴을 멍하니 쳐다보는 거야. 머슴은 외쳤어.

"제가 도울 일 있으면 도울 테니 말씀을 하십시오!"

산과 마을에 따로 떨어져 살 수밖에 없는 처지라고 생각했는데, 도울 일이 있다면 돕겠다는 것 아니겠어? 순간 호랑이 가슴은 다시 뜨거워졌겠지. 눈물이 흐르는 걸 참고 호랑이는 동생을 지켜봤지. 눈빛으론 나도 너를 도울 수 있다면 도우마 하는 마음을 전하며……

그런데 이 무슨 조화일까. 호랑이가 말을 하기 시작했다니까.

"너는 힘든 일 없느냐?"

그때 호랑이가 그렇게 말을 할 수 있게 되었다니까.

"……."

"내가 도울 수 있으면 도우마."

호랑이는 사람의 말을 알아들은 것만 아니라, 그 순간 사람 말을 할 수도 있었던 거지. 둘 다 깜짝 놀랐어. 머슴은 때를 놓치지 않고 말했어.

"딱 하나 도와주실 일이 있습니다. 주인 영감이 그동안 새경을 한 푼도 계산해주지 않았습니다. 올해는 그냥 넘길 수가 없습니다. 이러다간 장가도 못 갈 처지라니까요."

"머슴살이가 쉽지 않다던데 새경까지 안 줘?"

"말도 마십시오, 제 처지. 형님은 그동안 새끼도 봤을 것 아닙니까. 그런데 저는 아직 장가도 못 갔다니까요. 새경을 받지를 못 하니 나아질 일이 어디 있겠습니까. 형님이 좀 도와주십시오. 주인집 부근까지 와 있다가 제가 신호를 보내면 뒷숲에서 어흥! 하고 한번 크게 울어나 주십시오. 아니면, 담장 너머 마당으로 한번 그 모습만 보여주셔도 좋겠습니다요."

호랑이야 이미 감동해 아우를 도울 생각이었지. 그러니 청을 안 들어줄 리 없었지.

*

그날 집으로 돌아간 머슴은 지게를 내려놓고는, 한 지게 가득 해온 솔가지 묶음을 내려놓고는 주인 영감을 찾았어.

"영감님, 이제 겨울 날 나무는 할 만큼 했습니다. 이만하면 춥지 않게 올겨울 날 수 있을 겁니다. 그럼 이제……."

그리고 헛기침을 하고서 머슴은 이제 새경 문제를 이야기하자고 했지.

머슴은 담판을 지을 작정이었어. 그동안에도 작정하고 나서지 않은 건 아니지만 이번에는 정말 다르다 각오했지. 호랑이를 세 번씩이나 만나서도 다 살아났는데 뭘. 주인 영감은 영감대로 그동안 준비한 게 있었다고. 그게 뭐냐 하면, 아들 내외 분가시킬 일! 주인 영감은 그 일이 있어 당장은 어렵다고 했어. 그게 준비한 것이었지. 준비한 대답이었지.

은으로 만든 호사스런 담배침으로 대통에 눌어붙은 담뱃진을 여유롭게 긁어내면서 내놓은 대답이었지. 예전 같았으면 머슴은……

예전 같았으면 어땠을까. 아들 내외가 살 허술한 집 한 채 마련하는 데도 얼마가 들고, 살림살이 마련하는 데도 또 얼마가 들고 하는 소리가 나올 때는 이미 치미는 울화로 버럭 소리 지르곤, 결국엔 한숨 쉬며 다음을 기약할 수밖에 없었겠지. 늘 그랬다고. 머릿속으론 많이도 준비해서 나서지만 주인 영감 뻣뻣한 낯짝으로 이러쿵저러쿵하면 화만 솟구치고, 그때부턴 모든 게 뒤죽박죽이 되어 고함으로만 터져 나올 뿐이었다니깐. 그러곤, 그러고는 끙끙 속앓이를 하며 이듬해를 기다려야 했지. 때론 이맛살 찌푸려대며 마신 독한 소주로 푹 고꾸라지거나, 또 때론 물처럼 마구 마셔댄 탁주로 골통을 감싸 쥐거나 하며, 그러면서도 새경 받아 장가갈 일을 언젠가는 이루어질 일로 그려보면서 한 해를 견디고는 했지.

그런데 그날 머슴은 달랐어. 호랑이 형님 이야기를 끄집어냈다니까. 화도 내지 않고서.

주인 영감이야 믿어줄 리가 없지. 아예 콧방귀까지 뀔 정도였다니까. 그런데 이미 약속해둔 게 있었잖아. 머슴 동생하고 호랑이 형하고.

"형님!"

그게 신호였어.

집 뒷숲에서는 어흥! 하는 소리가 울려. 지붕이 와르르 내려앉고, 뭐 그 정도까지는 아니지만 여하튼…….

"형니임! 형니이임!"

다시 머슴이 외쳐 부르자, 무슨 장난처럼 뭐가 담장을 훌쩍 뛰어넘는데, 호랑이가 마당에 모습을 드러내었지 뭐야. 주인 영감

눈엔 처음에 무슨 광대패들이 장난질을 하나 싶었어. 그런데…….

호랑이가, 어흥! 하고 울어대는데…….

주인 영감은 털썩 주저앉았지. 입을 딱 벌리고 말이지. 그러고는 말려 달라고 손짓을 하면서 말이야. 이번에 고양이와 맞닥뜨려 얼어붙은 쥐는 누구겠어. 주인 영감이었지. 호랑이는 머슴 주위를 돌며 그런 주인 영감을 쏘아보는 거야. 머슴은 빙긋 웃고는 이렇게 한마디 했어.

"새경도 못 받는 동생 돕겠다고 이 호랑이 형님이 나서시겠답니다. 사람 마음보가 바르면 산중호걸이 도와준다네요."

어흥! 그때 호랑이는 울어대고. 지붕이 와르르 무너졌대도 거짓말이 아닐 정도가 되었지.

"이렇게 화가 나셨으니 전들 어쩝니까."

어흥! 그때 호랑이는 또 울어대고. 주인 영감이야 벌써 얼이 빠져 죽은 사람이라 해도 틀린 말이 아니었지.

"영감님네 식구들 다 잡아먹겠다는데 어쩌면 좋습니까. 사람 마음보가 바르지 않으면 산중호걸이 용서치 않는다네요."

이제 주인 영감이 살려면 어째야겠어. 새경 내놓겠다고 약속하고, 아니 바로 그 자리에서 새경 내놓는 일밖에 뭐 더 할 수 있겠어. 분가시킨다는 아들 불러야지 뭐. 아들 내외 불러 엽전 꾸러미 다 내오라고 해야지 뭐. 한 푼도 허투루 쳐내지 않고 제대로 계산해야지 뭐. 사람 마음보가 발라야 얼굴도 바로 보인다느니 어쩐다느니, 그동안 주인 영감으로서는 해선 안 될 소리를 다시 할 생각은 절대 말고 말이지.

그래서? 아, 머슴은 새경 받아 장가가게 되었고, 오래오래 잘 살았다는 그 이야기가 나온 거지 뭐. 하루에 호랑이를 세 번씩이나 만났다는 그 이야기. 너희도 이미 알고 있는 그 이야기.

그런데, 그 많던 호랑이는…….

그 많던 호랑이는 다 어디로 갔는지 몰라!

복은 빌릴 수도 있지

옛날 한 마을에 나무꾼이 살고 있었어. 차복이라는 나무꾼이었거든.

그 옛날이 도대체 어느 적 옛날인지는 덮어두자고. 한 마을은 또 어느 곳인지 하는 문제도 덮어두기로 해야겠지. 나무꾼의 이름이 차복이라는 것 하나만 기억해도 좋겠다, 이 말씀이야.

차복이란 이름은 복을 빌렸다는 뜻에서 지은 이름임이 틀림없어. 그런데 이렇게 이름을 지어줄 만큼 그의 부모가 글월을 알 만한 사람이었느냐 하면 그렇지 않다는 거야. 그의 부모는 무식했고 몹시 가난하기도 했지. 그래서 물려준 것은 몸뚱이 하나밖에 없다고 해야 할 거야. 머리 눕힐 집을 물려주긴 했지. 하지만 텃밭 하나 제대로 낼 땅도 붙어 있지 않은 옹색한, 말 그대로 초가삼간이었어. 그러니 부모가 물려준 건 가난밖에 없다고 하는 게 더 맞을 것이야.

아버지와 어머니가 차례로 다 세상을 떴지. 그때 차복이는 아직 떠꺼머리총각이었다고. 저와 마찬가지로 가난은 하나 예쁜 각시와 결혼한 것은 그러니 순전히 차복이 혼자 힘이었다고 봐야겠지. 남의 집 드나드는 머슴으로 밥 얻고 틈나면 산에 가 나무하는 것으로 옷을 얻었어. 그리고 예쁘장하고 마음씨도 고운 각시를 산 너머 마을에서 얻어왔으니 입이 벌어지거든. 남들이 복 터졌다고 할 때 그런가보다 하기도 했어. 어서 애나 하나 각시 뱃속에 들어서고 열 달이 차 제 손으로 안아보았으면 하고 바랐지.

그러다 어느 날 이게 아니다 싶은 생각이 드는 거야. 왜 얼른 애가 생기지 않나 하고 속 태울 일이 아니란 생각이 든 거야. 각시 얻어 상투 틀고부터는 드나드는 머슴살이하기도 뭣해서 아예 나무하는 것을 업으로 삼았는데, 보니 세끼 밥 배불리 먹기도 어려운 거야. 날만 궂지 않으면 산으로 가 한 짐씩 해와서 장에 내다 팔았지만, 그 모양새인 거야. 언제 제 논밭 가질 수 있을지는 아예 계산이 안 서고 말이야.

*

추석 지나고, 다시 달이 한껏 차오른 밤이었어.

옅은 구름이 달을 가리며 지나가고 있었지. 차복이는 달을 올려보다 한숨을 내쉬었고, 그러다 한숨 소리에 문득 무슨 결심을 한 듯했어. 오른손 주먹을 힘껏 움켜쥐었거든.

방으로 들어온 차복이가 각시에게 한 말은 이런 것이었어.

"내일부터는 일찍 나설 테니 당신도 잠을 조금만 더 줄여 보구려."

각시는 무슨 소리인지 몰라 바느질감을 쥔 채 쳐다보았겠지. 차복이는 허구한 날 이렇게 살 수는 없지 않으냐, 고생하는 김에 좀 더 고생해보아야 무슨 수가 나지 않겠느냐, 이제부터 하루에 나무를 두 짐씩 할 작정이라고 달을 올려다보며 한 제 결심을 단숨에 털어놓았지.

이튿날 차복이는 아직 닭도 울기 전에 눈을 떴어. 머릿속에 잠기운이 짙은 안개처럼 내려앉아 있었지. 하지만 윗몸을 일으켜 앉았어. 그 순간 각시도 잠에서 깨어났지.

머릿수건을 하고 각시가 부엌으로 가 아침상을 준비하는 동안 차복이는 세수를 하고 나무하러 갈 채비를 마칠 수 있었지. 주먹밥까지 챙겨 집을 나섰을 때, 그때야 수탉 한 마리가 새벽을 깨우는 울음을 길게 뽑아 올렸지. 여전히 크고 둥글지만 어딘지 서늘한 기운도 느껴지는 달의 빛을 받으며 마을을 빠져나갔고 대숲을 지나 산길로 들어섰어. 멀리 갈 생각이었지. 먼저 오리나무가 많은 곳으로 가 한 짐 하고 돌아오는 길에 소나무로 한 짐 더 할 요량이 이미 되어 있었지.

꼭두새벽에 집을 나서 주먹밥으로 허기를 채우고 부지런히 나무를 했어. 어둑어둑한 저물녘 그림자도 없이 집에 이르렀을 때, 차복이는 두 짐의 나무를 지게에 진 채 각시를 볼 수 있었어.

하루 내내 일하느라 지치고 두 짐이나 되는 나무 무게에 어깨가 아팠지. 하지만 얼굴에서는 환한 웃음이 피어났지. 그냥 막 끌어모은 나무 두 짐이 아니었거든. 땔감으로 적당한 오리나무와 소나무를 그것도 잘 다듬기까지 해 두 짐을 만들어 온 것이니 말이야.

지게를 받겠다고 나서는 각시도 한눈에 다 알아본 눈치였어.

"정말 두 짐씩이나 했네요. 너무 힘들 텐데……."

"하니까 되더라고. 일찍 나서 부지런히 도끼질하면 말이야. 한 짐이 더 생겼어, 한 짐이! 우리도 세 끼 밥걱정은 없이 살 수 있겠더라고!"

가슴에 차오르는 감동을 소리로 털어놓았지. 그새 각시의 볼에선 눈물이 흐르는 거야. 차복이는 순간 두 눈이 뜨거워져 참느라고 코를 실룩거렸지. 그때 각시가 손을 꼭 잡아왔어.

어느 날보다 더 맛난 저녁밥을 먹을 수 있었지. 마을 누구네 집에서 돼지를 잡아 기름진 고기를 얻은 것도 아니고 짭조름한 생선토막이 밥상에 오른 것도 아니었지만, 그날 저녁밥은 한 상 뚝딱 해치웠다는 느낌이 들 정도로 맛이 났어. 하루에 나무 두 짐 하는 게 가능하고 그렇다면 살림살이가 나아지리란 희망 때문에 입맛이 돌았던 것이지.

곤했으므로 차복이는 깊이 잠들었어. 그러고는 설레는 마음에 전날보다 더 일찍 잠에서 깼어. 장에 나가보기로 했으니 서둘지 않아도 되었으나, 일어나려는 각시는 도로 눕혀놓고 마당으로 나섰어. 하루에 한 나무 두 짐을 보고 싶었던 것이거든. 그런데 이게 무슨 일이야. 나무 한 짐이 안 보이네. 어디 다른 곳에 놓았나 싶어 둘러보다가 얼마 못 가 각시를 불러 깨우게 되었지.

"나무 한 짐이 안 보이네? 내가 다른 데 두었나?"

"무슨 말씀이세요? 두 짐 다 한곳에 뒀잖아요. 거기……."

밖으로 나온 각시의 눈에도 나무 한 짐이 보이지 않기는 마찬 가지였어. 차복이와 각시가 닭이 울어젖힐 때까지 찾아봐도 제 집과 제집 근처 어디에서도 나무 한 짐을 끝내 찾을 수가 없었 어.

"밤중에 누가 왔을 리가 없는데."

"이게 땅으로 꺼졌나 하늘로 솟았나?"

여태 이 가난한 집에서 나뭇단 따위가 사라지는 것과 같은 일이 없었지. 그랬는지라 부부는 마지막에 그런 말만 맥없이 나누다 혀를 차고 밥상 앞에 앉게 됐지.

차복이는 장에 나가보기로 한 계획을 바꿔 산으로 가기로 했어. 사라진 나무 한 짐이 눈에 삼삼해 그냥 그대로 장에 나갈 수는 없었던 것이야. 전날과 같은 길로 산길을 타서 오리나무 한 짐과 소나무 한 짐을 해왔어. 사라진 한 짐이 그때까지도 아까워 마음이 끓었지만 그래도 새로 생긴 두 짐이 큰 위로가 되었지.

차복이는 선잠을 자며 그날 밤을 보냈어. 몇 번은 깨어 방문을 열고 어둑한 밖을 내다보며 헛기침을 하기도 했고 말이야. 어둑한 가운데서도 쌓아놓은 나뭇짐을 눈으로 짚어볼 수 있었어. 그런데 아차 늦잠을 잤다 싶어 놀라며 깨어나 나가봤더니 한 짐이 또 감쪽같이 사라지고 없네. 없는 거야. 실제로는 크게 늦잠을 잔 것도 아니었는데, 늦잠 때문에 일이 그리된 듯 차복이는 자신을 책망했어. 그리고 드디어는 도둑놈에 대한 분노를 일으켰지.

그날 차복이는 점심 먹기 전에 마을의 이 집 저 집을 기웃거렸어. 점심 뒤에는 장터로 나가보았고. 마을 사람을 만나기도 했으나 사라진 나무 한 짐과 관련지어 볼 만한 사람은 찾아낼 수 없었지.

차복이는 귀신이 곡할 노릇이란 소리를 몇 번이나 되씹으며 집으로 돌아왔어. 저녁밥을 먹으면서 그는 각시에게 말했지.

"내일 두 짐을 다시 해보는 거지 뭐."

"또 사라지면요?"

"잡아야지. 생각이 다 있어."

이튿날 오리나무 한 짐과 소나무 한 짐을 다시 해서 집으로 돌아온 저녁, 차복이는 무슨 맛인지도 모른 채 밥과 찬을 먹었어. 그는 벌써 제가 해놓은 요량만 곰곰 되새기던 중이었어.

*

"밤에 도둑이 드는 게 틀림없어. 어떤 놈이 그러는지……."

저녁상을 물리고서 차복이는 전날부터 제 나무 한 짐을 지키기 위해 한 요량을 털어놓았어. 각시는 말렸지. 가난한 집을 턴 도둑놈을 반드시 잡고 말겠다며 신랑이 제가 나뭇짐 속에 들어앉겠다며 짐을 묶어 달라는 것이거든. 이들 부부에게 나무 한 짐 지키는 것은 물론 중한 일이었어. 하지만 그렇게까지 할 필요가 있겠나 싶어 각시는 자신이 잠을 자지 않겠다고 나섰어. 그런데도 차복이는 제 뜻을 굽히지 않아. 어지간히도 울화가 치민 것임을 안 각시는 고개를 끄덕일 수밖에 없었지. 그러고는 마을에 개 짖는 소리마저 잦아든 한밤이 되자 신랑의 뒤를 따라 나뭇단으로 가게 되었지.

달이 떠서 높이 올랐다가 슬슬 내려가려고 할 무렵이었어. 불편한 자세로 온갖 생각을 다 하며 기다리던 차복이도 이미 졸음에 휩쓸려 들고 있을 때였어. 나뭇단이 잠깐 기우뚱하는 사이에 그는 숨을 되삼키며 번쩍 눈을 떴지. 뿌지직하는 소리와 함께 나뭇단을 뭔가가 단단히 움켜쥐는 듯했어.

왔구나!

차복이는 심장이 두방망이질하는 것을 느끼며 정신을 가다듬었어.

고함을 버럭 지르면 도둑놈이 기겁하고 도망가리라. 차복이는 그냥 내쳐 나뭇단 안에 숨어 따라가볼 작정이었어. 그게 제대로 도둑의 정체를 밝히는 방법이라고 그동안 생각해놓았거든.

그런데 뭐가 좀 이상하지 뭐야. 나뭇단이 지게에 실린 것도 아닌 듯하고 도둑의 걸음발과 함께 성큼성큼 마당을 나서는 것도 아닌 듯해. 이게 뭐지 하고 당황하는 사이 나뭇짐은 위로 올라가는 것이 아니겠어? 틀림없었어. 키가 엄청 큰 사람의 머리 위까지 오르나 싶었는데 그것도 아냐. 우물에서 두레박이 찬물을 가득 담고 올라온 것보다 훨씬 더 높이 두둥실 오른다 싶더니 그러고도 계속 올라가는 것이 아니겠어? 차라리 이건 굴뚝을 빠져나간 연기가 흔들흔들 오르듯이 하늘로 올라가는 것이야.

차복이 등골로는 식은땀이 솟았지. 비명이 터져 나오려고도 했어. 하지만 이젠 그럴 때도 놓쳤다는 사실을 그는 잘 알고 있었지. 나뭇짐 속에서 두 손에 더욱 힘줄 수 있을 뿐이었지.

그렇게 얼마를 갔는지 몰라. 구름 속을 지나기도 하는 듯했어. 추워 몸이 후들후들 떨리기도 했고 정신도 깜빡 놓쳤을 거야. 나뭇짐이 허공에서 멈추는 듯하더니 이상하게도 털썩 바닥에 내려앉는 느낌이 들었어. 이때 차복이는 제정신을 챙기고 침을 꿀꺽 삼켰지. 발걸음 소리가 어지럽게 주위에서 오간다 싶었어. 그러더니 누군가의 말소리가 들려. 고을 사또는 됨직한 위엄이 가득 서린 목소리였어.

"이 짐이냐?"

그렇다는 대답이 나오자 위엄이 가득한 목소리가 묻는 거야.

"또 나무를 두 짐씩이나 했더냐?"

"예, 그렇습니다!"

차복이가 고을 사또 정도는 됨직하다고 생각한 목소리의 주인공이 누구인지를 짐작해서 알기까지는 얼마의 시간이 필요했어. 먼저 이런 대화를 들어야 했지.

"쯧쯧, 어쩌자고."

"어리석은 인간입니다. 제 복을 모르고 그렇게 하니 말입니다."

"언제까지 이래야 한단 말이냐?"

"이제, 며칠 못 갈 것입니다."

"허허, 짐이 살펴야 할 일이 얼마나 많은데 이런 일까지 생기는고……."

"길어봐야 한두 번 더 아니겠습니까. 새벽같이 산으로 가서 두 짐씩 나무를 해오기도 쉽지 않은 데다 감쪽같이 사라지는 나뭇짐을 찾을 수도 없으니 오기를 부려봤자 헛일에 헛심을 팔았다는 것을 결국엔 알게 될 것이옵니다. 그것마저 깨닫지 못할 정도로 아둔하지는 않은 인간이옵니다, 마마."

"그렇지. 인간이라면 다 제 복을 깨닫고 그것에 맞게 사는 법인데 말이야."

"그러게 말이옵니다. 마마, 어서 안으로 드시지요. 한두 번 더 수고하지요 뭐. 저희가 다 알아서 할 터이오니 어서……."

이때쯤에는 '짐'이니 '마마'니 하는 소리를 차복이는 제대로 알아듣고 있었지. 그뿐만 아니라, 자신이 나뭇짐과 함께 하늘로 올라왔다는 것과 하늘에서 '짐'이라고 자신을 부를 수 있는 자라면 옥황상제임을 알았어. 그리고 옥황상제가 무언가 단단히 오해해 자신의 일에 끼어들었다는 것도 어렵지 않게 짐작해냈어. 호랑이 굴에 물려온 셈 아니겠어! 차복이는 호랑이 굴에 물려가도 정신만 바짝 차리면 산다는 소리를 입속에서 되뇌기 시작했지.

그런데 신하가 짐을 풀려 하는 듯해. 차복이는 숨을 깊이 몰아 쉬고는 결박을 풀어내듯 나뭇짐에서 뛰어나갔지. 그러고는 눈에 들어오는 가죽신 앞에 넙죽 엎드렸어.

"마마! 상제 마마!"

일단 불러놓고, 또 다짜고짜 이렇게 외쳐댔지.

"통촉하소서!"

나뭇짐을 풀다 나동그라진 신하는 물론이려니와 옥황상제도 기함할 듯이 놀랐지. 눈이 휘둥그레진 게 신하인지 입이 딱 벌어진 게 옥황상제인지는 모르겠고. 여하튼 놀라 자빠질 지경인 둘 앞에서 지상에서 온 나무꾼은 말뜻도 제대로 알지 못하면서도 잔뜩 목소리에 힘을 주어 '통촉하소서'를 거듭 되뇌었지.

나동그라진 신하는 여전히 뒤집어진 물방개 같았어. 먼저 정신을 수습하는 것은 옥황상제더라고.

"누, 누구냐? 너는 도대체 누구란 말이냐?"

"소인, 이 나뭇짐의 주인인 줄로 아뢰옵니다."

차복이는 악다구니를 하듯 말했어. 말끝에는 이마를 땅바닥에 찧었고.

"그런데, 그런데 여기가 어디라고 왔단 말이냐? 저 짐 속에 숨어 올라왔단 말이냐?"

"도둑놈을 알아내고자 그렇게 하였을 뿐이옵니다. 산골 무지렁이가 이곳에 올 줄이야 어찌 알았겠사옵니까."

"마마, 경을 쳐서 입을 막아야 할 일이옵니다!'

그새 몸을 일으킨 물방개가 끼어드네. 하늘나라의 물방개는
난리를 쳐댔어.

"에, 에 이놈, 지상의 인간이 하늘나라에 올라오다니! 이런 일
은 없었다!'

지상의 나무꾼은 나무꾼대로 안 되겠다 싶어 고개까지 치켜들
고 말했어.

"한번 잘살아 보려고 죽을힘을 다해 나무를 했습니다. 그런데
이렇게 나뭇짐을 가져가시다니요! 그것도 세 번씩이나. 어인 일
이란 말입니까. 무슨 오해를 하신 듯하옵니다. 이 나뭇짐은 제
힘으로 해온 것이 틀림없사옵니다. 전부터 오리나무가 많이 있
는 곳을 찾아내었다가 이번에 멀리까지 가서 해온 것이옵니다.
나라에서 금하는 산으로 들어간 것도 아니고 또 나쁜 마음을 먹
고 담을 넘은 것도 아닙니다. 하루 세 끼 먹기도 어려운 고된 인
생입니다. 부디 통촉해 주소서."

혼자서 신하는 경을 칠 일이라고 거듭 되뇌다 눈을 부라렸어.
듣고 있던 옥황상제가 어험 하고서는 말문을 열었어.

"무슨 일인지 알겠다. 그런데 그것이 너의 복이다."

"복이라니요?'

"나무 한 짐이 너의 복이란 말이다. 그것이 너의 복인데 난들 어쩌겠느냐?"

"그게 저의 복이라니 무슨 말씀인지 모르겠습니다."

차복이로서는 알아듣지 못할 말이기 이전에 억울하고 억울했지. 그런데도 옥황상제의 신하는 이제 발길질이라도 할 태세네. 꼼짝없이 짓밟혔을 터인데 다행히 옥황상제가 나서주었지.

"자, 나를 따라오너라."

*

옥황상제를 따라간 곳은 뒤뜰이었고 창고였어.

뒤뜰은 뒤뜰 같았는데 어느새 앞뜰 못지않게 널찍해졌고 창고도 처음엔 관가의 창고 정도 같았는데 들어가니 어느새 구중궁궐보다 넓다 싶은 곳이야. 천장은 또 얼마나 높은지 그 끝에 또 다른 하늘나라가 있겠다 싶을 정도야. 그리 많이 움직이지 않아도 창고의 구석구석이 휙휙 눈앞으로 당겨지곤 하는지라 차복이는 벌써 입을 벌린 채 넋 놓고 있었거든.

눈앞에서 모든 것이 휙휙 움직여대다 우뚝 멈춰 서는가 싶었어. 그러고는 곧 옥황상제의 목소리가 들려.

"나무 한 짐이 너의 복이란 말이 무슨 말인지 내가 가르쳐 주마."

어느새 옥황상제는 차복이 옆에 서 있었는데, 그때쯤 해서 차복이는 천장에서부터 늘어뜨려진 주머니들을 제대로 눈에 담아 낼 수 있었지. 어른 머리통만 한 것에서부터 아기 주먹만 한 것까지 그 크기가 다 다르고 모양새까지 차이가 나는 거였어. 차복이는 곧 주머니마다 이름이 씌어 있다는 것을 발견했어.

"이게 바로 사람들의 복주머니다. 여기 든 복대로 평생을 살게 돼 있는 법이지."

신하가 어찌 조작한다 싶더니 다시 도르래 소리가 요란해졌어. 그리고는 뚝 멈추더니 복주머니 하나가 차복이 눈앞에 나타났는데 제 이름이 떡하니 적혀 있는 거야. 놀랐지. 그런데 창고의 그 수많은 주머니 가운데 형편없이 작은 것이었어. 그냥 힘이 쭉 빠지는 거야. 설명을 더 듣고 말고 할 것도 없이 말이야.

차복이는 보잘것없는 주머니가 너무나 원망스러웠어. 하루에 나무 두 짐도 누리지 못할 복이라니. 억울했지. 부모를 탓해야 할지 삼신할미를 탓해야 할지도 모른 채 그저 가슴에 차오르는 울음을 꾹 누르고 있었지. 그런데 제 꼴을 알라는 듯이 신하가 도르래를 움직이게 했고 창고의 복주머니들이 차복이의 눈앞으로 지나가기 시작해. 작은 것도 있었으나 제 것만큼 작은 것은 없었어. 잠깐 사이에도 어른 머리통만 한 것이 여럿 보였어.

차복이의 볼로 한줄기 눈물이 주르르 흘러내렸어. 그러고는 뚝뚝 떨어지기 시작하는 거야.

못 박힌 듯 서 있던 차복이 앞으로 유난히 큰 주머니 하나가 천천히 지나갔어. 차복이는 눈물과 콧물을 함께 훌쩍 들이켜고는 그 주머니를 턱짓으로 가리켰어.

"저건, 저건 누구 것이기에 저렇게 복이 많단 말입니까?"

"그건 석숭의 것이야."

신하가 기다렸다는 듯이 말했어. 그 주머니가 눈앞을 지나가는 순간에는 이랬지.

"복을 아주 대차게 타고났지. 머잖아 세상에 태어날 것이야."

차복이의 볼로는 또 눈물이 주르륵 흘러내렸어. 가슴 저 깊은 곳에서 통곡이 솟구쳐 오르는 순간 차복이는 몸을 돌려 옥황상제의 옷자락을 붙잡으면서 그 자리에 주저앉고 말았어. 그러고는 울면서 사정하기 시작했어.

"상제님, 제발 제 소청을 좀 들어주십시오. 석숭이라는 사람이 누군지 모르겠사옵니다만 아직 세상에 태어나지도 않았다니 저 복, 저 복주머니를 좀 빌려준들 무슨 상관이겠습니까. 석숭의 복을 빌려 쓰게 해 주십시오. 석숭이 태어나면 반드시 돌려주겠습니다. 나무 한 짐밖에 제 복이 없다는 걸 알게 되니 더 살아갈 힘마저 나지 않습니다. 저처럼 배운 것 없고 가난한 각시의 목숨까지 앗아가지는 마옵소서. 저희 부부 세끼 밥 먹기도 빠듯하지만, 아직 누구의 것을 훔치지도 않았습니다. 누구의 것을 훔쳐와 그 사람을 절망에 빠뜨리는 일 따위는 하지 않았단 말씀이옵니다. 부디 얼마 동안이라도 저 주머니를 빌려 살 수 있게 해주십시오. 부디!'

터무니없는 청이었지. 들어주리라 생각하고 한 청도 아니었어. 통곡을 참다 보니 나오게 된 소리일 뿐이었어. 그런데 그 뜻밖의 청을 듣고 있는 옥황상제의 표정이 난감해지는 거야. 한동안의 무거운 침묵 뒤 상제의 입이 열렸어.

"듣고 보니 그도 그렇긴 하구나. 한동안 빌려주는 것이야 무슨 상관이겠느냐. 내 그리 하마."

눈물 콧물로 범벅이 된 차복이보다 먼저 그 말의 뜻을 알아들은 것은 신하였지. 지상의 인간이 하늘에 올라온 것만도 경악할 일인데 복주머니를 빌려준다니 어찌하시려는 것이냐고 막아 나섰지. 차복이는 얼른 정신을 가다듬고는 고개를 거듭 조아렸어.

"고맙습니다, 상제님."

"하지만 때가 되면 복을 돌려주어야 해. 석숭이 일곱 살 되는 해를 넘기면 안 된다."

이때서야 차복이는 번쩍 고개를 들어 올렸어.

"명심하겠습니다."

다시 고개를 조아리는 사이 옥황상제의 얼굴은 잊어버렸어. 이런 식으로 하늘나라에 머문 시간 동안의 세세한 부분을 차복이는 지상으로 돌아왔을 때 거의 다 잊어버렸어. 그렇지만 제 복주머니와 석숭의 복주머니를 잊을 리는 없었지. 신하와 함께 아주 복잡한 계약서를 쓰면서 반드시 지켜야 한다는 것을 거듭 듣다 보니 계약의 핵심 내용도 물론 제대로 기억할 수 있었지. 여하튼 지금 이 이야기 이 대목에서 중요한 건 차복이가 옥황상제로부터 큼지막한 주머니에 담긴 석숭의 복을 빌려오게 되었다는 것이야.

*

차복이는 동아줄을 타고 지상에 내려왔어.

하늘나라에서는 어찌 그렇게 정확하게 계산을 해낼 수 있을까. 동아줄을 한 치도 어긋나지 않게 차복이네 집으로 슬슬 내려뜨리다니 말이야. 차복이가 동아줄에 대롱대롱 매달린 자신을 깨달았을 때는 마을에서 외떨어진 초가삼간이 달빛 아래 동그마니 앉은 모습이 드러났을 때였지. 문으론 불빛까지 보이네. 차복이는 떨어질까봐 무섬증이 일었지. 하지만 반가움이 더 컸지. 소리쳐 각시를 불렀어.

아닌 밤중에 홍두깨도 유분수지. 남편 목소리에 각시는 방문을 왈칵 열었어. 그러곤 곧 하늘에 떠 있는 차복이를 찾아냈지. 두 사람이 마당에서 서로 부둥켜안기까지는 그리 오랜 시간이 걸리지 않았어.

"살아 돌아오셨네요."

각시는 놀람과 기쁨으로 떨고 있었어.

차복이는 방으로 제 각시를 데리고 들어갔어. 그리고 하늘나라 다녀온 일을 이야기했지. 곧 차복이는 알 수 있었어. 나뭇짐과 함께 올라간 하늘나라에서 겪은 일의 그 대강만을 자신이 기억하고 있다는 사실을. 옥황상제나 그 신하가 어찌했으려니 짐작만 할 뿐이었지. 한밤중에 동아줄을 내려뜨린 것도 다 까닭이 있었겠구나 싶었어.

옥황상제를 만났다느니 큼지막한 주머니의 복을 빌려 왔다느니 하는 소리는 둘만 알아야 할 일이었어. 그새 며칠이 지났는데 아내는 나뭇짐을 지키다 도둑놈에게 잡혀간 남편 이야기를 마을 사람들에게 하지 않을 수 없었어. 차복이는 각시에게 남편이 도둑을 쫓다가 고생만 하고 빈손으로 돌아왔노라고 해야 한다고 거듭 다짐을 받았어. 그리고는 환한 낮으로 덧붙였어.

"여보, 이제 우리도 잘살게 됐어."

고개를 끄덕이는 각시의 두 눈엔 눈물이 글썽글썽했지.

"이렇게 몸 성히 돌아온 것만으로도 충분해요!"

그 말이 진심임을 차복이는 잘 알고 있었지. 이 착한 각시에게 하루 세끼 배불리 먹일 수 있게 되었다고 생각하니 차복이는 감격으로 온몸이 부풀어 오르는 듯했어.

나무 두 짐이 아니라 세 짐이라도 해낼 기분 아니겠어? 하지만 각시의 만류도 있고 해서 이튿날 차복이는 산으로 가지 않기로 했어. 또 이튿날에는 가난한 나무꾼의 나뭇짐을 훔쳐가는 나쁜 놈들을 욕하면서 마을 사람 몇이 찾아와 어쩔 수 없었지. 가난한 나무꾼의 불운을 위로하려던 그들은 차복이가 뜻밖에 담담해 약간 의아하게 생각하긴 했지만, 마음 깊이 담아두지는 않았어.

그 이튿날 비로소 차복이는 지게를 지고 나무를 하러 나설 수 있었어. 절로 벌어지는 입을 숨기지 않아도 좋은 곳은 산이구나 하며 나무를 했어. 큼지막한 주머니의 복이 효과를 나타내기 시작한 것은 바로 그날부터였어.

*

우연과 거짓말로나 일어날 듯한 행운의 연속은 나무 한 짐을 지고 장터로 가려고 큰길로 내려올 즈음부터였어. 계곡을 끼고 얼추 다 내려왔다 싶었을 때 벌어진 밤송이들이 발에 차인 것이 시작이라면 시작이었지.

예쁜 각시에게 갖다 줘야겠다며 알밤 한 보따리를 챙겨 놓고
있는데, 큰길을 지나가던 노인이 고개를 들이밀고 차복이를 부
르는 거야.

"이보시오 젊은이, 그것 밤이오?"

차복이는 그렇다고 대답하고 지게를 졌지. 큰길로 나오자 노
인이 허리춤의 주머니를 주섬주섬 풀더니 이러는 것 아니겠어.

"내가 밤을 좀 먹고 싶은데 그 밤을 내게 주지 않겠나? 대신 이
부싯돌을 줌세."

차복이는 밤이 아깝다 싶었어. 각시에게 갖다 준다는 마음으
로 모은 것이었으니 더 그랬지. 하지만 노인이 부탁하는 것이기
도 하려니와 부싯돌이 귀한 물건이기도 한지라 그렇게 바꾸기로
했어.

차복이는 부싯돌을 시험도 해보며 장터로 가기 전에 좀 쉬기
로 했어. 그동안 노인은 먼저 앞서 길을 가더니 모퉁이에서 잠시
멈춰서는 듯했어. 누군가와 만나 이야기를 나누는 눈치였어. 노
인과 이야기를 나눈 사람은 포수였어. 그 포수가 얼마 뒤 지게를
다시 짊어진 차복이 앞으로 다가오는 거야.

포수는 부싯돌을 구하려고 차복이를 찾아온 것이었어.

짐승을 쫓다가 부싯돌을 잃어버린 포수였지. 부싯돌이 없으면

화승총이야 지게막대기나 다름없지 않겠어. 부근에 노루들이 있다며 포수는 어지간히도 마음이 다급했는지 이런 제안을 해.

"그 부싯돌을 나한테 주구려. 내가 노루를 잡으면 한 마리 드리리다."

노루를 못 잡으면 부싯돌을 돌려받으면 될 일이었지. 차복이가 부싯돌을 건네주고 얼마가 지나서일까. 포수가 다시 노루들에 접근했는지 뺑뺑 화승총 쏘는 소리가 산을 울리지 뭐야. 전에 나무하러 갔다가 총소리를 멀리서 들은 적 있지만 이렇게 천둥치는 것 같이 요란하진 않았던지라 차복이는 순간 제 목을 자라목으로 만들며 움찔했어. 총은 이어서 얼마 더 뺑뺑 소리를 뿜어냈지. 메아리가 사라진다 싶더니 멀지 않은 능선에서는 함성이 들려오는 듯했지.

"이것 노루를 정말 잡은 모양이네."

차복이는 고개를 빼들고 산을 올려다봤어. 빽빽한 나무들에 가려 포수나 노루가 보일 리는 없었어. 총소리는 더 울리지 않았지. 한참을 기다렸다 싶었을 때, 산길이 왁자해지더니 포수가 모습을 드러내지 않겠어? 차복이 예감대로 노루를 잡은 거였지.

"약속한 대로 노루 한 마리 드립니다."

포수는 노루 두 마리 중 한 마리를 제가 직접 어깨에 짊어지고는 차복이에게 넘겨주었어.

차복이로선 이게 웬 횡재람 하는 소리가 입에서 절로 나올 판이었지.

그날의 횡재는 노루에서 그치지 않아. 죽은 노루가 산 말로 바뀌는 일이 기다리고 있어. 이건 어디서 벌어지는 일인가 하면 장터에서의 일이야. 나무 한 짐에 방금 잡은 노루 한 마리까지 짊어지고 장에 가자니 그 무게가 대단했겠지. 지게에 동산 하나쯤은 얹은 기분이랄까. 휘파람이 절로 나오네.

그날의 다음 횡재는 말이랬지. 바로 그 말을 끌고 지나가던 노인을 만난 것은 장터가 오 리쯤으로 가까워졌을 때였지. 둑길이었지.

"웬 나무꾼이 노루까지 잡았네그려."

"그리되었습니다."

"묵직해 보이는구먼. 내 이 말 등이라도 빌려주면 좋겠는데 그럴 수가 없어 미안하구먼."

"말씀만이라도 고맙습니다."

그때 차복이야 지게가 무거워도 기분은 날아갈 듯하지 않았겠어? 사실 냇물도 혼자 힘으로 걸어 건너는 데 문제가 없었고 말이야. 앞서 갈 듯하던 노인이 차차 뒤로 처지네. 보니 말이 노인의 말을 고분고분 듣지 않는 듯해. 어쩔까 하다가 바쁠 것 없다 싶어 차복이는 걸음발을 늦추었어. 그리고 물었지.

"말 주인이 아니신지요?"

"내 이런 소리까지 듣는다니까. 삼 년을 길렀는데 이 꼴이오. 한량 기분 내려다 고생만 된통 했네. 잘못 얻어걸린 거지 뭐. 맘 같아서는 차라리 그 노루하고라도 바꾸고 싶은 기분이오."

차복이는 웃음을 터뜨리곤 말을 받았어.

"아무려나 산 말을 죽은 노루하고야 어찌 바꾸겠습니까."

"오죽하면 그런 소리를 다 했겠소. 오늘 장터에서 적당한 망아지로라도 바꾸거나 아니면 반값에 팔아버릴 작정이오."

그렇게 얘기를 나누는 동안 두 사람은 길동무가 되어 장터로 함께 가게 되었지.

그동안 차복이는 말을 타면 어떤 기분인지, 한량 기분을 내기 위해 말을 타자면 농사는 어느 정도나 하는지 따위 제 신세하고는 별 상관도 없는 것이 궁금해 묻고, 대답에는 감탄을 쏟아내며 갔어. 노루까지 지고 가서인지 이야기가 재미있어서인지 마지막 고비의 지루함 따위는 찾아올 틈이 없었지.

장터에 도착해 두 사람은 일단 헤어지게 돼. 다 제 볼일 있으니까 말이야. 노인은 노인대로 말을 망아지로 바꾸거나 반값으로 파는 일을 봐야 했고 차복이는 차복이대로 나무 한 짐을 넘기고 노루까지 처분할 일을 봐야 했지.

어물 장수 패에 옹기 함지박 층층이 지게에 진 등짐장수도 보이고 떠꺼머리 엿장수 총각이 미꾸라지처럼 사람들 사이를 헤집고 다니는 장은 온갖 소리까지 뒤엉켜 와실덕실 했어. 노루까지 지게에 얹은 차복이는 들떠서 무거운 것도 잊은 채 장을 휘휘 둘러보기 시작했지. 아낙들이 몰려 한참 시끄럽게 흥정하는 포목전도 둘러보고 메질하는 소리가 탱캉탱캉 울리는 대장간도 구경하면서 호객 소리와 흥정하는 소리와 비키라는 외침 속으로 휘말린 차복이도 어느새 지고 온 것을 내다 파는 일에 뛰어들었지.

나무 한 짐이야 얼른 넘겼어. 그런데 노루는 덩어리가 큰 물건이니 얼른 나서는 사람이 안 보이지 뭐겠어. 어디서 잡은 놈이냐, 어떻게 잡은 놈이냐 하는 따위 물어대긴 많이 했지. 하지만 넘기라고 나서지는 않네. 각시에게 줄 것들을 좀 사며 기다려봤지만, 터무니없이 가격을 후려쳐댄 푸줏간 말고는 살 생각을 하지 않아. 그냥 지게에 짊어지고 돌아가는 것까지 생각하기 시작했을 때, 함께 장터로 왔던 그 노인을 만나게 되었네. 노인도 문젯거리 말을 어떻게도 처분하지 못하기는 마찬가지였어.

"주인 말 안 듣는 놈으로 이미 소문이 났나보오."

노인은 고개를 외로 비트는 말의 고삐를 죄고는 말을 이었어.

"지난번에 국밥집 앞을 들말처럼 내달리는 소동을 일으키기도 했으니 소문이 이 장바닥에 안 났을 리가 없지. 허허."

"잘 다독여 계속 타고 다니셔야겠습니다. 저도 이 노루를 마을로 가져가서 처와 배불리 먹고 또 마을에 인심도 좀 베풀고 하렵니다."

"허허."

혀를 차던 노인이 의외의 제안을 내놓는 것은 다음 순간이었지.

"여보게 젊은이, 우리 서로 맞바꾸지 않겠는가?"

"예?"

"이 말이 영 몹쓸 말이란 말이야. 여물을 줘도 고마운 줄을 모르고 등에 올라타기는 왜 그리 어려운지. 그렇다고 말을 잡아먹을 수도 없는 노릇 아닌가. 어때, 안 바꿀 테지?"

노인은 대놓고 제 말의 험담을 늘어놓았고, 그 끝에는 별 기대도 않는다는 낯빛을 보였어.

그때 차복이 입에서 먼저 나오려 한 말은 이런 거였어. 그래도 죽은 노루와 산 말을 어찌 바꾸겠느냐는 말. 그런데 얼른 이렇게 받아넘겼지.

"아이고, 말 한번 가져 보는 게 소원이었는걸요. 비루먹었더라도 말입니다."

"바꾸겠단 말인가?"

노인이 조심스럽게 물었고 차복이는 단호하게 대답했어.

"바꾸겠습니다."

그렇게 해서 말 한 필을 얻는 횡재를 하게 된 거야.

물론 그 말을 얻은 것이 진짜 횡재였다는 사실은 이튿날에나 제대로 밝혀지지. 노인의 험담대로라면 어지간히 골치 아픈 말이었으니까 말이야. 잘못하면 차복이가 노인처럼 말 때문에 골머리를 썩일 일이기도 했으니까. 그래도 횡재를 예감하게 한 것을 찾자면 마을로 가는 길에 비교적 고분고분 따라와주었다는 것이지. 집으로 들어설 때, 말이라는 짐승을 제대로 알 리가 없는 각시가 보기에는 어엿한 한 필의 준마로만 보였어. 각시는 밤한 보따리가 거짓말처럼 말 한 필이 된 이야기를 들으며 얼마나 좋아해주었는지 몰라.

차복이는 이야기 끝에 이렇게 말했지.

"우리한테 복이 오긴 오려나봐!"

*

이튿날 아침나절, 차복이는 마구간 만들 궁리를 이리저리 해보았어.

초가삼간에 마구간 달아내는 일이 쉽잖아 적잖이 실망했지만 차복이는 일단 그 문제는 접어두고 가벼운 마음으로 산으로 갈 채비를 했어. 나무 한 짐이라면 그때 나서도 괜찮았지. 지게에

도끼와 손도끼까지 얹고 각시에게 인사를 할 참이었어.

그런데 누가 걸음발을 빨리하여 길을 올라온다 싶더니 내처 차복이 집 마당으로 들어서는 것이 아니겠어. 웬 낯선 한량 같은 사람이었어.

"보시오. 당신이 어제 장에서 노인한테 말을 산 사람 맞습니까?"

그자는 이미 마당 한편에 묶어놓은 말을 눈으로 다 더듬은 다음이었어. 차복이는 일이 어디 잘못되었나 싶어 조심스러웠지.

"그렇습니다만……."

"값을 후히 쳐드릴 테니 그 말을 나한테 파시오. 내 황소 한 마리와 금 열 냥을 드리리다."

차복이는 그만 눈이 휘둥그레졌지.

"그 말은 허우대만 멀쩡하지 쓸 데가 없는 말인걸요."

"그건 내가 알아서 하리다. 팔기만 하겠다면 내 분명히 좀 전에 말한 대로 값을 쳐주리다."

"괜히 사기당했다고 하지 마시고……."

"어허, 거참. 팔 거요 말 거요?"

"그럼 그럽시다."

"아하. 파셨소이다. 다 필요한 사람에게 가는 게 이치 아니겠소."

차복이는 얼떨떨한 가운데 제 요량은 제가 알아서 해야 할 일이라며 말께로 다가갔어. 한량 같은 자는 말고삐를 쥐어보고는 뭐가 그리 신이 나는지 떠들어대기 시작해.

　"이 말이 천하의 명마랍니다. 그간 주인을 못 만나서 그랬던 게지요. 내가 무과 시험을 보려 하는데 이 말이 꼭 필요합니다. 얼마만 훈련하면 나를 틀림없이 무과에 통과시켜줄 말 정도의 구실은 할 겁니다."

　"아! 주인을 만난 셈이군요. 나야 뭐 기분이나 내자는 거였으니……."

　밤 한 보자기가 금 열 냥에 황소 한 마리로 바뀌는 순간이었어.

　그날 얻은 금 열 냥과 황소 한 마리는 인생역전을 위한 밑천이었지. 남의 집 드나드는 머슴으로 또 나무꾼으로 살아온 차복이로서는 아무리 해도 가져보게 될 계산이 안 서던 논과 밭을 사게 되고 해마다 갑절로 불려 마침내 인근에서는 최고 부자가 되어 갑부 소리를 듣게 되기까지는 단 몇 해가 필요할 뿐이었지. 밑천을 얻은 그해 동지 팥죽을 먹던 날 차복이는 각시로부터 배에 아이가 들어선 듯하다는 소리도 듣게 돼. 아들과 딸을 차례로 낳아 무럭무럭 자라는 것을 보며 갑부 소리까지 듣는 동안 그는 석숭이란 자에게 복을 되돌려줄 일에 대해선 심각하게 생각해보지 않았어. 재산을 늘리고 지키고 하는 데 온통 마음이 가 있기도 했지만, 하늘나라에서 한 계약의 세부사항을 제대로 기억하지 못한 까닭이기도 했어.

*

어찌해 갑부 소리 듣게 되었느냐 하면, 뭐 그냥 밤 한 보따리부터 시작해 자꾸 바꾸면서 고대광실과 몇 천 석 논밭을 가지게 된 것은 아니지. 그렇게 단순한 일인 건 아니지.

그럴 수야 없지. 처음에 제 논밭 가지는 게 꿈이었잖아. 차복이는 먼저 논밭을 샀고, 농사를 열심히 지었다고. 그러면서 논밭을 늘려나갔다고. 진짜 재산 불기 시작한 건 읍내에 상점을 하나 내면서였어. 사람을 들여 시작한 상점이었다고. 그때부터 재산이 무섭게 불기 시작해. 면직공이니 철공장이니 하는 이에게 미리 돈을 대주고 물품을 생산하게 해서는 팔았지. 객주니 보부상이니 하는 게 그냥 있었던 게 아니라는 걸 차복이는 그때서야 제대로 깨달았어. 팔려 갈 곳은 많았어. 제가 판 물건이 바다 건너 다른 나라까지 가는 것엔 적잖이 놀랐다고. 이미 장사야 육의전이나 시전만이 하는 게 아닌 세상이었지만 그때까지도 차복이는 제대로 몰랐던 거지. 한양에서도 난전이 들어선 지 오래여서, 사대문 밖에서는 시전상가만이 아니라 곳곳에 상가가 들어서 시전의 전매품을 매매한다고 했어. 권세가와 그들의 가복이, 그리고 관아의 향리에 호위청 군병까지 뛰어든 형세였지. 바로 그 판에 차복이도 뛰어들었고, 그 판에서 재산이 불어났던 거야.

다섯 해 만에 갑부 소리를 듣게 되고부터 조금 달라진 점이 있긴 했어. 차복이는 하늘나라에서 맺은 계약에 대해 심각하게 되새겨보진 않았어. 그러나 사주니 팔자니 하는 걸 짚어볼 수 있다는 사람들을 만나면 출생일시를 슬쩍 흘려보게 되었고 손바닥을 펼쳐 손금을 보이는 일도 피하지 않았지. 나름의 재주 있다고 소문이 난 자들이지만 그 가운데는 몇 마디만 이야기를 나눠봐도 얼치기들이 있었어. 차복이의 사정을 이미 아는 자들이 주로 그랬지. 그들은 복이 대단하다며 집안만 좋은 집안에서 태어났다면 왕후장상이 못 되란 법도 없었겠다는 식의 상찬 일색이었거든. 그러면서, 다만 어느 해 어느 철에는 큰 위기가 닥칠 수 있으니 자기를 꼭 찾아오면 비방을 알려주겠다는 자는 틀림없이 돈을 노리는 자였지. 사기꾼인 게지. 그런 자 앞에서 차복이는 알았다며 고개만 끄덕여줄 뿐이었어.

믿을 만한 자는 내내 고개를 갸웃거리는 자였다고 해야 할 거야. 도대체 차복이가 갑부 소리 들으며 살 복이 아닌데 어찌 된 영문이지 도통 모르겠기에 그러할 터였지. 그 가운데서도 겸손

한 자는 자기 공부가 부족한 모양이라고 했고 정직한 자는 아무래도 운명풀이가 백이면 백 다 들어맞는 것은 아닌지 모르겠다고 제 생각을 털어놓는 식이었지.

하늘나라 옥황상제가 잠시 눈 딱 감아주어 펼쳐진 삶 아니겠어.

차복이는 그 삶을 누리는 중이었어. 고개를 갸웃거리는 자들 앞에서 그는 실감했지. 그러면서 서서히 일어나는 불안을 다스리고 있었어. 하지만 그게 문제를 해결해주는 것은 아니지 않겠어. 언젠가는 돌려줘야 할 복이잖아. 돌려줘야 하는데 그때가 도대체 언제인지도 모르겠고 말이야. 돌려주고 나면 제 삶은 어찌 되는지도 모르겠단 말이야.

차복이는 골치 아픈 일들에 매달리느니 복 받은 나날을 착한 마음으로 보내기로 했어. 굳이 그런 결심을 하지 않아도 차복이나 그의 각시는 마음 바탕이 착한 사람들이었지. 불어나는 재산을 관리하느라 바빠 무슨 계획을 세워 선행을 베풀지는 않았으나 자연스레 인연이 닿으면 베풀려고 했지.

횡재하고 일곱 해째 되던 해 초겨울 어느 날, 동냥아치를 맞아들인 것도 그런 일 중 하나였어.

이미 읍내로 옮겨와 살던 때였지. 그날 동냥을 하러 온 것은 웬 거지 부부였어. 여자는 만삭의 몸이야. 제대로 먹지를 못해 모습은 말이 아니었지. 먼 일가붙이를 찾아가는 길인데 돈 떨어진 지 오래라고 하거든. 밥벌이는 하고 살던 사람들이 무슨 일로 망해 최근에 거지가 되지 않았나 싶었어. 차복이 부부는 오래 생각할 것도 없었지. 그들을 우선 안으로 들여서 따뜻한 방에 쉬게 했어. 그리고 더운밥을 지어 내놓았지.

"이 은혜를 어떻게 갚아야 할지……."

만삭의 여자는 머리를 푹 숙인 채고 거지 사내는 숟가락을 쥐고서 눈물이 글썽글썽해져 쳐다보네. 차복이는 고개만 끄덕여 주곤 방에서 물러 나왔어. 밥상을 치우러 가서는 날도 추우니 하룻밤 자고 내일 노잣돈을 얼마 챙겨줄 터이니 의탁할 만한 곳을 찾아보라고 했지.

그런데 이튿날 여자가 배가 아프다고 야단을 하기 시작하지 뭐야. 남편 되는 자는 아직 때가 아닌 듯한데 하며 손가락을 꼽아댔지만 달리 어찌할 방법이 없었지. 하루 더 쉬어보라고 권한 차복이 부부는 점심 지나서는 산파를 불러야 했지. 산파는 애가 나오려는 게 분명하다고 했지. 이리되니 차복이 부부가 거지 부부의 해산까지 돌봐주지 않을 수 없게 된 거지. 산파와 함께 기를 쓰던 여자는 한밤중인 자시에 아이를 낳았어. 고추 달린 사내아이였어. 차복이 부부는 이미 미역국을 끓여 기다리던 중이었지.

이튿날 산모도 아이도 다 건강하다는 것이 분명해지고 나서 두 사내는 마주 앉아 잔을 주고받게 되었어. 짐작대로 거지 부부는 집과 논밭도 있던 자들이었어. 거지 사내가 처음부터 술술 제 처지를 털어놓은 건 아니었어. 논밭도 있던 자들이라고 하고선 한참이나 입을 조개처럼 다물고 있었단 말이야. 혹시 투전이라도 했느냐 물으니 고개를 내젓고, 그럼 홍수 때 논밭 전체가 떠내려가기라도 했느냐고 물으니 또 고개를 내젓고. 그랬다니까. 술이 몇 잔이나 들어가고 또 차복이가 재촉하지 않으니 드디어 말문을 열었지.

이제는 장사를 해야 큰돈을 벌 수 있다는 소리에 마을 사람 몇과 함께 논밭을 맡기고 돈을 빌렸던 모양이야. 사기를 당했다고 했지. 들어보니 사기를 당한 건 아냐. 장사를 제대로 몰라 그런 거지. 뭐가 좋다는 소문에 달려들려다가 이미 살 물건이 없는 걸 알고 다른 물건에 손을 댔다가 몇 달 뒤 가격 폭락 사태를 맞은 것이거든. 농사만 짓던 사람들에게는 사기 같았을 거야. 농사보다 몇 배 높은 수익 생각하다 거지 된 거야. 고리대금을 감당할 수 없게 되어 목숨 같은 논밭을 내놓아야 했지. 농사짓다 흉년 들면 보릿고개만 어찌 넘기면 됐어. 하지만 생판 모르는 장사에 뛰어들었다가 논밭을 날렸으니 어쩌겠어. 길거리로 나앉게 되기까지의 사연이 이어지네. 차복이는 묵묵히 다 들어주었어. 그리고는 제 경우를 슬쩍 예로 들며 다시 살 길이 열리리라고 위로해주었지.

"······자, 잔 받으시오."

술병을 들면서 차복이는 퍼뜩 이런 생각을 했어. 농사만 짓던 사내가 장사에 나선 게 자신 탓일지도 모른다는. 그가 갑부 소리까지 듣게 된 건 농사보다 장사 덕이었거든. 소문이 퍼져 순박한 이 사내에게 헛바람을 불어넣었다 싶은 거야. 더 생각해보니, 사내가 사두려 했던 물건을 차복이 상점에서 잔뜩 사둔 적이 있네. 크게 돈을 벌었지. 바로 그 무렵 사내는 땅을 치며 울었겠다 싶어.

이젠 위로도 안 나오지 뭐. 한동안 잔만 주거니 받거니 했지. 그러다 차복이는 무심코 거지 사내에게 물었어.

"그런데 아이 이름은 어떻게 하시려오?"

이렇게. 그때 그 거지의 대답이 뜻밖의 것이 아니겠어.

"그냥 석숭이라고 지으렵니다."

그 순간 차복이는 가슴이 도끼로 콱 찍힌 기분이었어. 숨도 제대로 못 쉰 얼마간이 지나자 한겨울 큰 강의 두터운 빙판이 쩡 소리를 내며 저 상류까지 한달음에 쪼개지는 듯한 광경이 눈앞에 보이는 듯해. 그동안 사내는 혼자 이렇게 이야기하고 있었어.

"네, 자시에 태어나면 석숭이라 지으라고 누가 그러더라고요.

분명히 자시가 맞지요?'

차복이는 멍해진 채로 간신히 머리를 끄덕여주었어. 자시, 자시, 자시가 틀림없었어.

큼지막한 주머니에 담긴 복의 임자가 세상에 태어난 일 아니겠어. 빌려준 복을 되찾으러 왔다고밖에 달리 뭐라고 하겠어. 정신이 하나도 없는 상황에서 먼저 차복이는 아직 일곱 해가 남았다는 생각을 간신히 해냈어. 그리고는 석숭을 찾아 헤매는 일을 하지 않아도 되니 다행이라고 좋게 좋게 마음을 먹었어. 제때 복을 못 돌려줘 목숨을 앗길 일은 없을 테니 다행인 것은 분명했지.

하지만 모든 게 흔쾌할 리는 없었지. 복을 되돌려줘야 하는구나 하는 생각이 머릿속에 가득해져 차복이는 꼼짝을 할 수가 없었어. 아예 목숨을 받아가야겠다고 찾아온 듯도 해. 그랬으니 술을 더 내오라는 소리도 할 수가 없었지.

거지 사내가 괜찮으냐고 다 물을 지경이었지.

간신히 정신을 수습해 새 술을 내오게 하고서 차복이는 말했어.

"이것도 다 인연입니다. 우리와 함께 사십시다. 먼 일가붙이라고 찾아간들 얼마나 도와줄 수 있겠습니까. 우리 집 일을 돌봐주세요. 내가 살림살이를 마련해 드리지요."

"아이고, 아이고, 이게 무슨 말씀이십니까……."

사내는 벌게진 얼굴로 황송해했지. 그리고 금세 얼굴이 눈물 범벅이 되는 거야. 차복이는 이미 겪어본 일이었지. 차복이는 쏟아지는 눈물을 보이지 않으려고 황급히 자리에서 일어나고 말았어.

차복이는 제가 한 결정을 아내에게 이야기했어. 복의 임자가 나타났다는 소리는 하지 않았지. 하지만 오래 숨길 수 있는 일이 아니었지. 아이 이름을 석숭이로 지었다는 게 한집에 살면서 오래 알려지지 않을 수 없는 노릇 아니겠어. 아내는 많이 놀라는 눈치였지. 그런 아내에게 차복이는 일곱 해가 남았다고, 아직 많이 남았다고, 그동안 얼마든지 복을 누리면 되지 않느냐고 중얼거렸지. 힘을 내어 말했어. 그런데 이상하게도 스스로 듣기에 열기가 금세 식어버리는 소리였어.

*

마음을 먼저 잡은 쪽은 아내였어.

차복이도 복을 되돌려주는 일을 피할 생각은 추호도 없었어. 깨끗하게 되돌려주는 거다 하고 새벽에 눈을 뜨면 양반다리로 앉아 혼잣소리로 중얼거리거나 마음으로라도 되뇌었어. 그건 차복이에게는 차라리 염불 같은 것이었지. 하늘나라에서의 일이 꿈에 언뜻언뜻 보이기 시작했고 아무리 해도 되살릴 수 없을 듯하던 기억이 되살아나곤 했어. 반듯한 그림 한 장으로 펼쳐지지 않았지만, 신기한 일이었어. 계약서를 쓰고 나서 옥황상제의 신하로부터 술대접을 받은 일도 생각이 났어. 마마의 명을 받아 어쩔 수 없이 상대한다는 듯하던 그였으나 지상으로 내려보내기 전에 마음을 열고 술잔을 나누면서는, 지상의 사람이 하늘나라에 온 일이 그때까지 영 없었던 것은 아니었다고도 했고, 그렇지만 마마의 바짓가랑이를 잡고 늘어져 제 바라는 바를 얻은 자는 없었다고도 했지. 술에 취해서는 지상의 삶이 더 재미난 구석이 있다고도 했던 것 같았지. 그 기억이 났을 때는 차복이 입가에 빙긋 웃음이 떠오르기도 했거든. 다시 하늘나라에 가 사정해볼 수는 없을까 하는 생각마저 하던 차복이는 어느 날 새벽 양반다리를 하고 앉았다가 바닥을 탁 소리 나게 내리쳤지 뭐야.

뭔 결심을 했다는 것 아니겠어. 그날부터 차복이는 자기 집에서 행랑살이하는 부부를 형제의 우애로 대하기로 했고 석숭은 아들과 똑같이 키우고 가르치려고 했어.

두 부부는 오순도순 어울려 살게 되었지. 차복이 부부는 이상한 짓을 한다고 손가락질하는 사람들을 개의치 않았지. 거지 부부도 엉뚱한 생각 먹지 않고 할 도리를 잊지 않았어. 그렇게 두 집이 한 집처럼 사는 동안 어느새 석숭의 나이 일곱 살이 다가왔어.

석숭은 차복이의 자식들과 잘 어울렸어. 마치 사촌처럼 지냈지. 아이들은 다툴 때도 있었지만, 그 나이답게 금방 다시 찧고 까불었어. 다퉜더라도 화해고 뭐고 하는 게 필요 없을 나이였지. 함께 밥 먹고 함께 놀고 함께 공부하면 그게 화해였지.

석숭은 기골이 장대하지도 얼굴이 별나게 잘생긴 것도 아니었어. 옹알이하고 말을 배우고 수틀리면 울어버리는 보통의 아이였어. 차복이는 석숭이 자라나면서 총명함이 두드러지지 않을까 했어. 차차 주머니의 송곳처럼 총명함이 드러나리라. 복이 많은 아이이니 뭐가 달라도 다르리라. 그런데 막 시작한 글공부에서는 제 자식들보다 두드러지는 게 없었어. 두드러진 것이라면 가끔 그 나이 아이답지 않게 남을 생각하는 점이랄까. 그건 제 부모의 품성을 물려받은 까닭이었을 거야. 그건 또 거두어준 은혜를 잊지 않고 성심성의를 다하는 부모의 평소 태도가 은연중 자식에게 영향을 미친 까닭이었을 게야. 두드러진다면 성격이 밝고 뭐 하나라도 시작하면 물고 늘어지는 근성 정도랄까. 그렇지만 석숭이는 평범한 아이였지.

그런데 그 큰 복주머니는 도대체 어떻게 된 것일까. 석숭의 나이 일곱 살이 가까워지면서 차복이는 사주 풀이를 해보고 싶은

유혹을 강하게 받았어. 그러나 결국 석숭의 복주머니 안을 들여다보지 않기로 했지. 해보고 나면 제게 또 다른 욕심이 생길 것만 같았거든.

그리고 하루, 차복이는 더는 미룰 수 없다고 생각했어. 석숭이네 식구를 불렀지. 낌새를 눈치챈 아내도 옆으로 와 앉았어. 그런 가운데 차복이는 지난 사연을 숨김없이 다 털어놓았어. 말하는 내내 차복이의 머릿속에서는 휙휙 펼쳐지는 게 있었어. 하늘나라 창고에서 본 광경이었지. 크고 작은 주머니가 도르래 소리를 따라 위로 아래로, 또 멀리로 가까이로 움직이는 광경이 그때 당시처럼 느껴져 차복이는 흥분하고 있었지. 석숭이 부모야 입이 떡 벌어졌고. 이윽고 차복이는 마지막 말을 덧붙였지.

"지금 내가 누리는 복은 다 저 아이 것이네. 다 빌린 것이네. 내 것이 아니란 말이야. 이제 때가 됐으니 돌려줄 수밖에. 돌려주자면 다 돌려줘야겠지. 우리 집 재산까지도 주는 게 옳겠구나, 다 돌려줘야 틀림없겠구나 하는 게 내 생각이네. 그동안 많은 생각을 했네. 자, 이제 다 받으시게."

믿을 수 없는 사태 앞에서 어찌할 줄 모르던 석숭의 아버지는 손을 내저었어.

"형님, 그건 안 될 일입니다. 어찌 우리가 그 재산을 받겠습니까?"

"이 재산을 안 받으면 난 제 명에 살 수 없다네. 그러니 받으셔야만 해."

"아이 복만 되돌려받으면 되었지 이 집 재산까지는……."

"아니야! 아니야! 안 그러면 내가 죽는다니까!"

석숭의 부모가 재산을 받겠다고 할 수도 없고 안 받겠다고 할수도 없어 쩔쩔매는 중에 석숭이가 나타난 것을 알아챘어. 아이의 어미가 한숨을 토해내듯 어쩌면 좋겠냐고 했을 때 석숭의 입에서 나온 소리는 모두를 한순간 얼어붙게 하는 것이었어.

"제 것이라면 받아야죠!"

자신을 지켜보는 어른들을 보고 싱글벙글 웃어. 그러고는 덧붙이는 거야.

"대신 저분들을 저의 수양부모로 모시렵니다. 그래서 함께 살면 되잖아요."

그러자 석숭의 아버지가 무릎을 탁 쳤어.

"옳거니!"

*

이 이야기는 차복이 부부가 석숭의 수양부모가 되어 석숭의 복을 죽는 날까지 누리게 된다는 것으로 끝이 나. 그런데 이 이야기를 어린 내게 처음 해준 것은 누구일까. 아마도 우리 아버지가 아닌가 싶어. 그렇게 기억해. 나이가 든 내게 다시 이 이야기를 해준 것은 옛이야기를 모은 책이었고, 나는 이 이야기를 나도 해 봐야겠다, 결심하고는 멀리 떨어져 사시는, 이제는 연로하신 아버지에게 전화했지. 아버지가 열 살 남짓이던 내게 이 이야기를 해주셨습니다, 그때 일이 기억나요 하는 식의 인사를 하기 위해서는 아니었고, 나는 나무꾼이라는 게 도대체 어떤 사람인지 궁금해 몇 가지 여쭤보았어. 옛이야기의 많은 주인공이 나무꾼인데 나무를 팔아 먹고살자면 땔감을 돈 주고 사는 도회 사람이 부근에 있어야 할 것이 아닌지 하는 따위 세세한 사실을 확인하고 싶었어. 그래서 학생 시절에도 나무하는 게 일이었다는 아버지에게서 나무꾼의 많은 것에 대해 알게 되었거든. 하지만 이번에 별로 풀어놓지는 않기로 했지. 딴 이유는 없어. 이야기가 재미나게 잘 굴러가더라고. 그래서 굳이 내가 이런저런 세부를 만들려고 노력하지 않았어. 달리 써먹을 때가 있으려니 해.

옛날이 도대체 언제 적인지 한 마을은 또 어느 곳인지 하는 따위도 이 이야기에서는 별로 필요하지 않다고 이미 말했지? 차복이란 이름에 대해서만 한마디 해둘까? 그의 부모는 무식하고 가난하다고 했어. 자기 자식의 운명을 미리 내다보고 이름을 지어줄 위인들이 못 된다, 이 말씀이야. 그럼 어떻게 되는 걸까?

차복이란 이름은 이야기꾼들이 이 이야기의 핵심 내용과 관련 지어 만들어낸 이름이라고 봐야 하겠지. 그 말만 마지막으로 해 두기로 하자고.

흰 눈썹 휘날리며

마침내 그는 죽기로 마음먹었어.

예나 지금이나 사람은 스스로 목숨을 끊기도 하는 법. 빚에 짓눌려서건 사랑하는 사람을 잃어서이건 스스로 목숨 끊는 자들이야 결국 절망해서이겠지.

타인과의 거래에서 빠져나갈 수 없는 덫에 걸려 스스로 목숨을 끊는 일도 있지. 그때도 절망해서가 아니겠어. 대개 자신 곁에는 누구도 없다고 생각될 때, 그래서 자신의 손을 잡아줄 자가 보이지 않는다고 생각될 때, 사람은 스스로 낭떠러지로 몸을 던지게 되지.

앞으로의 나날을 살아갈 힘이 자신에게 더는 없다고 생각될 때, 사람은 그때껏 아등바등 움켜쥐고 있던 모든 것들을 한순간 놓아버리고 누구도 다녀와보지 못 한 세계로 잠겨 들어가버리지.

*

옛날 옛적에 한 사람, 죽기로 마음먹은 그도 예외가 아니었어.

얼마간 돈을 빌려보려고 나설 때까지만 해도 그의 머릿속에 죽음의 그림자 같은 것은 없었어. 그런데 기별을 넣어두었음에도 옛 동료가 일찌감치 출타했다는 사실을 알게 되자, 그는 무릎이 후들거리는 것을 느꼈고, 이어 도리깨로 가슴팍을 세차게 얻어맞은 듯한 아픔을 느꼈어. 잠시 배반감이 가슴을 휩쓰는가 싶었는데 그것은 정말 잠깐이었어. 온몸에서 힘이 빠져나가며 그는 부끄러움을 느꼈어. 어쩌자고 여기까지 찾아왔나 싶었지. 어쩌자고 지금까지 추하게 버텼나 싶었지. 진작, 진작 목숨을 끊었어야 할 일이라는 생각이 절로 들었지. 자신에게는 벌써 한 줌의 희망도 없었다는 것을 통렬하게 깨달은 것이지. 그때 이미 그는 죽기로 한 사람 아니었겠어.

그가 죽을 방법을 확정하기까지는 불과 얼마의 시간이 걸리지 않았어.

옛 동료의 집 앞을 떠나 한 마장도 채 되지 않는 장터거리로 왔을 때 호랑이에게 물려 죽기로 이미 마음먹었거든. 돈을 꾸러

가는 길에 그는 그즈음 부쩍 심해진 호환 피해에 대해 사람들이 떠드는 소리를 들었지. 그때 미간을 잔뜩 찌푸리며 희생된 자들의 운명을 안타깝게 생각하며 마음속으로 넋이라도 편안해지기를 기도했다고. 사람의 목덜미를 물어 숨통을 끊고 내장을 파먹을 짐승들이 떠올라 몸서리를 치면서. 그놈들에겐 가죽을 벗기는 형벌이 마땅하다고 생각하면서. 그런데 그가 제 몸을 호랑이에게 먹이로 던지기로 한 것이지. 사람은 절망하면 스스로 목숨을 끊기도 하는 법인데, 그는 호랑이에게 물려 죽기로 했다니까.

당신들에게 나는 지금 호랑이에게 물려 죽기로 한 사람의 이야기를 하고 있어. 잘 들어봐.

*

그 사람은 누구네 머슴이 아니야. 나무꾼이거나 한 것도 아니고.

옛이야기에 나오는 그 많고 많은 머슴이나 나무꾼들 있잖아. 우리 주인공은 그들 가운데 하나가 아니었어. 밑구멍 찢어지게 가난하고, 타고난 복주머니라고 해봤자 어린애 주먹만 해 앞날에 볕 볼 일도 있기 어려운, 뭐 그런 머슴이나 나무꾼이 아니었다니까.

약관의 나이에 지은 시는 제법 사람들 마음을 흔들었다고. 한때는 그도 주목받기도 했다 이 말이지. 하지만 그는 시만 지으면서 살 수 있는 처지가 아니었어. 시를 계속 짓는다고 해서 살 길이 열릴 신분이 아니었지. 그가 지었다는 시가 꼭 요즘의 시와 같은 것은 아닐지라도 그에겐 글재주가 있었지. 이십 대 초반까지 책도 부지런히 읽었고 생각하는 힘도 있었지. 계속 공부만 했다면 과거 시험에 합격해 문관이 될 수 있었을지도 몰라. 옛날 과거 시험이라는 건 논어니 맹자니 하는 유교 관련 서책에 담긴 뜻을 파악해 시나 논설과 같은 글을 짓는 것이라고 할 수 있잖아. 문제야 임금이 나랏일이나 시절에 맞춰 내겠지. 그러면 그에 걸맞은 옛사람들의 말이나 생각을 인용하며 제 생각을 조리 있고 품위 있게 써내려 가면 그게 시가 되고 또 논설이 되는 게지 뭐.

과거 급제가 쉬운 일이 아니지만 꿈꿔보지 못할 바도 아니었지. 그동안 그가 해온 공부나 타고난 재능으로 보아선 말이야.

그런데 그는 중인의 자식이었어.

그는 소과도 보지 않았어. 소과에 합격해 우선 생원과 진사가 되어야 서울의 성균관에 진학해 대과 응시를 준비할 수 있는데 소과도 보지 못했단 말이지. 대과가 문과지. 무과도 있기야 있지. 문과니 무과니 하는 시험은 양반의 자제에게나 열린 길이었지. 그런데도 그는 공부가 좋아 이십 대 초반까지도 책을 읽고 시를 지었단 말이야. 그가 한창 공부하던 때는 마침 집안 형편도 넉넉한 편이었지. 아전인 아버지는 행정 실무에 능숙했어. 파견된 지방관을 잘 보좌했으니 원만한 관계를 유지할 수 있었지. 그러면서 재산을 모으고 불리는 수완도 보였던 게지. 아버지는 자식들이 자신과 같은 아전으로 머물기를 원치 않았음이 틀림없어. 그러니까 시회에 아들을 참석시키고 하지 않았겠어. 둘째 아들인 그가 끝까지 아버지의 뜻에 잘 따랐지.

그는 서울 인왕산 아래 송석원에서 열리는 백일장인 백전에 나가 당당히 일등상을 받는 성취를 이루기도 해. 아버지의 둘째 아들에 대한 사랑 덕에 그때까지도 현실 문제를 덜 고민해도 좋았다고 할 수 있지. 하지만 오래갈 수는 없는 일이잖겠어? 시회와 백일장은 양반 사회를 흉내 낸 것인 셈이야. 아버지와 둘째 아들은 신분을 뛰어넘는 관직을 꿈꿨을까?

그래, 아마도 그렇겠지. 기술이나 행정 능력을 갖춘 중인이 어느 때보다 많이 관리로 쓰이는 시대가 되었으니 기대할 만도 했지. 그런데 하위직에 한정된 현상은 그대로였어.

결국 그도 중인의 자식으로서 제 밥벌이할 일을 찾아야 했지. 아버지가 병환으로 몸져눕고 오래잖아 그는 말씀드렸지. 역관 일을 해보겠다고. 누운 채로 아버지는 잘 생각했다고 했어. 그때 그가 새삼 자신의 신분을 깨달으며 좌절하거나 한 건 아니야. 과거 급제를 꿈꿀 수 없는 신분임을 진작부터 알고 있었으니까. 그때는 그런 걸 모르고 살아갈 수 있는 때가 아니었지. 그는 아버지 후원 덕에 자신이 그때껏 책을 읽을 수 있었다는 사실에 고마워했어. 옛 성인들의 말씀 전체 대강이라도 살필 수 있었으니 중인의 자식으로서는 대단한 호사를 누렸다 생각했어. 자신의 신분을 탓해본들 이득 될 게 뭐 있겠어.

고려 적은 아니지만 조선 시대였다니까.

잘 생각한 거지.

*

늦게까지 한바탕 잘 놀았다! 이만한 때쯤 사내로서 처자 먹여 살릴 일에 부딪쳐보는 것도 나쁠 것 없다!

뭐 그렇게 마음속으로 호탕하게 외쳐도 보았어. 아쉬움이 없었다면 거짓말이겠지만 그는 새로운 길에 기대를 하고 있기도 했어.

그때는 새로운 문물이 청나라를 통해 물밀듯 밀려오던 때였거든. 역관들 가운데 중계무역으로 치부하는 자도 있었지. 하지만 그는 재산을 모을 기회보다는 새로운 세상을 만날 기회에 더 많은 관심을 두고 있었어. 그는 어떤 예감을 하고 있었거든. 뭔가 세상의 근본이 바뀔 듯한 움직임을 느꼈다고나 할까. 그때는 뒷날의 우리야 다 아는 일이지만 서세동점의 세상이 이미 시작된 때였지. 그뿐인가. 저 멀리 프랑스에서는 바야흐로 대혁명을 앞두고 있던 때였잖아.

그는 새로운 세상에 대한 예감과 함께 열심히 역관이 되기 위한 공부를 했고 마침내 역관이 되었어. 아버지가 세상을 뜨기 반년쯤 전이었으니 효도도 한 셈이지. 역관 생활을 하면서 그는 분가했지. 서울에서 한참 남쪽에서 태어난 사람이던 그는 가족과 함께 서울에서 한참 북쪽인 곳에 가 살게 되었어. 역관이 된 뒤셋째와 넷째 자식을 낳았어. 자식이 넷이나 되었고 모든 게 잘되어갈 듯했어. 그런데 그는 넷째 자식 돌상을 차려주고 불과 얼마 뒤, 그러니까 9년을 채우지 못 하고 역관 일을 그만두어야만 했어.

그리고 한 몇 년은 몹시 힘든 시기였지. 역관 일을 그만둔 뒤닥치는 대로 열심히 일했다고. 그런데도 살길이 점점 어려워졌어. 다섯 번째 자식이 나온 뒤에는 끼니를 걱정해야 할 지경이 되었다고.

술이야 좋아했지만 풍류 삼아 마시는 게 제격이라고 생각하던 그가 대취해 질척거리는 골목길을 팔자걸음으로 휘젓다 기어이

나뒹구는 일이 왜 한두 번이 아니게 되고 말았느냐. 화가 날 때 터뜨리던 고함이 왜 그리도 자꾸 비명처럼 들리기 시작했느냐.

역관이 되어 잘 풀려가던 그의 인생이 왜 이렇게 엉망으로 꼬이고 말았느냐고! 그건 제대로 설명하자면 한참 길어. 먼저 그가 가족을 남겨둔 채 죽기로 했다는 걸 말해두기로 하지.

옛 동료가 출타해버렸다는 말에 치욕스러웠던 그.

이윽고 절망했고, 집으로 돌아가던 길에 호랑이밥이 되기로 마음먹었다는 사실. 우리는 그것만 다시 확인해두자고.

*

그는 호랑이가 많이 나온다는 산중으로 물어 찾아가게 돼.

해가 다 저문 뒤에서야 고갯마루 초입의 주막에 이르렀는데, 주모 눈에도 그가 거의 제정신이 아니라는 게 보였나 봐. 호랑이한테 물려 죽기로 한 사람처럼 왜 그러느냐는 것이었지. 그는 저녁을 청하고 주막에서 하룻밤 묵기로 했어. 새삼 목숨에 애착을 느껴서가 아니라 죽을 자리를 제대로 찾기 위해서였지.

저녁을 먹으면서 그는 주모로부터, 며칠 안으로 포수가 와서 호랑이를 잡기로 되어 있다는 소리를 들었어. 그리고 이튿날 다른 사람과 함께 고개를 넘기 위해 하룻밤 묵기로 하고 앞서 방을 차지하고 있던 젊은이의 이야기를 늦게까지 듣다가 잠이 들었지. 젊은이는 그와 같은 중인이었고, 의관이 되려는 자였어. 그의 꿈과 울분을 묵묵히 듣다가 잠이 든 그는 제대로 기억나지 않으나 몹시도 어수선하던 꿈에 시달리다 새벽에 잠이 깼어. 얼마간 그대로 누워 있다가 그는 수탉이 울어대는 소리에 일어나 뒤도 돌아보지 않고 고개를 오르기 시작했어.

고갯마루에 이르러 주위 경치를 살피며 천천히 숨을 가다듬었지. 그리고 그는 망나니에게 목을 빼 내미는 결연하고도 처연한 기분으로 양반다리를 하고 앉았지. 그런데 한참이 지나도 호랑이가 나타날 기척이 없어. 어디선가 꿩 소리만 꿩꿩 울리곤 할 뿐이었어. 이러다 고개를 넘는 무리를 만나면 낭패다 싶어 그는 산에서 고개로 내려오는 길이다 싶은 곳을 찾아 더듬듯 올라갔어. 이번에는 넓적한 바위가 있기에 그 위에 올라가 누웠지. 밥상 잘 차려놓았으니 어서 드시오, 하는 소리를 눈물까지 주르륵 흘리면서 하고서 말이야. 그런데도 해가 하늘 복판에 떠오를 때까지 호랑이는 나타나지를 않아. 사람 잡아먹는 호랑이는 낮에도 나타난다는 소리를 분명히 들었는데 보이지를 않으니 어째. 얼마 뒤 그는 산을 더 올라가보게 되었어. 호랑이가 다니는 길이 아닐 수 있다고 생각했거든. 한참을 산을 헤매며 정신 나간 사람이 나타났다는 기척을 열심히 냈지. 그러나 호랑이는 좀체 보이지를 않아. 숲이 우거져 못 볼 수도 있다고 생각하기에 이른 그는 다시 바위 쪽으로 가서 기다리기로 했어.

호랑이를 보게 된 건 어느새 풀려버린 긴장으로 털레털레 걷고 있을 때였지. 죽기로 한 터인데도 호랑이를 보게 되자 심장이 멎을 듯이 온몸이 오싹했어. 침을 삼키고 마지막으로 하늘을 올려다보고 눈을 감았지. 포효하는 소리에 뒤이어 짐승의 앞발이나 입이 자신을 넘어뜨리리라 생각했는데, 참으로 긴 시간이 지나간 듯했는데 아무 일도 일어나지를 않아.

나뭇잎을 스치며 지나가는 듯한 소리가 문득 등 뒤에서 들렸어. 휙 고개를 돌려보니 줄무늬가 장엄한 짐승이 느릿느릿 산을 오르고 있지 뭐야. 호랑이는 그를 지나쳐 가고 있었던 거지. 어안이 벙벙한 일 아니겠어?

입속이 다 말라버린 그는 아까의 바위로 내려가 그 위에 앉았어. 그리고 곧 고갯마루 쪽에서 나타난 줄무늬 짐승을 발견했어. 고갯마루에서 사람을 기다린 또 다른 호랑이였던가 봐. 이번에 그는 눈을 똑바로 뜨고 호랑이를 기다렸지. 그런데 이번에도 줄무늬가 장엄한 짐승은 그를 거들떠보지도 않고서 지나가버리지 뭐겠어.

운수가 다한 놈은 죽는 것도 마음대로 안 된단 말인가!

혼잣소리로 중얼거린 뒤 그는 바위에서 벌떡 일어났어. 그리고 이미 뒷모습을 보인 채 산을 오르는 호랑이에게 외쳤어.

"내가 사람으로도 안 보이느냐! 나는 호랑이밥도 못 된단 말이냐!"

획 고개를 돌린 호랑이는 곧 귀찮다는 듯 그냥 올라가. 그랬던 호랑이가 몸을 돌려 내려온 것은 얼마 뒤였을까. 그가 입을 벌린 채 멍하니 서 있던 중이었지. 그는 이제 죽음의 두려움 따위로 몸을 떨고 있지는 않았어. 워낙 어이없는 상황이 계속되었으니 말이야. 다가온 호랑이가 말을 하는데, 사람 말을 하는데, 이러지 뭐겠어?

"인간 중에서는 용감한 것인지 뭘 모르는 것인지 알 수가 없구먼. 정말 죽고 싶어서 환장했느냐? 인간이 어찌 산중에서 이 난리냐?"

짐승이 사람 말을 한다는 것도 분명히 놀랍긴 했지. 하지만, 이미 앞서 어이없는 상황을 겪어서인지 그는 곧 이렇게 냅다 소리칠 수 있었어.

"그래, 죽으려고 작심했다. 그러니 어서 잡아먹어라!"

그러자 호랑이가 어떤 표정을 짓는 듯했는데, 그것은 어이없다는 듯 피식 웃는 뭐 그런 거였어. 호랑이로서는 피식 웃음이 나올 일이었나 봐. 호랑이가 이래.

"우리가 아무나 잡아먹는다고 누가 그래? 우리는 산중에 사니 산중의 짐승을 잡지. 사람이 산중을 침범해서 가끔 사람을 잡기도 하지만 그때도 아무나 잡아먹는 게 아니라고. 그때 잡아먹는 사람은 사람이지만 실은 사람의 탈을 쓴 짐승이지. 우린 사람 탈을 쓴 짐승을 잡아먹을 따름이야. 속도 겉도 다 사람인 건 우리가 관계치 않는다, 이 말씀이야. 너는 속과 겉이 다 사람이니 우리가 잡아먹을 것이 아니지. 이제 알겠느냐?'

그는 사람이니 짐승이니, 속이니 겉이니 하는 헷갈리는 소리에 한동안 멍하니 있었어. 정신이 돌아온다 싶자 온몸에 맥이 빠지며 그는 절로 주저앉아버리게 되었어. 그러고는 울음이 터져 나오는 것을 느꼈지.

"살기가 그리 쉽지 않더니 죽기는 또 왜 이리 어려우냐. 이제, 이제 나는 어쩐단 말이냐."

그런 소리를 하고 있었지만, 그는 이미 울고 있었어. 울음과 뒤섞어 그런 소리를 터뜨리고 있었던 거지.

호랑이로서는 그가 참 난데없는 일을 만들어내는 사람이었던가 봐. 그랬으니 그의 사정을 물어왔겠지.

"음, 무슨 사연, 무슨 사정이 있는 모양이구나. 어찌된 일이냐?'

한동안 더 울먹이고서는 그는 어디서 이야기를 시작해야 할지 머릿속으로 더듬어봤어. 죽기를 마음먹은 것은 분명히 옛 동료의 출타 소식을 듣고서였지. 그러나 그 옛 동료의 정떨어지는 회피가 그를 자살로 몰아붙였다고 할 수는 없어. 그가 해야 할 이야기는 제 인생이 어찌하다가 뒤틀려버리고 말았는지에 대한 것이어야 하겠지. 역관이 되었을 때 그는 뛸 듯이 기뻤지. 공부의 시작이 늦었던 것에 비하면 역관이 된 것은 빠른 편이었어. 그는 확실히 말을 배우는 데 빨랐고 글을 쓰는 데 능했지. 아버지가 병환으로 몸져누웠을 때 그가 제 앞가림을 하기 위해 택한 역관 일은 그가 할 만한 일이었어. 신분을 생각해서도 그렇고 재능을 생각해서도 그랬지. 그의 전성시대는 연행사로 청나라의 서울 연경에 갔을 때일 거야.

*

"나는 오랫동안 통역 같은 일을 하던 역관이었지."

그는 연행사로 갔던 일을 머릿속에 떠올리며 이야기를 시작했어. 그랬더니 호랑이가 이래.

"역관 일을 한 사람이라면 중인이겠군?"

"중인. 그렇지. 나는 중인이야. 양반이 아니니 아무리 공부를 해본들 과거를 볼 수는 없지."

"역관이 되자면 과거를 볼 텐데?"

"과거야 보기야 하지만, 문과도 무과도 아닌 잡과야. 역관이니 의관이니 하는 자들이 통과한 시험은 잡과야. 잡과의 하나야. 과거 급제했다고 할 때 과거는 보통 문과의 대과를 말해."

그는 호랑이가 세상의 일을 이만저만 헤아리고 있는 게 아니라는 사실에 놀라면서도 그렇게 설명을 늘어놓았어. 그동안 호랑이는 짐작이 간다는 듯 고개를 끄덕였지. 그러고는 심드렁한 말투로 이러는 거야.

"잡과에만 응시할 수 있는 중인이래도 다른 많은 사람 생각하면 함부로 제 운명을 원망해서는 안 될 터인데."

이건 또 무슨 소리인가 싶어 그는 멀뚱히 쳐다봤어. 호랑이는 계속 이러지 뭐야.

"천민이 어디 한둘인가. 관노니 관기니 하는 사람들, 또 백정과 무당과 종이니 하는 사람들. 신분 원망해 죽기로 했다면 천민인 그들은 다 죽어 없어졌겠군. 상민이라는 자들에게는 과거에 응시할 길이 열려 있다지만 그들도 어디 실제로 글공부할 시간이 있을 만큼 한가하다던가. 남의 땅 얻어 일구기 바쁜 자들이야. 씨앗 뿌리고 곡식 거두기 바쁜 터에 말이야. 한눈팔았다가는 입에 풀칠하기가 힘이 드는 세상인데."

"내 신분을 탓해 죽기로 했던 게 아니네!"

그는 목소리에 힘을 주었어. 그는 새삼 설움이 끓는 것을 참고, 역관 시절의 일을 이야기하기 시작했어.

"나는 역관이 된 것을 진심으로 기뻐했네. 내가 가지 못 할 길에 대한 아쉬움은 이미 말끔히 접어둔 채였지. 사람이 제 신분의 제약을 어찌 말끔히 덮어둘 수 있겠느냐만 적어도 그걸 내 삶의 핑계로 삼지는 않았다는 말을 하는 것이야. 나는 역관이 되리라고 결심했을 때 새 세상을 만날 기대도 하고 있었네. 산중에 살지만 세상의 일을 많이도 아는 짐승이니 한족의 명나라 넘어지고 여진족의 청나라가 일어선 것도 알고 있으리라 믿네. 그 청나라에서 새로운 바람이 불어오고 있다는 것도 알고 있나?"

"산중에서 세상의 일을 그렇게 속속들이 관심 두고 있는 바는 아니나 기운 정도는 느끼고 있지."

"그럼 내 이야기 충분히 알아들으리라 믿네. 믿고 이야기함세. 내가 어찌 스스로 죽기로 마음먹게 되었는지를. 한때 우리 조선은 청나라의 문물을 오랑캐의 것이라 하여 배척하였다. 그러나 청나라 문물이 우리보다 앞선 것임을 차차 깨닫게 되었고 그것을 적극적으로 받아들이고 배우고자 하는 풍조가 일어났다. 이른바 북학! 우리가 오랫동안 우물 안 개구리였다는 사실을 깨달은 까닭이었지. 군신과 부자와 형제와 부부 사이의 윤리만이 아니라 풍요로운 경제와 행복한 생활을 추구하게 되면서 진리 탐구도 실사구시, 그러니까 눈으로 보고 귀로 듣고 손으로 만져보는 식으로 그 방법이 바뀌게 되었지. 산과 들의 나무에 철이 바뀜에 따라 꽃이 피고 열매가 맺히듯 절로 된 일이 아니네. 그동안 신진 학자들의 필설이 바삐 움직인 까닭이었어. 누군가는 사문난적이란 소리까지 들어가며 주장하고 증명하면서 차차로 변해왔다 이 말이지. 역관이 된 뒤에 나는 그전에 막연하게 짐작하고 있던 새로운 바람을 제대로 알게 되었네."

"흠, 새로운 바람이라?"

"그래. 새로운 바람. 역관이 하는 일이라면, 청나라를 비롯해 다른 나라에 파견되는 사신을 수행하거나, 다른 나라 사신이 우리나라를 방문하였을 때 통역을 맡는 것이지. 역관은 한 나라의 외교 관계에서 없어서는 안 될 존재이지. 그래서 조선에서는 잡과 출신 가운데서 역관은 우대해. 상대적인 우대라고 봐야겠지만. 여하튼 역관은 나라 밖으로 나갈 일이 많지. 그럴 때 나라 안에 없거나 흔하지 않은 것들을 가져와 이문을 크게 남길 수 있지. 아예 밀무역을 하여 상당한 재산을 모은 자들도 있어. 역관은 통역을 통해 외교에서 역할을 할 뿐만 아니라 무역에서도 무시 못 할 역할을 해왔다고. 양반 못지않게 학식이 있고 또 재산도 넉넉한 경우, 그런 경우엔 신분에 대한 불만을 품을 수도 있는 일이지."

*

우리의 주인공인 그는 어쨌느냐고?

역관이 된 뒤에 그는 기뻐했네. 이건 이미 말했지? 기뻐했다는
건.

통역하면서 높은 관료의 거만한 행태에 이맛살이 찌푸려질 때
도 물론 있었지. 하지만 그럴 때도 그런 자에 대한 개인적 불만
이지 제 신분에 대한 불만을 품거나 그러진 않았다고.

세상의 새로운 바람을 느끼고 제 나름 그 뜻을 새겨보는 일이
었으니 즐거움이었지. 오히려 즐거움이었어. 역관으로서의 그
의 삶은. 역관이 된 뒤 느꼈던 기쁨은 그 순간만이 아니었던 게
지. 그의 전성시대는 연행사로 청의 연경에 갔을 때야. 연경은
청 황제의 궁이 있는 곳이자 문물의 중심지 아니겠어. 드디어 새
로운 바람이 시작되는 곳으로 가보게 되었으니 얼마나 들떴겠느
냐고. 그때는 아마도 십일월 초순인가에 출발해 십이월 안에 연
경에 도착했을걸. 한 오십 일 정도 걸렸다고 해. 연행에는 군관
따위의 수행원이니 하는 명목으로 끼어든 자들이 정식 사절단의
몇 곱절이나 많아 이백 명이 넘는 인원이 함께 움직였다지.

연경에 머무는 동안 우리의 주인공은 이십칠만 칸의 유리창
거리 다락 난간에서는 방대한 서적에 눈이 어지러웠어. 때로 혼

자 때로 어울려 곳곳을 둘러보며 접한 서양 문물에는 머리가 어지러웠지. 쇠를 녹이고 나무를 깎아 만들 수 있는 것들이 그렇게 다양할 수 있다는 사실에 놀라고 놀랐지. 그것들 가운데는 단지 일상생활에 편리한 것만이 아니라 새로운 물건을 만들어내고 새로운 이치를 밝혀내는 것도 있었을 터. 실제로 재어 그렸다는 세계전도를 보고 세상이 얼마나 넓으며 또 얼마나 많은 나라가 있는지를 알았을까. 서양의 학문은 놀라운 것이었어. 연경에서 불기 시작한 바람은 단지 연경에서만 일어난 게 아니었어. 서양에서 들어온 것이 연경에서 일어난 것과 뒤섞여 바람을 일으키고 있었으니까. 그는 그 바람이 조선에 천지개벽과 같은 일을 일으킬 수 있으리라는 예감을 가슴에 품고 돌아오게 돼.

그는 세상의 큰 흐름에 어둡지 않았어. 음, 그러나 제 주위의 흐름에는 어두웠다고 봐야겠지. 주위 사람들의 호의와 헛기침과 침묵이 그때마다 다 다른 무엇을 숨기고 있는지를 심각하게 생각하지 않았던 것이지. 그는 중인이면서도 서책을 읽고 시를 짓던 때나 중인의 신분에 맞게 역관으로서 밥벌이하던 때나 내내 무언가 큰 것을 쫓고 있었다고 봐야 해. 자신을 고귀한 존재라고 생각하지 않았나 모르겠네. 비록 역관 일을 하고 있으나 나는 더 큰 일을 하고 있다, 뭐 그런 식의 생각을 자신도 모르게 하고 있었기가 십상일 듯해. 그래서 주위 사람들이 그를 의아하게 보거나 참견을 하고 지적을 해도 대개 웃으며 무시하는 방식으로 대처했지. 연경에서 돌아온 뒤 그는 웃으며 무시할 수 없는 사태에 휘말리지. 불행의 시작이었어.

불행이 닥친 것은 예감이 어긋나거나 해서가 아니야. 그가 자신이 가는 길과 큰 상관이 없다고 무시했던 주위 사람들이 그를 가만두지 않았거든. 연행사의 일원으로 청나라에 다녀온 뒤 반년인가 지났을 때 그가 얽혀든 일은 밀무역과 관련된 일이었지. 역관들 가운데는 밀무역으로 상당한 재산을 모은 경우가 있다고 했는데, 사실은 대개가 밀무역에 가담했어. 은과 인삼을 가져가 능라와 모자 같은 사치품을 사 와서 이득을 남긴 선배 역관이 있었지. 이득을 놓고 다툼이 생겼어. 뇌물을 받으며 뒤를 봐주던 지위 높은 양반과 그 역관 사이에 말이야. 공생하던 그들이 더 많은 이득을 원하고 또 서로 의심하면서 빚어진 다툼이었지. 그런데, 엉뚱하게도 그가 휘말려들게 되었지. 처음엔 같은 신분인 선배 역관이 그에게 증인이 되어 달라고 부탁해왔어. 자신이 말하는 대로 증언해주면 후한 대접을 하겠다는 것이었지.

내켜 하지 않자 그 자리에서 은이 담긴 주머니를 내밀어.

받지 않겠다고 했는데도 그자는 거둬들인 듯하던 주머니를 마지막 순간에 던지고 가버렸어.

며칠 뒤 어찌어찌해 되돌려주었지만, 적반하장 격으로 자신이 약속을 해주어야 하는 꼴이 되고 말았어. 그를 위태롭게 하는 증언은 하지 않는다는 약속이었지. 부정한 돈을 되돌려주느라 할 수밖에 없었던 약속 아닌 약속이었어. 마음 한구석 께름칙했지만, 그 약속이 어떤 일을 몰고 올지는 정말 몰랐지. 지위 높은 양반이 부리는 사람들에게 잡혀가, 두 눈을 가린 채 끌려가 치도곤을 당하고서야 자신이 해준 약속 아닌 약속이 얼마나 위험한 것인지를 깨달을 수 있었지.

약속은 결국 선배 역관과 운명을 같이하겠다는 것이거든. 그럴 수는 없어!

선배 역관과의 약속을 저버리는 것으로 그가 불행에서 벗어났느냐고? 치도곤 당한 게 그의 불행이었던 게 아니라니까. 그건 시작일 뿐이었어. 여러 달에 걸쳐 그는 내부 감사로 시달려야 했지. 관가에까지 오래 오가며 곤욕을 치른 뒤에야 억울한 지경에서 풀려날 수 있었어.

관가에 가서도 진상이 빨리 밝혀지지 않은 것은 선배 역관과 지위 높은 양반이 모두 만만찮았기 때문이었지. 지위 높은 양반이야 말할 것도 없지만 선배 역관도 그새 달리 손을 써놓을 배경이 있었으니 만만찮았던 게지.

밀무역이야 국법이 용납하지 않는 것이지만, 몰래 들여온 물건을 찾는 것은 왕실이고 고위 관료들 아니겠어? 그들이 배경이었지. 국법의 지엄함은 그냥 중인 역관 나부랭이일 뿐인 그만 오래 쥐어쌌지.

그가 풀려난 것은 만만찮은 두 사람의 대결이 마침내 한쪽으로 기울면서였지.

*

"그런데 그것도 끝이 아니었네."

그는 호랑이에게 말했지. 우리의 주인공이…….

뭐? 그런데 지금 누가 누구에게 하는 말이냐고?

아, 지금 우리의 주인공이 사정을 물어온 호랑이에게 이야기하고 있지. 물론 그걸 내가 추려서 당신들에게 이야기하는 중이기는 하지. 원래는 그가 호랑이에게 한 이야기를 말이지.

옛이야기니까 사람이 호랑이에게 말을 하지. 호랑이가 사람에게 말도 하고. 그래서, 헷갈리게 된 모양인데, 그래도 그렇지, 다들 정신 차리고 들어주어야지. 아, 부탁이오. 이게 참, 내가 그 사람 목소리를 진짜처럼 연기를 잘해서 들려줘야 하는데, 그러지 못 해 헷갈리기도 했겠어. 아, 미안하오. 우리 모두 노력하기로 하고…….

여하튼, 이야기로 돌아가서, 왜 끝이 아닌가 하면, 연경에서 돌아온 뒤 그가 새삼 다시 열정을 내어 쓰기 시작한 글이 고발당했거든. 몇 년 전 문체반정을 통해 이 나라의 전하가 크게 한탄하고 책망한 패관소품의 문체를 따르고 있다는 것이었지. 청나라 연경에서의 감동과 새 세상에 대한 예감을 담았으니 문체도 저 북학파의 것을 닮았던가 봐. 북벌을 주장하던 우리 조선에서 북학이라니! 그것만으로도 놀랍지.

북학파는…….

그는 문체반정이니 패관소품이니 또 북학파니 하는 것을 호랑이가 알 수 있을까 생각했지만 덧붙여 설명하지는 않기로 했어. 사실 그런 건 산중의 짐승만이 아니라 시정의 사람 가운데도 모르는 이가 많았으니까. 아까 호랑이 말마따나 속속들이 관심 두지는 않았을지라도 기운 정도는 느낄 수 있으리라 혼자 믿고 이야기를 계속했어.

"일개 서생도 못 되는 자의 글이 고발 대상이 되고 관직 박탈의 사유가 될 줄이야 어찌 알았겠는가. 역관들의 기강을 바로잡겠다고 서슬 퍼런 칼을 휘두르던 때이니 살아날 방도가 없었지. 역관 일에서 쫓겨나고서 살아보겠다고 이리 뛰고 저리 뛰며 해본 일들은 하나같이 내가 아둔패기임을 증명해주는 것 같았네. 그때마다 일로 얽혔던 사람들은 하나같이 사기꾼이고 배신자였네. 어쩌자고 나는 그렇게 쉽게 그 사람들의 선의를 믿었고 또 기대했는지 몰라. 뱃속 생각이 무엇인지는 짐작도 안 해보고 내 마음처럼 안 움직여주는 것에만 혼자 안달을 하곤 했지. 어찌해 내 눈이 그렇게나 어두웠는지 모르겠네. 눈 위에 또 서리가 내린 다더니만, 아버지 재산은 그동안 형님이 다 탕진해버렸더군. 형님이 아버지 재산을 제대로 지키지 못 한다는 짐작은 했지만 그 정도일 줄이야. 아버지 산소를 옮기느니 마느니 하는 일로 귀향하게 되어서야 알았네. 선산이 없어지니 친척이고 고향이고 모두 없어지더군. 그때부터 나는 이미 죽은 사람이었지. 돌아와 돈을 꾸러 다니며 당한 수모도 있고 근래 부쩍 바가지를 긁어댄 마누라도 있지만 이미 내 인생은 끝이 나버렸어. 그것도 모른 채 돈을 좀 꾸어보겠다고 미리 기별해놓고 옛 동료를 찾아갔다가 당한 낭패는 사실 이미 무너질 상황에 이른 축대에 작은 돌멩이 하나가 빠져나간 것일 뿐이네. 그러니 탓할 일이 아니지. 그 옛 동료를. 세상인심 탓할 일이 아니지. 탓할 것이면 나를 탓해야 지. 아둔한 나를."

드디어 긴 이야기가 끝났어. 뭔가 잠시 생각해보는 눈치이던 호랑이가 천천히 몸을 일으켰지. 그러고는 따라오라는 고갯짓을 해.

호랑이를 따라간 곳은 사람의 것임이 틀림없는 뼈다귀가 뒹구는 곳이었어. 그 주변을 앞발로 뒤적여 호랑이가 보여준 것은 전대 같은 주머니였지. 쥐어보니 전대에서는 엽전이 쩔그렁 소리를 내지 뭐겠어.

"눈썹 하나를 뽑아 가."

호랑이가 하는 말이야. 그는 멍하니 쳐다보다 입을 열었어.

"눈썹이라면……."

"눈 위에 난 털이 눈썹 아니냐. 그걸 하나 뽑으라고."

자세히 보니 과연 호랑이 눈두덩 같은 곳에는 수염 같은 흰 털이 몇 가닥 솟아 있었어. 그는 하나를 뽑았지. 그러자 호랑이가 말해.

"보통 물건이 아니니 요긴하게 쓰일 때가 있을 거야. 그리고 서울 종로에서 팥죽 장사를 하는 여자를 찾아가면 살아갈 방도가 생길 거다."

눈썹을 뽑게 해놓곤 또 뜬금없는 소리를 하는 호랑이 아니겠어? 잠깐 쳐다보는가 싶었는데 어느새 호랑이는 돌아서버려. 그러고는 나무와 나무 사이로 멀어지기 시작해.

그가 정신을 수습한 것은 눈앞에서 사라진 호랑이가 포효하는 소리를 내질렀을 때였지.

*

호랑이에게 물려 죽기로 했다가 엉뚱하게도 호랑이눈썹을 얻게 된 우리의 주인공, 그는 제게 일어난 믿기지 않는 일에 어리둥절해하며 고갯마루를 내려갔어.

이윽고 고갯마루 초입 주막에 이르렀을 때 그는 농담까지 하게 돼. 주모에게 그는 이랬다고. 새벽에 혼자 나서서 산으로 올라간 것은 호랑이를 잡기 위해서였다, 포수가 총을 쏘아 잡으면 가죽이 상하니 호랑이는 맨주먹으로 때려잡는 게 최고다, 고갯마루에서 호랑이를 만나 뒤쫓아 한참 산중을 뛰어다녔다, 다 잡을 뻔했지만 아슬아슬하게 놓치고 말았다, 할 수 없이 그냥 고개를 넘어가려다 발길을 돌려 돌아온 건 밥값을 계산하지 않은 걸 뒤늦게 깨닫고서다, 뭐 그런 평소에는 거의 하지 않던 허튼소리를 한참이나, 한참이나 지껄였지.

주모는 당연히 농담이라고 들었지만, 그가 어딘지 이상하다고 생각했어. 떼인 줄 알았던 밥값 따위를 받게 되어 입이 벌어지긴 했으나 그가 휘적휘적 멀어지는 동안 고개를 갸웃거렸다고.

아닌 게 아니라, 그는 그때 제정신이 아니었지.

호랑이에게 물려 죽지 않았으나 다시 살 길이 열렸다고 확신하고 있지는 못 했어. 죽기로 마음먹은 사람이 살아 돌아오게 되면, 살아 돌아오게 된 그 일로 살아갈 힘을 얻게 되기도 하는 법이잖아. 그런데 그에게는 아직 그런 상황이 아니라는 소리네. 사실 그는 제게 무슨 일이 일어났는지도 제대로 헤아리기가 어려웠어.

여하튼 정신 나간 사람처럼 휘적휘적 돌아가는데, 돌아가자면 장터를 지나가게 되는데, 장터에서 그는 드디어 호랑이눈썹을 제 오른쪽 눈 위에 가져가보았어. 호랑이눈썹을 제 눈썹 위에 겹쳐놓았더니만 참으로 희한한 일이 벌어지지 뭐겠어. 이게 어찌 된 영문인지 장터의 사람들이 사람 꼴을 하고 있는 게 아니라 짐승 꼴을 하고 있는 거야. 사람들이 하나같이 개니 돼지니 하는 짐승들로 바뀌어 보이더라 이거야. 흠칫 놀라 호랑이눈썹을 제 눈썹에서 떼어놓았더니 소니 말이니 하는 짐승이 순식간에 사람으로 바뀌잖겠어?

몇 번을 되풀이했는데 마찬가지야.

호랑이눈썹을 떼나 붙이나 마찬가지로 사람인 사람은 그때 그가 장터에서 본 바로는 서넛밖에 되지 않았어.

산중 호랑이가 준 눈썹은 사람과 사람의 탈을 쓴 짐승을 구별해주는 신기한 물건이었던 것이지. 신기한 물건인 것은 틀림없었지. 그런데 어디에 요긴하게 쓰일지는 알 수 없었지.

알 수 없었지만 제집으로 간 그는 문을 밀고 들어가기 전에 호랑이눈썹을 찾아 손끝으로 쥐었지.

아무 기척이 없어서 그냥 들어가려 했어. 그때 부엌에서 마른

솔가지가 뚝 부러지는 소리가 나. 부엌으로 향하며 호랑이눈썹을 제 눈 위에 갖다 대었더니, 마침 문이 열리고 성질이 뻗친 아내 얼굴이 보이는가 싶더니, 암탉 한 마리가 꼬꼬댁거리고 있지 뭐야.

그의 아내는 암탉이었지.

*

노잣돈 얼마 챙기고 전대를 아내에게 던져준 뒤 그는 집을 떠났어.

역관 일에서 쫓겨난 그가 하는 일마다 실패하는 동안 아내는 힘도 위로도 주지 못 했어. 시간이 흐르면서는 위로는커녕 부아가 치밀게 하기가 일쑤였지. 늘 종알대며 옛일을 떠올리거나 남편을 다른 사람과 비교하여 끝내는 모욕감을 주곤 했지. 어지간히도 힘이 들면 저러겠느냐 하며 넘겨왔는데 암탉의 모습을 하고 있는 것을 보니 성정이 애초에 그따위로 생겨먹었구나 싶은 게 다시 쳐다보고 싶지 않았지. 정이 다 떨어져 버렸지. 그래서 그는 돌아서서 바로 집을 떠났던 거지.

호랑이가 일러준 대로 서울 종로통에서 팥죽 파는 여자를 찾아간 우리의 주인공, 그가 그녀를 찾아내기까지의 과정도 자세히 이야기하자면 한참이나 길게 할 수 있어. 그렇잖겠냐고. 그러나 이번에는 그러지 말자고. 다만, 그가 종로통에서 팥죽집을 혼자 하는 여자를 찾아내었을 때도 호랑이눈썹을 대어보았다는 사실, 그리고 그때 그녀가 서울에서 그것도 장사치 가운데서는 드물게도 사람의 모습을 한 것을 보고 바로 이 여자구나 하는 확신을 하였다는 사실만 이야기해두기로 하면 될 일 아니겠어.

그렇지?

*

"이보시오, 주인……."

이리저리 눈치를 살피다 다른 손님이 다 나가고 주인 여자와 단둘이 되자 그는 입을 열었어. 팥죽집 여자는 그때도 바쁘게 일을 하고 있느라 제대로 눈길을 주지를 않아.

"여기서 내가 심부름이나 하면서 팥죽을 좀 얻어먹을 수 있으면 좋겠소."

여자는 흘낏 그를 쳐다보더니 하던 제 일을 그냥 계속해. 그가 당장 무슨 할 말도 찾아내지 못 했는지라 어색한 침묵이 한참이나 흘러. 일어날 수도 없고 해서 그냥 죽치고 앉았는데 여자가 이러는 거야.

"심부름하겠다며 손님처럼 그리 앉아만 계실 거예요? 뭐든 해보세요. 일하는 것 보고 심부름꾼으로 쓰든지 그냥 내쫓든지 정할 터이니까요."

그는 반은 승낙을 받았다 싶어 벌떡 일어났지. 무슨 일을 해야 할지 몰라 허둥거리긴 했지만 어쨌든 앉아 있을 수만은 없는 일이었거든. 그리고 기쁘기도 했고 말이야. 아주 손쉽게 반승낙을 받은 것 같지만, 사실은 며칠 동안 그가 손님으로 들락거리며 얼굴을 익히는 공을 들인 결과였어. 그리고 팥죽집의 심부름꾼 아이가 달아나버려 손이 부족하다는 걸 처음 찾아왔을 때 눈여겨봐둔 덕이기도 했지.

그런데 팥죽집 여자가 심부름꾼으로 쓰겠다는 말을 한 것은 열흘이나 지나서였어.

그는 하루 이틀 지나면서는 승낙이 되었구나 싶었지. 웬걸. 나흘 닷새가 지나면서는 이것 어찌 되나 싶어 조마조마하기도 했지. 그런데 열흘이 지나서 팥죽집 여자가 승낙해준 거야. 그동안 이런 일을 해본 사람이 아닌 것 같은데 앞으로도 잘할 수 있겠는지 묻고, 또 제대로 해야 한다는 다짐도 받고서 해준 승낙이었어. 그동안 그가 신뢰할 만한 인물인지를 나름 꼼꼼히 살핀 뒤 승낙한 여자는 스무날이 지나자 얼마나마 삯도 주었어. 언문으로, 그러니까 한글로 심부름 삯을 어떻게 쳐주겠다는 내용을 종이에 써서 건네주기까지 해. 그리고 두 달쯤 지나자 여자는 그에게, 일하는 솜씨는 굼뜬데 어찌된 일인지 손님이 늘어났으니 마음에 든다고 했어. 그 말을 들었을 때 그는 팥죽집에 오는 사람들의 속 모양을 보고는 그에 맞춰 대접하려 했던 것을 생각해냈어. 손님이 늘어난 것은 그가 호랑이눈썹을 요긴하게 쓴 결과임이 틀림없었어. 손님이 여우인지 멧돼지인지 알아보았다고 해서 당장 가장 적절하게 대접할 방법을 알고 있었던 것은 아니지만, 차차 그쪽에도 감이 왔지.

처음에 정말 심부름꾼에 지나지 않았던 그는 차차 팥죽집의 주인 같아졌고, 손님들로부터 주인 양반이라는 소리도 듣게 되었지. 처음에 주인 양반 소리 들었을 때는 손사래까지 쳤지만 어색하지 않게 인사하며 응대할 수 있게 되었어. 그가 팥죽집의 심부름꾼이라는 것을 알고 있던 주위 사람들 가운데 하나가 주인 양반이 되는 것도 좋지 않냐며 여자와 그를 한자리에 앉힌 것은 열 달쯤 지나서였을 거야. 남 잘 웃기고 저 자신 잘 웃는 그 이웃은 '어디서 굴러먹다 온 개뼈다귀'인지는 모르지만 그동안 살펴본 바로는 '도적놈 심보'만은 아닌 게 분명한 그와 처녀 할멈이 될 팔자가 아닌 게 분명한 팥죽집 여자가 서로 의지해서 살아가도록 혼사를 추진하겠다는 것이었지. 팥죽집 여자는 펄쩍 뛰었어. 처음에야 그도 펄쩍 뛰며 손사래를 쳤지. 그랬던 그도 두어 달 뒤에는 팥죽집 여자의 남편이 되어 진짜 주인 양반 역을 맡았어. 그동안 여자가 다져놓은 기반에서 팥죽집은 번창했어. 가게를 넓히는 한편으로 따로 집도 구할 수 있게 되기까지는 두 사람이 함께 살게 되고 두 해도 안 되어서였지.

종로는 그때 사람들이 구름처럼 모인다고 해서 운종가로 불렸다고 해. 동대문과 서대문을 잇는 그 거리에는 새벽과 저녁에 소리를 울려 성문을 여닫게 할 수 있는 종이 있었고 온갖 상점과 주막과 음식점이 어깨를 맞대고 이어져 있었지. 바로 그 거리에서 우리의 주인공이 가게도 넓히고 따로 집도 구했단 말이지. 물론 함께 살게 된 여자의 힘도 빼놓을 수 없지만 말이야.

혼자 팥죽집을 하던 여자는 몰락한 양인의 자식이었어. 그 시절에는 이미 조선 전체에 이앙법이 정착되어 광작이 가능해진 때야. 한 사람이 예전보다 더 넓은 논의 벼농사를 감당할 수 있게 되었다는 말씀이야. 땅 가진 사람은 부농이 될 수도 있지. 그러면 소작농들은 어떻게 되겠어? 소작농들이야 땅이 어디 있나. 땅 얻기가 어렵게 된 소작농들은 농사를 접고 장사치가 되거나 남의 집 머슴살이를 해야 했지. 그녀의 아비도 그런 세상의 흐름에 휩쓸려 서울로 왔으나 제대로 자리 잡지 못 하고 끝까지 가난에 시달리다가 세상을 뜨고 말았지. 농사 말고는 세상일 제대로 알지 못 하는 사람들 운명이야 대부분이 그랬지. 그런 건 혼례를 하기 전 어느 하루 여자가 담담하게 제 내력을 이야기해주면서 그가 알게 된 사실이지.

그는 그 뒤에도 여자가 무진 고생 끝에 형제 가운데 홀로 살아남고, 부모형제가 누리지 못 한 사람다운 삶에 대한 열망으로 온갖 비천한 일도 견디며 종잣돈을 차곡차곡 모으고, 어려운 가운데서도 너그럽게 마음 쓴 덕분에 돌아온 주위 사람의 도움으로 마침내 팥죽집을 열게 된 이야기를 들을 수 있었어. 그날 그는 여자의 내력만 알게 된 게 아니야. 여자가 사람 보는 눈이 남다른 것도 알게 돼. 물론 그동안 함께 지내며 겪은 일을 짚어봐서 하게 된 짐작이지만, 틀림없이 관상 같은 걸 보는 눈이 있겠다고 혼자 생각하기까지 했지.

장사를 다 끝내고 흔들리는 등불 아래서 말이야. 그날은 눈이 휘몰아치던 날이었지.

*

팥죽집 여자와 심부름꾼이 함께 살고 가게를 번창시키는 일이 벌어지는 동안, 그의 눈썹에도 무슨 일이 생기거든. 이 일도 이야기 안 할 수가 없다고. 사실은 제일 중요한 것이지. 들어보라고.

팥죽집 여자를 만난 뒤 호랑이눈썹의 요긴함을 알게 되긴 했지. 그런데 매번 눈 위에 대는 일은 참 번거로워. 그리고 한편으로는 사람의 속을 들여다본다는 것이 유쾌한 일만은 아니기도 했어. 유쾌하지 않은 게 아니라 역겨운 경우도 많지 않았겠어.

하루는 그가 혼자 있을 때 거울 앞에서 호랑이눈썹을 눈 위에 가져가보았어. 좀 슬픈 얼굴을 한 사내가 거울에 나타났지. 사내의 얼굴에서는 모함에 이어 고발까지 당하여 역관 일에서 쫓겨나게 된 이후로 고생한 흔적이 다 드러난다 싶었지. 호랑이에게 물려 죽겠다고 산으로 가던 때의 얼굴은 차마 보고 싶지 않았어. 고개를 돌리려는데 왼쪽 눈에서 눈물이 찔끔 나오지 뭐야. 그는 코를 훌쩍이곤 손으로 눈을 훔치러 했어. 그 순간 그는 제 손가락 끝에 있어야 할 호랑이눈썹이 보이지 않는 걸 깨달았어. 어찌되었나 싶어 주위를 살펴보던 그는 그것이 제 눈썹에 붙어 있는 것을 발견했어. 살짝 붙은 게 아니라 제 눈썹 가운데서 하나만 유독 길게 자라난 것처럼 제대로 뿌리를 내려서 붙어 있는 것이었지.

호랑이눈썹이 붙은 그의 눈썹.

며칠 지나지 않아 이게 전체가 희게 변하면서 길고 무성해졌어. 그래서 눈썹이 제대로 모양을 갖추고 고정되었을 때는 인상이 달라 보일 정도가 되었지. 바람 부는 날에 거리로 나서거나 집 안에서라도 재게 움직이면 어느새 흰 눈썹이 휘날리는 듯한 느낌이 들 정도였지. 호랑이눈썹은 그의 눈썹과 완전히 하나가 된 채 예전의 신기한 힘을 여전히 발휘해.

이런 일도 있었어.

이건 그의 눈썹에 호랑이눈썹이 뿌리를 내리며 전체가 흰 눈썹으로 바뀐 뒤의 일인데, 어떤 일인가 하면, 예전에 그를 불행으로 끌어들인 선배 역관이 팥죽집으로 찾아오는 일이 있었어. 팥죽집으로 들어서던 선배 역관은 그와 마주치고는 움찔하는 듯했어. 안경을 쓴 모습이긴 했으나 손님이 누구인지를 단박에 알아본 팥죽집 주인 양반, 그러니까 우리의 주인공도 움찔하기는 마찬가지였어. 뭐라고라도 알은체를 할 줄 알았는데 손님은 그냥 자리에 앉아. 그러고는 함께 온 여자에게 이 집 팥죽이 얼마나 맛난지 모른다는 소리를 하는 거야. 소문을 듣고 온 모양인데, 그는 다시 보고 싶지 않은 자를 손님으로 맞이한 것이었지. 다시 보고 싶지 않았을 뿐만 아니라 다시 볼 수 있으리라고 생각하지 않은 자였어. 자신보다 더 일찍 몰락한 것으로 알고 있는데, 양반이나 다름없는 행색을 하고 나타난 것이 아니겠어. 그것도 여염집 여자인지 뭔지 모를 미모의 여자와 함께 말이야. 기분 탓이겠지만, 그의 코 위에 앉아 눈을 밝혀주고 있는 안경, 청나라에서 들여왔을 안경이 그때처럼 우스꽝스럽고 역겹기까지 한 물건으로 보인 것은 그때가 처음 있는 일이었지.

어떻게 팥죽을 내주었는지, 팥죽을 먹는 동안 자신은 뭘 어쩌고 있었는지 제대로 기억나지도 않는 시간이 흐른 뒤 그는 이런 소리를 듣게 돼. 손님으로 찾아온 옛 선배 역관으로부터.

"소문대로 맛이 대단하오이다."

그는 고개만 끄덕였어. 손님의 말은 그것이 끝이 아니었어.

"들어올 때 나는 혹시나 내가 알던 사람이 아닌가 싶었소이다. 그 사람은 나를 보면 원수는 외나무다리에서 만단다나 어쩐다나 하는 말을 떠올렸을지도 모르겠소만, 나는 꼭 그렇게만 생각하지는 않소이다. 내가 미안한 구석이 있지만, 그 사람이 내 말대로만 해주었으면 다들 고생할 일이 없었지요. 나야 그래도 다시 일어섰소이다만, 그 사람, 융통성 없던 그 사람은 그걸로 인생 종치지 않았는지 모르겠소. 그것까지 내가 책임을 질 수는 없는 일 아니오. 혹시라도 아직 살아 있어 도와달라고 찾아온다면 내가 인심을 쓰지 못할 일도 아니지만, 우리 사이의 일을 순전히 내 탓이라고 오해해서는 안 되는데, 그걸 이제 말할 수 없게 된 게 나로서는 안타까울 따름이오. 실패를 거듭하더니 아예 사라져버렸다지. 처자식을 둔 채……."

그때 여자가 끼어들었지.

"아이, 무슨 알아듣지도 못 할 말씀을 그렇게 길게 하셔요."

"하하. 그러게. 내 파란만장한 인생의 한 시절과 관련된 일이 떠올라 그만 너를 지루하게 하였구나."

"파란만장하다면서도 그 시절에 대한 말씀은 늘 그렇게 흐릿하게만 하시고……."

"그래, 그래. 내 이젠 더 그러지 않으마. 다 드러내어 말하지 못 할 것도 있는 법이지. 대신 내가 모은 재산으로 너 호사는 하게 해주잖느냐. 내 재산이 순풍에 돛 달고 살아오는데 얻은 것이겠느냐. 네가 호사를 누리는 게 내 파란만장한 인생의 증거니라. 달리 증거가 무에 있겠느냐. 그러니 너도 흐릿하다느니 하는 말 이제는 그만 하여라."

남자는 여자의 팔꿈치를 다독이듯 두어 번 치고는 자리에서 일어났다.

"팥죽 잘 먹었소이다. 종종 오리다."

다시 선배 역관과 두 눈이 마주쳤어. 그런데 그건 잠깐이었고 손님은 무심하게 엽전을 찾아 내밀었어.

그는 피가 거꾸로 솟는 듯해 혼자 부들부들 떨고 있었지.

엽전을 어찌 받아 챙겼는지 제대로 기억도 못 해. 그래도 두 사람이 가게를 나설 때는 얼른 그들의 속 모양을 꿰뚫어보았어. 수염을 쓰다듬는 너구리 한 마리와 치맛단을 돌리며 끌어올리는 여우 한 마리가 햇빛 속으로 나가고 있었지. 능글맞은 웃음을 피

워 올린 채 노회한 눈알을 굴리며 흉악한 생각을 할 너구리에게
서는 문밖으로 나섰는데도 순간 코를 찌르는 악취가 났어. 곰살
맞은 몸짓을 하면서도 늘 깜찍하고 영악한 계산을 하는 여우에
게서도 무슨 냄새가 날 텐데도 너구리의 냄새가 워낙 강렬해 그
의 코는 순간 마비가 된 듯했어.

그즈음 그는 손님의 속 모양을 늘 꿰뚫어보는 게 아니라 특별
히 궁금할 때만 들여다보곤 했지.

팥죽집 여자는 제 남편의 낌새가 이상했다는 것을 놓치지 않
았던 모양이야. 남편을 살피고는, 방금 나간 두 손님을 두고서,
남자는 남의 등을 많이 쳤을 인물이라고 했고 여자는 남의 간을
빼먹을 인물이라고 했거든. 그날 일을 마치고 집으로 가는 길에
는 또 이렇게 물었거든. 낮에 여자와 함께 온 양반 차림 사내가
아는 사람이었느냐고.

그는 얼마 동안 침묵하다, 역관 시절 선배였노라고 털어놓았
어.

숨을 깊이 들이쉬었다 내쉰 뒤에는, 제 살 길을 위해 거짓 증
언을 해 달라고 요구하다, 끝내는 진흙구덩이 속으로 끌어들인
인물이라고 했어. 그러고는 다 지나간 일이니 더 생각하고 싶지
않다고 했지.

"알았어요."

고맙게도 그때 팥죽집 여자는 더 캐묻지 않았어. 그렇게, 알았
다고만 했어.

*

또 무슨 일이 있었을까.

많은 일이 있었는데 빠뜨리지 말아야 할 일로 무슨 일이 또 있
을까.

너구리와 여우가 다녀간 뒤 어느 날, 그가 어둑한 저녁에 방에
서 어쩌다 거울 앞에 섰던 일이 있군. 그때 그는 기함을 해. 뭘
봤느냐 하면, 자신이 한 마리 늑대로 변한 모습이었지. 이튿날
아침 제 모습이 원래대로 돌아간 것을 보고 안심했지만 늙어 어
깨의 털도 빠지고 덫에 걸린 상처가 흉측하게 다리에 돋아난 채
로 송곳니를 드러내며 분노한 짐승의 모습은 쉽게 눈에서 지워
지지 않았어. 스스로 죽기로 하였을 때의 모습을 다시 보고 싶지
않은 것 이상으로 짐승이 된 제 모습은 보고 싶지 않았지.

그날 이후 거울 앞에 서게 되면 언제나 먼저 숨을 가다듬게 되
곤 했어.

그 짐승을 다시 거듭 보게 된다면, 제 속 모양인 늑대의 피가
세차게 흐르고 근육이 꿈틀거리기 시작한다면, 그는 아무것도

모른 채 요기하러 팥죽집으로 들어오는 어느 순박한 곰보 나무꾼 하나를 갈기갈기 찢어놓고 말 듯했어. 그뿐이 아니었지. 삐죽삐죽 일어선 거친 털에 어지럽게도 피를 묻힌 채 거리로 뛰쳐나가서는 열 살도 채 안 되는 무슨 도령이나 장옷 쓰고 구경 나온 누구네 꽃 같은 아씨거나 할 것 없이 닥치는 대로 넘어뜨리고 물어뜯을 것만 같았지. 남들도 놀랄 일이지만, 사람이라면 제가 먼저 놀랄 일이지.

당연한 일이지. 아무렴.

원수가 다시 찾아온다면 내가 어찌 되려나?

짐승의 모습을 할 것이라면 호랑이의 모습으로 뛰쳐나가고 싶다!

자신에게 물어보게도 되고 상상도 해보게 되는 가운데 차차 분노와 놀람은 가라앉아갔어. 다음 일은 늑대에 놀란 것도 확연히 가라앉은 뒤에 있었던 일이야.

그는 가게 앞이 평소보다 많은 사람이 오간다 싶어 내다보다가 과거를 보러 전국의 유생들이 서울로 몰려온 것임을 깨닫고 한때 자신의 꿈을 떠올릴 일이 있었지. 다 잊어버렸다고 생각했는데, 그때의 일이 고향의 부모님과 함께 가슴 아프게 하며 떠올랐어. 중인의 백일장이던 백전에서 일등상을 받았을 때 잠시나마 과거 급제의 상상에 빠져들던 일도 떠올랐어. 그러나 과거 시험을 보기 위해 전국에서 몰려들어 서울 바닥을 시끌벅적하게 만들고 있는 유생들의, 시험장에서 좋은 자리를 잡기 위해 육박전도 불사한다느니 책을 몰래 어떻게 가지고 들어간다느니 하며 찧고 까부는 행태를 보고 있자니 정나미가 떨어졌어. 저놈들 가운데서 예전 역관 시절의 자신과 같은 사람을 억울하게 만든 관가의 인간들과 지위 높은 양반이네 세도가네 하는 자들이 나오리라는 생각을 하자 절로 주먹이 다 쥐어질 지경이었지.

분기가 가라앉으면서는 한때 자신이 썼던 글이 세상살이에 무슨 도움이 되며 나라를 경영하는 데는 또 무슨 도움이 되는지 생각하게 되며 서글퍼졌어.

나라에서는 어쩌자고 별 쓸모도 없는 공부를 하게 하는지 도통 알 수 없는 거야. 게다가, 글을 대신 지어주고 글씨를 대신 써주는 자들까지 거느리고 시험을 보기도 한다니 과거 제도라는 게 부패할 대로 부패한 것 아니겠어. 타락할 대로 타락한 것 아니겠어. 조선의 많고 많은 사람 가운데 양반만 응시할 수 있는데다 그렇게 엉망으로 운영된다니 인재 선발과는 아무런 인연이 없어진 것 아니겠어.

기가 찰 노릇이지.

글이라면 역관 일에서 쫓겨나게 되는 결정적 빌미가 된 패관 소품의 글이 더 애착이 가. 다시 글을 쓰는 일이 있다면 그런 글을 쓰고 싶었어. 북학파 연암의 금서가 된 책에서 본, 여느 사대부로서는 쉽게 생각해내지 못 할 솔직하고 사실적인 문체에서 느꼈던 전율을 제가 다시 전할 수 있다면 태어난 보람도 느끼겠다 싶었지. 그런데 현실은 역관인 그와 마찬가지로 연암 선생이 앞서 연행사의 일원으로 연경에 다녀와 책을 펴냈다가 한당대의 글처럼 순정하지 못 하다는 평을 받고 왕에게 반성문을 제출하면서 기가 꺾이는 신세가 되었다는 것이지.

팥죽집에 앉아 있었지만, 그는 다 알고 있었어.

한때 정벌 대상으로 보던 청나라가 오히려 문물이 발달해 있으니 적극적으로 배우자 주장한 연암의 소식까지도 말이야. 연암이 패관소품체에 대한 반성문을 제출하고서야 유지하던 벼슬에서도 그즈음 물러났다는 소식까지도 말이야.

*

자, 그리고 언제부터였을까.

그의 머릿속에 북쪽에 두고 온 가족 생각이 나기 시작한 것은.

잠깐 떠오르기만 하는 게 아니었어. 아비 없는 자식들과 지아비 없는 처의 얼굴이 수심을 가득 담은 채 눈앞에서 한참이나 어른거리는 것이었지. 원망스럽게 쳐다보기도 하고 말이야. 처는 그의 인생이 엉뚱하게 꼬이기 전까지는 그다지 큰 어려움 겪지 않은 사람이었어.

분가하기 전까지는 지아비가 공부만 했으나 살림살이 걱정은 하지 않아도 되었고, 분가 뒤에도 역관인 지아비가 나라에서 받아오는 녹봉으로 자식 키우고 집안 살림만 하면 되었지. 삯바느질을 하게 된 것은 그가 역관 자리에서 밀려난 뒤부터였는데 솜씨는 그만그만했어. 그 삯바느질 솜씨가 대단하대도 자식 다섯을 키워낼 만하기는 어렵지. 산에서 얻은 돈으로야 몇 달 쌀말을 팔아먹을 정도는 되었겠지만 달리 살 방도를 마련할 만큼은 아니었던 것도 새삼 생각났어. 살림만 해온 여염집 아낙이 무슨 장사를 할 궁리를 하고 또 용기를 냈을 법하지도 않았지. 그럼 그 자리에서 굶어 죽었을까.

산목숨이 그러고 앉았을 리야 없지. 하지만 그의 머릿속에는 달리 떠오르는 광경도 없었어.

드디어 어느 날 꿈에 그 처가 나타나기에 이르렀지.

처는 분가하기 전 집 마당에서 다섯 자식을 거느리고 수심 가득한 얼굴로 그를 쳐다보고 있지 뭐겠어. 어둑한 새벽에 눈을 뜬 그는 다시 잠이 들지 못한 채 이리저리 몸을 뒤척여야 했지.

꿈속 가족의 얼굴에 가득한 수심은 이제 그의 얼굴로 고스란히 옮겨왔지. 새 처는 팥죽집 운영으로 늘 바빴어. 하지만 그의 수심을 읽어내지 못할 만큼 눈이 어두운 여자가 아니었어. 한동 안 뭔 일이 있는 걸까 짐작만 해보던 처가 하루는 이렇게 물어왔지.

"무슨 일이 있는 거예요?"

"일은 무슨……."

그는 머릿수건을 풀며 예사로운 낯빛으로 그녀를 쳐다보곤 가게 밖으로 나갔지.

한참 뒤 다시 가게로 돌아왔을 때 그는 술 한 병을 사 들고 왔어. 먼저 새 처를 앞에 앉히고, 이어 두 잔이나 술을 비운 뒤에서야 그의 말문이 열렸지. 팥죽집 여자로서는 짐작도 못 한 말이 흘러나왔어. 그게 뭔가 하면 남편에게 따로 가족이 있다는 소리였지.

"……많이 놀랐을 거요."

그러고서 남편은 다시 고개를 떨어뜨려. 팥죽집 여자가 말했어.

"나는 당신이 죽기로 한 적이 있다고 했을 때 이미 전에 가족을 다 잃었으려니 생각했어요. 어찌 되었든 그 가족이 당신을 찾아오기라도 했나요?"

"아, 그런 건 아니오. 이미 죽었다고 생각하거나 다시 집으로 돌아오지 않을 위인이라고 벌써 치부했을 거요. 나도 그들과 인연이 다했다고 생각했기에 당신에게 말하지 않았던 거요. 뭘 숨기려고 했던 게 아니라……."

그는 팥죽집 여자와 눈이 마주쳤어.

처음에 놀라는 낯빛이던 여자는 그새 안정을 찾은 듯했고 분기나 원망을 담지 않은 눈으로 가만 쳐다보고만 있었어. 그는 술을 사 들고 가게로 돌아올 때 결심한 대로 다 말하기로 작정했지. 먼저 제가 궁금한 것부터 묻고서 말이야. 그가 진작부터 혼자 짐작해본 게 있잖아. 생각이 안 나? 팥죽집 여자가 관상 같은 걸 볼 줄 아는 듯하다고 짐작한 일 말이야. 그래, 그것. 그는 그 일을 물었지. 그랬더니 여자가 이래. 웬 관상 타령이냐고 뚱하게 받아. 그리곤 가볍게 한숨을 내쉬곤, 그런 재주 있었으면 가족이 있는 사람과 혼례를 올릴 생각을 했겠느냐고 했지. 그때도 눈에는 분기나 원망이 담겨 있지 않았어.

그는 열없게 웃음 짓고는 입을 열어 고백을 시작했지.

"내가 역관이었다는 소리는 지나가는 말로지만 잠깐 했을 거요."

여자는 고개를 끄덕였어. 그는 계속했지.

"연행사로 청나라 연경까지 가보았을 때의 벅찬 감동을 오래 누리지 못 할 일에 휘말렸다는 것도 다 사실이오. 억울한 모함을 받았고 또 내 어쭙잖은 글재주까지 미움을 받아 역관 일을 다시는 할 수 없게 되면서 내 인생은 뒤틀려버렸던 거요. 그 뒤 하는 일마다 제대로 되는 게 없었다오. 다 세상사의 험난함을 일찌감치 깨닫지 못한 나의 탓이기는 하지만 매번 배신과 사기 같은 것으로 일이 끝나더이다. 그러고서도 이리저리 바쁘게 뛰어다녔는데 옛 동료가 미리 찾아간다는 전갈을 해놓았는데도 출타해버린 것을 보았을 때 모든 게 무너지는 기분이었다오. 돌아서 오는 길에 나는 집으로 가지 않고 산으로 갔지요."

"그래도 가족이 있는데, 가족을 두고 그때 죽을 마음을 품었단 말인가요?"

"변명하진 않으리다. 당시 내 심정을 제대로 전달할 방법도 얼른 떠오르지 않으니 지금은 그냥 들어주시오. 나는 죽기로 했고, 죽기 위해 산으로 갔는데, 호랑이에게 물려 죽기 위해서였다오."

"호랑이요?"

"맞소! 호랑이!"

팥죽집 여자가 숨을 가다듬었지. 그도 숨을 내쉬었다가 천천히 들이마시곤 계속했어.

"참 엉뚱한 생각이었지요. 그런데 그게 서울 종로의 팥죽집을 찾아오는 계기가 되었고 당신을 만나는 계기가 되었던 거요. 이 눈썹! 이 눈썹이, 이 굵고 흰 눈썹이 휘날리듯 내 눈 위에 자라나게 된 건 내가 죽기 위해 산으로 간 일로 해서 일어난 사건이라오. 이 팥죽집에 내가 찾아와 당신과 함께 살게 된 뒤 이렇게 바뀐 것이지만, 이미 그 이전에 산에 죽으러 갔다가……."

그리고 그는 두 사람이 술병을 사이에 놓고 마주앉게 된 그날에 이르기까지의 일의 대략적인 줄거리를 내리닫이로 털어놓았어. 이야기를 끝냈을 때 그는 꿈속에서 제대로 터져 나오지 않는 울음으로 가슴을 쥐어짠 것 같기도 했어. 사냥꾼이 되어 노루 한 마리를 따라 능선을 한나절이나 달린 듯하기도 했고. 그랬어.

"며칠 전 꿈에 가족이 나타나고부터 걱정이 쌓이기 시작했군요?"

팥죽집 여자가 물었어. 그리고 스스로 대답하듯 고개를 끄덕거렸어. 한동안 그는 아무런 말을 하지 않았어. 사실 무슨 말도 할 수 없을 정도로 힘이 빠져 있었거든. 그의 눈에서 반짝 빛이 난 것은 여자가 이렇게 말했을 때였지.

"걱정할 게 뭐 있겠습니까. 지금 당장 가족들을 데리고 오면 되지요."

"당신……."

팥죽집 여자는 그가 뒷말을 마저 잇도록 내버려두지 않았어.

무슨 말인가 하면, 어서 가족을 찾아 나서라고 등을 떠밀었다는 소리야.

*

그날 두 사람은 좀 더 이야기를 나누게 돼. 여자가 이렇게 말하면서 말이야.

"당신의 곧고 높다란 콧대는 자존심이 대단하다는 걸 말해요."

그는 아내에게 관상을 못 본다고 하지 않았느냐고 했지. 그랬더니 여자가 이래.

"관상 보는 법을 따로 배운 건 아니지만, 그 정도는 보이네요. 당신은 자존심이 대단하지만, 그 자존심을 지킬 만큼 용감하지도 굳세지도 못 했어요. 그때는 말이어요. 가족을 두고 죽기로 마음먹었을 때는 말이어요. 입술이 가늘고 눈매가 아래로 쳐졌으니 그랬나 보네요. 자라면서 힘든 일을 혼자 이겨내는 경험이 별로 없었을지도 모르겠어요."

"그런 셈이오."

그는 자백했지. 처음 해보는 생각이었지만 틀림없었으니 말이야. 여자는 또 이래.

"그런데 그 눈썹은……."

"이 눈썹에서는 뭐가 보이오?" 하고 그는 물었지. 여자는 잠깐 쳐다보다가 이렇게 말해.

"처를 둘씩이나 두고도 분란 일으키지 않으며 제 할 일 제대로 해낼 그릇이 되는지 지켜봐야겠네요."

그 말에 그는 눈이 뜨거워지는 걸 느꼈어. 너털웃음을 터뜨렸 지만 말이야.

*

삼 년도 지나 찾아간 집에는 처도 자식도 보이지 않았어.

역관 시절에 장만한 그의 집은 그새 주인이 두 번이나 바뀐 상 태였지. 이런저런 빚의 담보가 되었던 집이었으니 온전하기를 기대하지는 않았지만 확인하는 과정은 가슴을 덜컥 내려앉게 했 지. 마치 그것이 처와 다섯 자식의 운명처럼만 생각된 거지.

식구들 행방을 물어보지도 못하게 된 터라 황망한 중에 낯익 은 노인네 하나가 그를 알아보았어. 못 알아보겠다는 소리를 연 방 하는 노인네였지만, 호랑이눈썹이 난 그를 그래도 용케 알아 본 것이었지. 노인네는 그의 가족이 장터거리로 이사 갔다는 소 식을 전해주었지. 국밥집을 해 근근이 먹고는 사는 것으로 안다 는 말에 그는 감사 인사를 거듭 올리고는 걸음을 서둘렀어. 집을 넘기고 떠나갔다고 했을 때 그는 본가와 처가가 있는 남쪽으로 내려갔으려니 하며 순간 아득하게 멀어진 느낌을 받았거든. 그런데 시오 리 정도 떨어진 강가 새 장터거리에 살고 있다는 게 아니겠어. 더 놀라운 것은 처가 국밥집을 해서 다섯 자식을 키우며 지냈다는 것이었지.

그리고 어찌 되었느냐고? 반나절 안에 일곱 식구가 모두 한자리에 모이는 일이 있었지 뭐. 처나 자식들은 예전 살던 마을의 노인만큼도 그를 잘 알아보지 못했어. 호랑이눈썹이 그렇게 만들었겠지. 아니, 어쩌면 아예 어디서 죽었으려니 한 사람이 돌아와 놀라 그랬는지도 모르지. 여하튼 호랑이에게 물려 죽으려 했던 그와 아무것도 모른 채 그를 원망도 하고 그리워도 하며 살아왔던 그의 가족은 그동안 있었던 양쪽의 일들을 며칠 안에 다 주고받았어.

처는 그가 서울 종로에 번듯한 집과 가게가 있다는 말에 입이 벌어졌고 팥죽집 여자와 한 살림을 차렸다는 말에는 눈을 흘겼어.

그는 허허 웃으며 잠깐 제 처가 아직도 암탉인지 아닌지 볼까도 싶었어. 하지만 그러지 않기로 했지. 이제 그는 아무 때나 사람을 다른 짐승으로 보지 않았거든.

속 모양을 알자면 달리도 얼마든지 가능한 일이었으니까.

그는 며칠 국밥집에 머물며 매상을 올리는 방법을 처와 장남에게 알려주었지. 아버지의 예전 얼굴을 기억에 새기지 못 한 다섯째와, 아버지가 너무 힘들어해 나이에 걸맞은 떼도 써보지 못했던 넷째를 그는 자주 안아주거나 무릎에 앉히곤 했어.

*

반년쯤 뒤, 그는 서울에서 모든 가족과 함께 살게 되었어.

첫 부인이 암탉 기질을 드러내어 팥죽집 여자와 거리를 두려하는 것을 얼마간 걱정하며 지켜봤지만, 곧 형님 동생 하게 되는 소리를 듣게 돼. 그러니 그의 남은 날들은 행복했지. 옛날 옛적이래도 이건 닥나무에 닭 열리고 밤나무에 밥 열릴 적은 아니니까, 왕 있고 백성 있고 국법 지엄하고 신분 나누어진 조선 시대이니까, 마냥 행복했다고 말할 수는 없을지도 모르겠어. 하지만 행복했다니까. 모함과 배신으로 좌절하고 울분에 휩싸이던 때보다야 당연히 행복했지. 청나라로 가서 새로운 바람이 부는 곳을 직접 보고 감동했을 때보다도 행복했고, 시를 지어 이름을 얻었을 때보다도 더 행복했지.

어쩌면 죽으러 산으로 갔다가 호랑이눈썹 얻은 저와 같은 사람의 이야기들을 바람 드센 긴 겨울밤이나 별 총총한 여름밤에 다섯 자식 앉혀놓고 하면서 나이 들어갔는지도 모르지. 또 어쩌면 누구는 종이에 먹과 붓이 참 아깝겠다고 평하며 찢어버리려 할지 모르지만, 팥죽집 드나든 사람들이며 팥죽집 앞, 그러니까 운종가, 사람이 구름처럼 몰려들었다는 그 거리 오간 사람들 자세히 관찰하고 묘사해, 그들의 제각각인 얼굴과 차림새는 물론이고, 그들의 성정이며 그들이 사는 세상의 도도한 흐름까지 짚어내는, 패관소품의 글을 짓는 일을 본격적으로 하였는지도 모르지.

아니, 어쩌면, 그런 글을 첫 아내도 둘째 아내도 모두 읽을 수 있는 한글로 지었을지도 모르지.

흰 눈썹 휘날리며 어디선가 당신들과 나를 보고 있을 것 같지 않은가.

그도 많은 옛이야기의 주인공처럼 행복했다니까.

그러니 이제 뭐가, 더 있겠어.

끝!

도깨비 놀기 좋은 날

고갯마루 같은 곳에 잘 나타나지.

아, 그건 그놈이 숲에 사는 까닭 아니겠냐. 산에 사는 까닭 아니겠냐.

산이라도 도깨비는 산마루 말고 산 중턱에 주로 산다지. 산 가까이 숲에도 살고. 마을을 이루고 살면 나무하러 간 사람들이 쉽게 찾아낼 터인데 그렇지 않은 것 보면 외진 곳 어디에 둥지를 틀고 있겠지. 사람 발길이 좀체 닿지 않는 어디 무슨 굴 같은 곳이라든지. 산속이나 숲속 어디 덩그러니 서 있는 집에 여럿이 나타나 밤새워 놀다가 간다고는 하지만, 마을을 이뤄 산다는 소리는 내 아직 못 들어봤다.

산이나 산 가까운 숲에서 심심하게 사니 밤에 고갯마루 같은 곳에 턱 나타나 술 취한 사람을 홀리거나 씨름을 하자거나 하며 귀찮게 하는 게지. 훤한 대낮에 큰길로 나다니며 허튼수작하다 간 무슨 경을 치려고. 혼자 있는 사람한테 다가와 의뭉스레 수작을 거는 거야. 수작을 걸어도 정신만 바짝 차리면 크게 당하지 않고 살아날 수 있으니 너무 걱정하지 말아라. 잘하면 엽전도 얻고 아예 요술 방망이도 얻고 그럴 수 있다고 하니 말이다. 그놈들 의뭉스러워도 바보 같은 구석이 많아. 종희나 종한이야 무서워한다지만 다 큰 너희는 또 뭐냐? 내일모레 시집간다고 장가간다고 해도 이상하지 않을 너희까지 겁이 난다고?

오늘 어째 집안에 어른이라고 해봐야 여자들밖에 없어 겁이 나느냐? 너희 왕고모님이 와 계시는데 뭘 걱정이냐? 뭐라고? 이야기라도 해달라고?

어디 나가 놀 날씨가 아니고 집안에 주전부리도 없으니 나보고 이야기를 해달라는 소리구나. 웬만하면 내가 이야기를 하지. 너희 왕고모님 앞에서는 내가 이야기를 못 하지. 누구 앞이라고. 어느 어른 앞이라고.

말 나온 김에 너희가 청해 보아라. 도깨비는 이런 날 잘 나타난다더라. 아예 밤이나, 아니면 낮이라도 비가 부슬부슬 내리면서 곧 어두워질 듯한 날씨일 때 나타나기도 한다지. 그래서 이런 날을 도깨비 놀기 좋은 날이라고 한다지.

도깨비 놀기 좋은 날에 너희는 꼼짝없이 집안에 갇힌 신세구

나. 그러니 대신 이야기로 기분을 달래야겠다, 이 소리네. 내가 감자 부침개라도 준비할 테니 그럼 너희는 왕고모님 다리라도 주물러드리고 해서 이야기판을 벌여보아라.

*

이런 날이 도깨비 놀기 좋은 날이다.

그런데 어째 내가 이야기를 하게 되었누? 모르겠구나. 어쨌든 해보마. 하나만 간략히 해보마.

이 왕고모가 사는 동네에 진짜 있었던 일로 이야기해보마. 우리 마을에 과수댁이 하나 있어. 인물이 예쁘고 마음씨도 고운데 많지도 않은 나이에 어째 자식도 없이 혼자 몸이 되었지. 평소 마음 씀씀이가 좋아 그래도 늘 안타깝게 생각하며 내가 눈길을 한 번 더 보내도 보냈는데, 하루는 보니까 영 몸이 축이 난 것 같아. 뭘 제대로 못 먹느냐고 물어도 보고, 어디 속이 아프냐고 물어도 보고 했어. 그렇지 않대. 고개를 내젓더라고. 자기도 모르겠다며 제 손으로 볼을 만지는데, 자기도 확연히 축이 난 것을 아는 눈치야. 그때는 그렇게 지나갔어. 그런데 하루는 아니다 싶어 내가 몸에 무슨 탈이 난 것 같으니 돈이 궁하면 내가 얼마간 보태줄 테니 의원을 찾아가 보라 했지.

그 과수댁이 알았다며 물러나더니 밤에 찾아왔어. 마실 오듯 왔지만 나는 뭔가 털어놓을 게 있어 그러지 않나 싶었지. 예상한 대로였어.

목소리를 낮춰 말하는데, 반년 전부터 밤에 웬 남자가 찾아온대. 아, 그 과수댁한테. 처음엔 자기도 꿈인가 했대. 밤에 잠이 들었을 때 찾아오니 뭐라고 말을 나누었어도 제대로 기억에도 없고 하니 꿈이겠거니 생각할 만하지. 그런데 이게 진짜 사내가 찾아온 것이구나 싶더니, 모든 게 분명해지더래. 뭐라도 맛난 것 사 먹으라며 엽전을 소리 나게 던져놓았는데, 날이 새고 보니 방에 엽전 꾸러미가 있더라지 뭐야.

웬 낯모를 사내가 닷새나 열흘이나 지나면 꼬박꼬박 다시 나타나 신랑처럼 몸을 보듬고는 새벽닭 울기 전에 사라지는 거야. 날이 새면 어김없이 방안에 엽전 꾸러미가 있지. 알고 나서는 겁이 나서 어쩌지를 못했대. 한 번도 얼굴을 못 봤는데, 얼굴을 보고 말면 보쌈을 당해 산속으로 영영 잡혀가지 않을까 걱정만 한 거야. 과수댁은 나한테 아무래도 산속에 숨어 사는 도적 아니겠냐고 제 추측까지 털어놔.

나는 짐작한 바가 있었지. 그에 대해선 입 딱 닫았다. 대신 사내가 다시 찾아오면 뭘 무서워하는지 그냥 물어보라고 하였어.

드디어. 아, 바로 그 이튿날 밤에 사내가 다시 찾아왔어. 과수댁은 내가 시킨 대로 사내에게 세상에서 가장 무서운 것이 무엇인지 물었어. 당장 그렇게는 못 물었지. 그동안 제대로 이야기도 못 나눴으니 정신 바짝 차리고 사내 이야기를 이러쿵저러쿵 받아주다가, 이만하면 크게 이상하지 않겠다 싶을 때 그리 물었지. 사내가 뭐라 했느냐 하면, 말머리와 말 피가 무섭다고, 그게 제일 무섭다고 대답하더래. 그리고는 저도 과수댁한테 물어. 뭘 무서워하는지 물어. 과수댁은 돈이라고 대답하였지.

돈이 왜 무섭냐고? 이상한 과수댁이라고?

이 왕고모가 다 그리 일러놓았기에 그리 대답한 게야. 짐작한 바가 있다고 하지 않았느냐. 나는 그 사내가 도깨비겠구나 짐작하고 그리 물어보라고 일러뒀고, 그리 대답하라고 일러뒀지.

아침 먹고 얼마 안 돼 과수댁이 나를 제집으로 부르더구나. 지난밤 일을 다 털어놓기에 나는 그 사내가 도깨비가 분명하다고 내 짐작한 바를 그때야 알려줬다. 미리 도깨비라고 했으면 겁을 집어먹어 모든 일을 그르치고 말았을 것이라며 나는 당장 나를 따라 장에 가자고 했어. 아, 그 전에 모아놓은 엽전 꾸러미가 어느 정도인지 확인했구나.

장에 가서 말을 사서는 잡았지. 말머리는 대문에 걸고 담을 따라서는 말 피를 뿌렸지. 동네에선 무슨 일인가 싶어 구경을 나섰는데 내가 무슨 역귀가 기웃대는 듯해 쫓는 중이라고 둘러대 주었지. 급히 그 일을 해놓고는 과수댁이 도깨비에게 받은 돈으로 마을의 땅을 사도록 했어. 혹시나 엽전 꾸러미를 빼앗길 수도 있다 싶어 땅을 사놓게 한 거야. 도깨비가 별별 짓을 다 한단 말이야.

닷새 뒤인가 열흘 뒤인가 밤중에 도깨비가 그동안처럼 뒷짐지고 놀러 왔다가, 깜짝 놀라지. 냄새가 이상하다 하면서도 왔는데, 대문간에 걸린 말머리를 보고는 줄행랑을 놓았지. 그놈이 뛰는 심장도 가라앉히고 난 뒤 생각해봤겠지. 앙갚음을 해야겠다고 생각했겠지. 그래서 어쨌겠냐?

아, 어쨌겠어?

그렇지. 과수댁이 제일 무서워한다는 돈으로 앙갚음을 했지. 도깨비는 과수에게 앙갚음을 한다고 다시 찾아와서는 멀찍이서 돈을 집안에 던졌지. 그날 마침 내가 그 집에 가 있었지 않겠느냐. 과수댁이 무섭다고 해 그날은 내가 그 집에 가 있었지. 엽전꾸러미 소리가 요란하게 마당에서 나기에 내가 말했다. 과수댁한테 이리 말하라고 일렀다. 무서워 죽겠다고 외치라고 일렀다.

며칠 지나서 그 집에서는 하하 호호 웃음소리가 흘러나왔지. 그 과수댁하고 나하고 그렇게 하하 호호 웃었어. 멀찌감치서 엿듣던 도깨비는 그제야 제가 속은 것을 알고는 또 앙갚음을 시작했어. 아, 이번엔 과수가 사놓은 밭에 자갈을 잔뜩 뿌려놓았지 뭐야. 그걸 본 과수가 숲에다 대고 뭐랬는지 아느냐?

올해 농사 잘되겠다고 외쳤지. 개똥 뿌려놓았으면 농사를 다 망칠 뻔했는데 올해 농사 잘되겠다고 외쳤지. 이건 내가 일러주지도 않았다. 이쯤 되니 과수댁이 혼자서도 잘한 거야.

숲에 대고 한 그 소리를 도깨비가 숨어 들었는지 며칠 뒤 보니 자갈 대신 개똥과 닭똥이 밭에 잘 뿌려져 있더래. 그 집에서는 다시 웃음소리가 흘러나오지. 그 이야기 듣고 나도 크게 웃었어.

또 속은 도깨비 보아라. 이놈 이것 이제는 우리 동네를 돌아다니면서, 이 보시오 동네 사람들아 하면서 소동을 피웠어. 얼마나 화가 났는지 대낮에 나타나서 소동을 피우기도 했어. 동네 사람들아, 여자 말은 절대로 믿지 마시우 하며 떠들고 다녔어. 낮도깨비를 그냥 둘 리가 있나. 동네 사람들이 손에 잡히는 대로 쥐고 우르르 달려나가니 그놈도 어찌 못하고 줄행랑을 놓았어. 다시 더 마을을 기웃거리지 않았어.

대신 밤에 과수댁 땅을 떼어가려고 네 귀퉁이에 말뚝을 박고 끈으로 묶은 뒤 낑낑거리지 뭐냐. 한동안 날마다 그랬다니까. 서너 해가 지난 요즘도 밤에 가끔 나타나 낑낑거린다니까.

내 이야기는 여기서 끝이니, 이제 질부가 나설 차례네.

*

나이 스물이 넘도록 숙맥인 총각이 있었어.

종한아, 숙맥이 뭐냐 하면, 콩하고 보리인데, 콩하고 보리도 구분 못 할 정도로 분별이 없는 사람이란 뜻이야. 뭘 모르는 사람이란 뜻이다.

그 총각은 콩하고 보리를 구분 못 하니 어수룩한 게 아니라 모자란다고 해야 할 판이지. 그런 총각이 하나 살았어. 콩과 보리를 못 가리는 총각이 하나에 둘 더하면 셋이 되는 셈인들 할 수 있겠어, 어디. 마음은 착하다는 소리 듣지만, 그 소리 듣는 부모는 속이 터지지. 속이 터지고 또 늘 걱정이던 총각 부모가 하루는 결심했어. 총각을 집에서 내보내 세상 구경을 하게 하자고. 부모 품 벗어나 세상 구경을 하다 보면 물정도 깨이고 해서 사람 구실을 어느 정도는 할 수 있지 않겠느냐. 마지막 기대를 그렇게 품은 것이지.

그래서 총각은 집을 떠나 세상 구경을 나섰지. 딴에는 세상 구경이랍시고 떠돌아다니는데, 별 요량을 않고 다니다 보니 하루는 얼마쯤 가다가 산속에서 날이 저물고 말았네. 총각이 잘 곳을 찾아보니 마침 다 쓰러져 가는 빈집이 있어.

빈집이라고 들어갔는데 이게 보니 도깨비 소굴이야. 아, 도깨비가 떼로 모여 사는 곳은 아니야. 그럼 도깨비 집이라고 하는 게 낫겠구나. 그래, 도깨비 집. 한눈에 봐도 도깨비인, 험상궂게 생긴 도깨비가 턱 나와서, 메밀묵은 만들 줄 아느냐고 물어. 총각이 겁이 더럭 나 맛은 어쩐지 몰라도 만들 줄은 안다고 했더니 너 잘 만났다는 듯이 짓궂게 반겨. 그리고 일 년만 같이 살자네. 당장 배도 고프고 잘 곳도 없으니 어쩌겠어. 메밀묵도 해주며 살았지. 일 년을 도깨비하고 같이 살았지. 심심한 것 잘 못 참는 도깨비 놈 심심치 않게 별별 놀이 다 하며 같이 살았지. 그런데 일 년이 지나니까 고맙다며 이제 돌아가도 좋대. 그동안 수고했으니 선물을 준다나. 도깨비가 보자기를 하나 주면서, 보자기를 펴 놓고 손뼉을 치면 쌀이 생긴다지 뭐야. 손뼉을 짝짝 치니 정말 쌀이 보자기 하나 가득 쌓이더래.

아, 그 보자기를 잘 접어 총각은 집에 갔지. 집에 가는 길에 날이 저물어 어떤 주막에 들었어. 총각은 주막 주인에게 소중한 보자기를 맡겼지. 절대로 이 보자기 펴 놓고 손뼉을 짝짝 치면 안 된다고 하면서. 주인은 무슨 농담이려니 하고 허허 웃으며 맡아 주겠다고 했지. 밤에 그런데 주인이 잠이 안 와 눈을 말똥거리다가 그 보자기를 퍼뜩 생각한 거야. 주인이 주막 오래 하다 보니 별 시답잖은 소리 하는 손님을 다 받았구나 하면서도, 혼자 보자기를 펴 놓고 손뼉을 짝짝 쳐 봤지. 그랬더니 쌀이 보자기 하나 가득 생기거든. 욕심이 난 주인은 그 보자기를 슬쩍 감춰 뒀지.

이튿날 다른 보자기를 총각에게 내줬지.

그것도 모르고 집에 돌아간 총각은 부모님께 자랑했어. 했는데, 손뼉까지 쳐봤는데, 쌀이 안 나와. 그러니 부모님은 땅이 꺼지라고 한숨을 쉬다가 그냥 이리 말했어. 그냥 세상 구경 더 하고 돌아오라고만 했어. 콩인지 보리인지도 모르는 총각은 또 집을 나섰어. 세상 구경이라고 나섰으나 이번에도 어찌어찌해 그 도깨비 집에 들게 되었네.

제 발로 다시 찾아온 총각을 신기하게 보던 도깨비가 보자기를 잃어버린 것 같다는 총각에게 일 년만 더 살자고 했어. 심심한 것 잘 못 참는 도깨비 놈 심심치 않게 별별 놀이 다 하며 같이 살았지. 그런데 일 년이 지나니까 고맙다며 이제 돌아가도 좋대. 그러면서 이번에도 그동안 수고했으니 선물을 준다나. 이번에는 말이야. 말. 궁둥이를 때리면 금돈이 나오는 말.

도깨비가 말 궁둥이를 탁 때릴 때마다 금돈이 하나씩 나온단 말이야. 총각은 그 말을 끌고 집으로 갔지. 가다가 날이 저물어서 주막에 들었어. 일 년 전의 그 주막이고 그 주인이라는 것도 모르고 주인에게 말을 맡기면서 당부를 했지. 이 말 궁둥이는 절대로 때리지 말라. 그 소리 듣는 순간 주인은 어딘지 낯이 익던 총각이 누군지 알아챘지. 아, 그러니 밤중에 몰래 말 궁둥이를 때렸고, 금돈이 뚝 떨어지는 것을 봤지. 욕심이 난 주인은 이튿

174

날 총각에게 다른 말을 내줬어.

그것도 모르고 집에 돌아간 총각은 부모님께 자랑했어. 했는데, 말 궁둥이까지 탁 때려봤는데, 금돈이 안 나와. 말똥만 뚝 떨어져. 부모님은 땅이 꺼지라고 한숨을 쉬다가 야단을 쳤어. 아직도 나아진 게 없잖아. 야단을 쳤지. 세상 구경이고 뭐고 그건 네가 알아서 하고 지금 당장 눈앞에서 사라지라고 했어. 이쯤 되니 총각은 눈물을 닭똥처럼, 아니 말똥처럼 떨구고는 집을 나섰지. 이번에는 더 실수가 없어야 한다고 요량은 했지. 하지만 이번에도 똑같이 그 도깨비 집에 들게 되었네.

일 년 더 살자는 도깨비 놈하고 일 년을 살았지. 이번에는 도깨비가 방망이를 하나 줘. 때려라! 하고 말하면 정말 옆에 있는 사람을 때린다는 방망이를 줘. 그 방망이를 얻어서 총각은 집에 갔지. 가다가 날이 저물어서 두 번이나 이미 들렀던 주막에 들었어. 이번에도 총각은 주막 주인에게 부탁을 했네. 방망이를 맡기면서 때려라! 말하면 큰일이 난다고.

두 번이나 횡재수였다고 생각한 주막 주인이 이번에도 가만있을 리 없지. 주인은 밤중에 방망이를 내놓고 때려라! 했지. 그랬더니 방망이가 벌떡 일어나. 두리번두리번 살피는가 싶더니 누가 없으니 주인을 마구 두들겨 팬단 말이야. 이리 도망가면 이리 쫓아와서 때리고, 저리 도망가면 저리 쫓아와서 때리고. 입을 악

다물고 소리 지르지 않으려도 그럴 수가 있나. 식구를 다 깨우고서 주인은 총각 자는 방으로 피신했지. 피신해서는 손이 발이 되라고 빌었지. 자기가 잘못했다고. 전에 훔친 보자기도 내놓고 말도 내놓고 할 테니 제발 살려달라고. 자다가 일어나 어리둥절한 표정인 총각에게, 보자기 펴놓고 손뼉 너무 자주 치면 보자기가 말을 안 듣는다는 소리도 해. 말도 마찬가지라는 소리도 해.

어쨌거나 총각은 보자기와 말을 도로 찾았지. 찾은 보자기와 말을 가지고 집에 가니, 부모님이 웃다가 울다가 하며 아들을 반겨주었어.

총각 집은 보자기와 말 덕분에 잘살았지. 보자기가 헤져서 못쓰게 되고 말이 궁둥이 맞는 게 더 못 참겠는지 하루는 줄이 풀린 틈을 타 도망가 버렸지만 그래도 그동안 얻은 쌀과 금돈으로 잘살았어.

왕고모님 이야기만은 못해도 들을 만하니? 이제 나는 다시 부침개 붙이러 가마.

그런데, 재너미마을로 간 사람들은 왜 이리 늦는지 모르겠습니다, 고모님.

*

요즈음 우리 이웃 마을에 부자가 하나 났어.

형은 어머니 모시고 제가 태어나 자란 동네에 계속 살았어. 동생은 혼인하며 솔가해 이웃 마을에 살았어. 대처라 할 만큼 먼데는 아니고. 산 하나나 둘쯤 넘으면 되는 이웃 마을로 옮겨 살았어. 집안이 그리 넉넉하지 않은 터에 일찍 돌아가신 아버지 재산을 형이 어머니 모신다는 명분으로 다 차지해 아우는 솔가할 때 살림이라고 타고 난 게 없었어. 그러니 가난했지.

이 형제 둘 다 우리 마을 사람은 아니고 이웃 마을 사람이야. 누가 부자가 되었는지 들어보아라.

가을걷이 끝내고 하루는 가난한 아우가 겨우살이 준비해야겠다고 산으로 나무를 하러 갔겠다. 그래, 양지바른 곳에서 좋은 땔나무 한 짐 구해보자며 산으로 들어갔는데, 땀 흘리며 주위를 둘러보니, 생각보다 높고 깊은 곳에 와 있거든. 다른 일 해놓고 점심 뒤에 나선 터라 시간이 많지 않아 서둘러 나무를 했지. 나무를 제법 하고 나자 이제 주변에 개암나무가 있는 것도 눈에 띄지 뭐야. 아, 개암나무가 여기 있었구나 하며 높은 가지를 쳐다보는데, 개암 한 톨이 떨어져 발 앞으로 떽떼굴 굴러오지 뭐겠어.

아우는 주우며 이랬어.

"이건 어머니 갖다 드려야지."

먹음직스러운 개암을 주머니에 넣고 나서 아우가 다시 나무를 하는데, 얼마 있다가 또 개암 한 톨이 떽떼굴 굴러오지 뭐야.

"이것 주워 형님 갖다 드려야지."

이러면서 개암을 주워 주머니에 넣었어. 좀 있다가 또 개암 한 톨이 떽떼굴 굴러와.

"이것 주워서는 형수 갖다 드려야지."

이번에는 이러면서 개암을 주워 주머니에 넣었어. 좀 있다가 또 개암 한 톨이 떽떼굴 굴러오는데 이때에서야 아우는 "음, 이건 내가 맛봐야겠다" 하며 주머니에 넣는 거야.

개암 줍는 거야 재미로 해본 일. 그쯤하고 그쳐야 할 일이었지. 이 아우는 나무도 다하고 개암 몇 톨도 얻었으니 이제 세워 놓은 지게를 지면 하루가 마무리된다 생각하고 일어서려 했어. 그때 황금빛 새가 휙 날아온다 싶더니 울어. 주위가 환해진 듯한데 꾀꼴꾀꼴 우는 소리까지 얼마나 맑고 고운지. 춘삼월이 아니라 겨우살이 준비하는 때 꾀꼬리 구경을 다 하는구나 하고 바라보는데, 꾀꼬리는 바로 앞 나무에서 저 앞 능선의 나무로 날아가 앉아. 아우는 저도 모르게 새를 따라갔지. 다가가니 꾀꼬리는 얼른 새로 나타난 골짜기 앞 나무로 날아가 앉네.

다가가면 그러고, 또 다가가면 또 그러고, 몇 번인가 그랬겠지. 이렇게 황금빛 꾀꼬리를 따라가다 보니 아주 많이 움직인 듯하진 않은데 산속 아주 깊은 곳으로 들어온 느낌이 들어. 안 그 래도 점심 뒤 나온 것 생각하면 벌써 깊게 왔다 싶었는데 말이 야. 그동안 다닌 산 같지가 않다 생각한 순간 꾀꼬리도 사라진 것을 깨달았어. 날이 저무는 것도 모르는 새 일이 그리되고 말았 지. 정신 차려 보니 날은 어둡고 길은 안 보여. 산속에서 길을 잃 어 났으니 낭패지.

그래, 한참 헤매다 보니 그 깊은 산중에 웬 빈집이 있어.

처음 보는 집이었지. 우선은 다행이다 싶었어. 날도 어두워졌 는데 무작정 산을 헤맬 수는 없는 일이잖아. 처가 밤새 잠도 못 자고 걱정하겠지만 어쩔 수 없는 일이었지. 그 빈집에서 밤을 새 우고 날이 밝는 대로 길을 찾으리라 그는 요량했지.

빈집에 들어가 누웠어. 처음에는 으스스한 게 영 무서워. 그런 데 얼마 안 가 배가 몹시 고프거든. 저녁밥 먹을 시간 지났으니 배가 고플 일이지. 참는 수밖에 없다고 가만 누웠자니 더 배가 고파. 빈집이야 진작 둘러본 대로 먹을 게 없지. 허허, 낭패로구 나 하며 일어나 앉았어. 그때 주머니에 든 개암을 생각해냈어. 그거라도 한 입 깨물어 먹으면 배고픔이 덜할 듯해. 그래서 얼른 주머니에 손을 넣어봤지. 네 알이 만져지네. 그 순간에도 아우는 어머니, 형, 그리고 형수 줄 개암은 그냥 두고 저 먹을 것 하나만 꺼냈어. 그리고 입에 넣었겠지.

개암을 딱 깨물어 먹으려고 하는 순간. 왁자지껄하는 소리가 들려. 밖에서 말이지. 아우가 놀라서 문틈으로 내다보니, 말로만 듣던 도깨비들이 떼 지어 몰려 들어오지 뭐야. 아, 그 빈집이 그러니까 도깨비 집이었던 게지. 맞아, 종한이 말마따나 도깨비 소굴이었던 게지. 이 아우는 급한 나머지 개암을 입에 문 채로 화닥닥 다락으로 올라갔어. 지붕 밑 다락에 납작 엎드렸어. 숨소리까지 죽이고 말이야. 한참 뒤에 차차 눈을 내밀어 아래를 살펴보게 됐어.

밖을 돌아다닌 도깨비들이 그새 다 쉬었는지 이제 저희끼리 떠들썩하니 노는데, 참 볼 만하게 노네. 한 놈이 방망이를 가지고 "금 나와라, 뚝딱!" 하고 두드리면 금이 나오고, 또 한 놈이 방망이를 가지고 "은 나와라, 뚝딱!" 하고 두드리면 은이 나와. 금하고 은만 나오겠어? 쌀도 나오고 옷도 나오고 해. 그걸 주고받고 합치고 하더니, 또 패를 나눠 뺏느니 지키느니 하며 소란스럽게 놀아. 그러면서 노래도 부르네. 도깨비들이 사람들 사는 곳을 돌아다니는데도 안 보이는 까닭은 둥거리라는 걸 쓰기 때문이라는 소리도 있고, 방망이로 한정 없이 뭐든 만들어내었다가는 도리어 몹쓸 것으로 바뀐단 소리도 있고 해.

나중에 보니 만들어놓은 금과 은 따위를 도로 없애기도 해. 노래가 그저 하는 소리를 담은 게 아닌가 봐.

아우는 한동안 넋 놓고 지켜봤어. 그러다 그때껏 입에 물고 있던 개암을 무심결에 꽉 깨물었어. 딱! 소리가 나. 개암이 깨지면서 나는 소리지 뭐. 그 소리 울리고는 그때까지 그렇게 소란스럽던 도깨비 소굴이 한순간에 조용해졌어. 얼어붙은 듯이 조용하단 소리는 이럴 때 할 말일 거야.

아, 그런데 도깨비들 좀 봐. 천장 쪽에서 딱! 소리가 나니까 집이 무너지는 줄 알았나 봐. 대들보 내려앉는다느니, 서까래 부러진다느니, 기둥 넘어간다느니 우왕좌왕하며 소리쳐대더니 한 놈이 "도망쳐!" 소리치자 그걸 신호로 줄행랑을 놓아. 방망이고 뭐고 다 내던지고 가는 거야. 혼쭐이 나간 것이지. 도깨비 놈들 이렇게 얼뜨다니까.

그놈들 사라지고 주위가 조용해져서도 아우는 얼른 다락에서 내려가지 못했어. 놈들이 언제 되돌아올지 모르는 일이고, 도깨비 소굴을 빠져나간다 하더라도 당장은 산에서 길을 찾아 내려갈 수가 없었으니 숨죽이고 납작 엎드려 있었겠지. 드디어 날이 새는 기운이 느껴질 때 아우는 조심스럽게 다락에서 내려갔어. 도깨비 놈들 실컷 놀고 되돌려버렸지만 그래도 입이 딱 벌어질 것들이 아직도 많이 널려 있어. 금도 있고 은도 있고 쌀도 있고 옷도 있고 말이지. 아우는 다 챙겼어.

그래도 도깨비방망이는 내려놓았다. 한번 힘껏 쥐어보긴 했지만, 욕심이 나긴 했지만, 그것 괜히 가져갔다간 무슨 우환을 당할지 모른다 싶었거든. 도깨비 놈들 눈에 띄지도 않게, 둥거리라는 걸 쓰고 돌아다니면서 그것 기어코 찾으려 할 테니 말이야. 아, 그걸로 뭘 한정 없이 만들어내었다가는 도리어 몹쓸 것으로 바뀐단 소리도 듣고 했으니 말이야.

아우는 전날 한 땔나무는 싹 내려놓고 금이야 은이야 쌀이야 옷이야 잔뜩 지게로 지고 집으로 돌아왔지. 돌아와서야 부자가 됐지. 금 팔고 은 팔아 논도 사고 밭도 샀지.

언젠가는 고래 등 같은 기와집도 짓고 살 수 있을 테지. 아, 그런데, 그러기 전에 형이 찾아왔어.

무슨 수로 이리 부자가 되었느냐고 막 묻겠지.

아우는 먼저 안 그래도 찾아뵐 작정이었노라 했어. 그리고 어머니 잘 모시라고 돈을 제법 많이 내놓았어. 형은 돈을 받으면서도, 무슨 돈인지도 모를 돈 받아 찜찜하다느니 어쩌느니 하며 부자 된 사연을 자꾸 캐물어. 아우는 그날은 그냥 형을 돌려보낼 수 있었어. 그런데 형이 어머니 앞에 불러다 놓고 형제간 우애들먹이며 자꾸 캐묻자 다 털어놓지 않을 수 없었어. 개암나무 아래서 개암을 줍다가 황금빛 꾀꼬리 본 것부터 해서 빈집을 발견한 일을 말이지. 다락에 숨어 도깨비들 한바탕 노는 것 본 일은 물론 무심결에 개암 깨물어 다 달아나게 하고 금이야 은이야 가지고 온 일을 말이지. 그리고 아우는 형에게 방망이를 가지고 오지는 말라고 단단히 일러두었어.

입이 헤 벌어져서 아무 걱정하지 말라던 형이 이튿날 지게를 지고 어디로 갔겠느냐? 아우가 일러준 산으로 갔겠지. 개암만 깨물면 도깨비방망이마저 얻어 돌아올 수 있으리라 생각한 것이지. 도깨비방망이 휘두르면 동생 정도 부자가 문제겠냐 생각한 것이지.

벌써 이만큼 내가 이야기했구나. 이제 마무리는 너희 중 하나가 나서 해보아라. 나는 누워 들어야겠다. 질부도 와서 같이 듣자. 내가 이 애들 왕고모라지만, 이 애들 할아버지 막냇동생에 나이 차가 많이 나 꼬부랑 노인네도 아니다. 그러니 별스레 어른 대접 받고 싶지 않으니 질부도 툇마루에 걸터앉았지 말고 옆에 와 다리 뻗고 들으면 되지.

우리가 이만큼 이야기했으니 이제 종명이나 누가 나서 해봐라. 질부 새색시 때부터 내가 이야기 좀 들려줬더니 오늘 봐라. 얼마나 재미나게 잘했냐. 듣다 보면 하게 된다. 하다 보면 잘하게 되니 걱정하지 마라.

우리 이웃 마을에 부자가 하나 났다는데, 형하고 아우 중에 누가 고래 등 같은 기와집 지을 진짜 부자가 되는지 이야기해봐라.

*

　왕고모님 이웃 마을 사람이랬는데, 요즈음 일이랬는데, 이제
다 기억이 났어요. 누가 부자가 되는지 다 기억이 났어요. 모르
는 애들 많으니 내가 해볼게요.

　형도 드디어는 개암나무를 발견해 이제 일이 되려나 보다 싶
어 높이 쳐다봤어요. 보는 순간 아닌 게 아니라 개암 한 톨이 떨
어져 떽떼굴 굴러와요.

　"옳지, 이건 내가 저녁 대신으로 먹어야지."

　형은 개암을 주워 주머니에 넣었어.

　조금 있다가 또 개암 한 톨이 떨어져 떽떼굴 굴러오니 이러지.

　"밤새울 힘 얻자면 이것도 내가 먹어두어야지."

　그 개암을 주워 주머니에 넣고 좀 있다가 또 개암 한 톨이 떽
떼구루루 굴러오는데, 이번에는 흠흠 목을 가다듬고는 이래.

　"옳지, 이건 내가 빈집 다락에서 먹어야지. 도깨비 놈들 기겁
해 달아나게."

　종희야, 이렇게 제 아우와 비슷한 과정을 밟게 된 그 형은 드
디어 산속의 빈집을 찾아냈어. 둘러보니 아우가 알려준 도깨비
집이 틀림없어. 도깨비 소굴 말이지. 날이 저물기도 전에 도깨비
집에 들어간 형은 개암 두 톨 먹어치우고는 다락에 올라가 숨어

있었지. 남은 개암 한 톨 언제든 입에 물고 깨물 준비도 하고서 말이지.

종한아, 그리고 밤이 이슥해지니 제 아우 말대로 도깨비들이 떼 지어 몰려와. 몰려와서는 듣던 대로 노는데, 볼만 했지. 금이 나오고 은이 나와서 볼만하기도 했으나 그 형은 모든 게 제 뜻대로 되는 듯해 그게 더 볼만하고 그랬지. 제 아우가 무심결에 개암을 깨물었을 때다 싶은 순간이 오자 형은 개암을 물고 아주 힘을 줘, 어금니로 꽉 깨물었어. 이번에도 딱! 소리가 날 일이지.

도깨비 놈들 하던 손짓 발짓 다 멈춰. 아, 제 아우 말대로 모든 게 얼어붙은 듯 조용해.

이제 저놈들 금이고 은이고 방망이고 다 버리고 줄행랑을 놓겠구나! 그러면 내팽개친 모든 게 내 것이로구나!

그 형은 입이 벌어지는 것을 애써 참고 기다렸어. 어, 그런데, 이게 웬일이야!

도깨비들이 줄행랑을 놓기는커녕 몽둥이를 꼬나 든다, 손에 침을 퉤 뱉는다, 눈알을 부라린다 하더니 슬금슬금 다락으로 올라오네. 난리가 난 터이지만 그 형 어쩌겠어. 가만 엎드려 있을 수밖에. 결국엔 아래로 끌려 내려갔는데, 도깨비 놈들 빙 둘러서더니, 그중 우두머리 같은 한 놈이 이래.

"요요요, 요놈 요것. 우리를 놀라게 하고는 금이고 은이고 홈

쳐 간 놈이 겁도 없이 또 왔어. 두 번씩 속을 줄 아느냐? 얘들아, 이놈을 어떻게 혼내 주면 좋겠어?'

통방울 같은 눈으로 노려본다 싶더니 그놈이 귀싸대기를 올려 붙이네. 바닥으로 나가떨어지는데 이게 장난이 아니야. 아이코, 볼이 떨어지는 듯이 아픈 것이 눈물이 다 나와. 그런데 그건 시작이었을 뿐이야. 금이야 은이야 훔쳐간 건 동생이라고 둘러대려는데 그럴 틈이 없어. 도깨비 놈들 방망이를 들고 내리치는데, 그 방망이가 뭘 만들어내기만 하는 게 아닌가 봐.

"길어져라, 뚝딱!" 하니 그 형 몸뚱이가 밧줄처럼 기다랗게 늘어나.

"넓어져라, 뚝딱!" 하니 그 형 몸뚱이가 멍석처럼 넓적해져.

도깨비들은 밤이 새도록 몸뚱이를 기다랗게 만들었다가 넓적하게 만들었다가 하면서 가지고 놀아. 귀싸대기 얻어맞는 건 아무것도 아냐. 사람이 밧줄처럼 늘어났다가 멍석처럼 넓적해졌다가 하자면 그 속은 어지간히 비틀리겠냐고. 죽을 만큼 아팠지. 아이코, 아예 죽으면 좋겠는데 그러지도 못 하면서 고스란히 아파야 했다니까.

날이 샐 때까지 도깨비 놈들 그 형 가지고 놀아. 그러더니 어디론가 휙 가 버려.

도깨비방망이까지 얻어 올 작정이었지. 목숨만 건졌어. 그 형은 간신히 목숨만 건져 집으로 돌아왔어. 종희도 종한이도 누가 부자 되었는지 알겠지? 고래 등 같은 기와집 지을 사람이 누구라는 것 다 알겠지?

왕고모님, 종희도 종한이도 다 안다는데, 그럼 내가 이야기를 잘 마무리한 건가요?

*

잘 하다마다.

종명이 너는 시집가도 좋을 만큼 잘하는구나.

아이들이 이야기 하나 해 달라 조르면 도깨비 이야기를 해보아라.

도깨비 이야기는 밤에 하는 게 좋지만, 낮이라도 오늘 같은 날, 비가 부슬부슬 내리거나 해서 어두침침한 날씨일 때 이런 날이 도깨비 놀기 좋은 날이라며 어디 도깨비가 가까이 와 있는 듯이 해서 이야기를 시작해보아라.

그런데 재너미마을로 간 사람들이 왜 이리 늦느냐? 소 꼴 먹이는 아이들이 누구네 선산을 망쳐놓았다느니 하는 일 정도는 그새 다 해결이 났을 텐데 말이다. 여러 마을의 처녀와 총각이 어울려 다니며 서리하느라 남의 농사 망쳐놓았다느니 하는 일이래도 그렇지. 어쩌면 그곳에서도 궂은 날 핑계로 무슨 음식을 하고 술도 나눠 마시고 하는지도 모르지. 그러다 누가 이야기를 해보자느니, 들어보니 누가 이야기를 더 잘한다느니 하며 웃어대고 있는지도 모르지. 그래도 여기 도깨비 이야기보다 재미나진 않을 거다.

환한 날이면 어쩌냐고? 아, 그럴 때는, 이리 환한 날은 사람이 놀기 좋은 날이고, 도깨비 놈은 비가 부슬부슬 내리거나 해서 어두침침한 날씨일 때 놀기 좋아한다며 시작하는 게지 뭐. 또 뭐랬느냐? 도깨비가 고갯마루에 잘 나타나는 까닭은 산에 사는 까닭 아니겠냐고 하려무나. 산이라도 도깨비는 산마루 말고 산 중턱에 주로 산다고 하려무나. 산 가까이 숲에도 산다고 하려무나. 마을을 이루고 살면 나무하러 간 사람들이 쉽게 찾아낼 터. 그렇지 않은 것 보면 외진 곳 어디에 둥지를 틀고 사는 게 틀림없겠다. 사람 발길이 좀체 닿지 않는 어디 무슨 굴 같은 곳이라든지. 산속이나 숲속 어디 덩그러니 서 있는 집에 여럿이 나타나 밤새워 놀다가 간다고는 하지만, 마을을 이뤄 산다는 소리는 내 아직 못 들어봤다. 너희도 못 들어봤지?

그래, 도깨비에 대해 이리 많이 알게 되었구나. 너희 중에는 도깨비 이야기 하나쯤 못할 위인이 없겠구나. 남자들은 도깨비 이야기해달라면 대개 제가 장터 갔다가 술 마시고 돌아오는 길에 겪은 일이라며 하느니라. 고갯마루에서 도깨비 만나 밤새 씨름을 했다느니 어쩌느니. 도깨비에게 홀려 가시밭으로 자갈밭으로 돌아다니다 간신히 정신 차리고 살아났다느니 어쩌느니. 그런 이야기를 주로 한다.

그런 이야기만 말고 도깨비 만나 부자 된 이야기도 하나 잘 기억해뒀다가 해봐라. 너희 자라 시집가거나 장가간 마을에도 도깨비 만나 부자 된 과수댁이 있을 거다. 도깨비 심심찮게 일 년 살아주고 보자기나 말 얻어 돌아온 숙맥 총각이 있을 거야.

나는 도깨비방망이 얻었다는 사람은 아직 못 봤다. 도깨비방망이 그냥 두고 온 사람 봤다니까.

주먹이냐 반쪽이냐

그럼, 반쪽이……

아니, 주먹이, 나는 주먹이 이야기를 하리다.

반쪽이 이야기는 나그네가 하시오. 나는 주먹이 이야기를 하리다. 나그네가 반쪽이라나 뭐라나 하니까, 퍼뜩 떠오르지 뭐야. 주먹이가 말이야. 주먹이 이야기가 말이오.

내 그걸 해보리다. 저 애들이 언제 한 번씩 다 들었을 테지만, 그래도 저놈들이 잘 까먹고, 들은 이야기라도 또 해달라고 조를 때가 있으니 그때처럼 못 이긴 척 시침 딱 떼고, 처음 하는 이야기인 것처럼 그냥 해보리다. 이야기 시합을 한다니까 이게 언제 그네타기 시합할 때처럼 힘이 잔뜩 들어가는 게, 허허 참 우습구려.

우스워. 이야기 시합도 시합인가 봐. 시합이니 이기고 싶은가

봐. 그러니 너희, 너희는 응원을 해라. 이 할미가 멋지게 하라고. 웃음이 자꾸……

별로 길지도 않은 이야기를 하면서 사설을 늘어놓는구나. 자, 그래, 이제 사설은 그만하마.

그래, 이제 정말로 시작하마.

*

주먹이는 주먹만 해서 주먹이야.

반쪽이는 어째서 반쪽이인지 모르겠지만, 주먹이는 주먹만 해서 주먹이야. 모타리가 딱 주먹만 하다니까. 그래서 주먹이라니까. 나그네 양반 딱 그 주먹만 한 아이가 하나 있었다니까.

옛날 옛적에 어떤 산골에 사는 부부가 환갑 다 되도록 아이 없이 살다가 더 늦기 전에 우리한테도 제발 아이를 주십사 하고 하늘에 지극정성으로 빌고서 하나 얻었지. 사내아이 하나를 낳았다고. 그런데 주먹만 해. 작아도 너무 작지. 살기는 살 수 있을까 싶은데 그게 아니야. 날이 지나면서 생글생글 웃는 게 여간 귀엽지 않아.

주먹만 하게 태어났어도 날이 지나면서 무럭무럭 자랐느냐 하면, 그게 아니야. 세 살이 되어도 주먹만 하고, 다섯 살이 되어도

194

주먹만 해. 그대로야. 그래도 주먹이 부모는 자식을 고이고이 키웠지. 아버지 어깨에 오르거나 어머니 반짇고리에 숨기도 하며 재롱부리는 주먹이를 그 부모는 쥐면 다칠세라 불면 날아갈세라 하며 고이고이 키웠지. 밖에 나갈 때면 꼭 주머니에 넣어 데리고 다녔지.

*

하루는 아버지가 못에 낚시를 하러 갔어.

주먹이를 데리고 갔으니 그 양반 주머니가 불룩했겠지. 그동안에도 주먹이는 그렇게 주머니에서 아버지가 낚시하는 걸 구경하곤 했어. 집 밖은 조심해야 한다는 말에 고개만 내밀고 구경하곤 했지. 주먹이가 아주 잠깐 땅을 밟는 건 아버지가 고기를 잡아 자랑할 때 정도였거든. 처녀들이 그네 뛰며 담장 너머 바깥 구경하듯 주먹이는 아버지 주머니 밖으로 머리를 내밀고 못에서 물고기가 첨벙첨벙 뛰는 걸 보기도 하고 왜가리가 훨훨 날아가는 걸 보기도 하고 그랬지.

그런데 그날은 아버지 낚시에 붕어 한 마리도 얼른 물리지 않아. 못도 조용해. 아무것도 살지 않는 듯 조용해. 언제인가부터 아버지마저 끄덕끄덕 졸자 주먹이한테서도 하품이 나오네.

머리를 쑥 집어넣고서는, 그냥 한숨 잘까 했어. 처음에 주먹이는 그렇게 생각했어. 그런데 이참에 세상구경이나 제대로 해보자 생각하게 됐어. 그리고는 살금살금 아버지 저고리 주머니에서 빠져나갔지. 아버지가 끄집어내 주기 전에는 한 번도 주머니밖으로 나온 적 없던 주먹이였으니 가슴이 두근두근했겠지.

나와 보니 세상이 참 넓어.

못가 풀밭만 해도 넓지. 주먹이한테는 말이야.

주머니에서 머리 내밀고 보던 때와는 또 달라. 못은 바다 같고 풀은 나무 같고 그래. 바람 소리도 이전의 그것이 아냐.

주먹이는 아버지가 뭐라도 잠은 기척이면 얼른 돌아갈 요량을 했어. 그러면서 주변을 조심스레 돌아다녔어. 처음에는 그랬지. 처음에는 그랬는데 곧 이리저리 뛰어다니며 놀게 되었어. 땅강아지 뒤를 쫓아 흙을 파헤치기도 하고 방아깨비 뒤를 쫓아 저도 날듯이 두 팔을 휘휘 저어보기도 하면서 말이야. 개구리와 마주쳐서는 잠깐 서로 멀뚱멀뚱 쳐다보다, 서로 놀라 도망가는 우스운 일도 있었어.

혹시 너무 멀리 온 게 아닐까!

문득 그 생각이 든 건 한참 정신없이 논 다음이었어. 주먹이가 주위를 둘러봤겠지. 아버지가 없어. 풀숲에 가려서인지 아버지가 보이지 않아.

정말 제가 너무 멀리 와버린 것인지 보이지가 않아.

"아버지! 아버지!" 하고 불러도 대답이 없어.

주먹이가 아버지한테서 멀리 떨어져 나온 게지. 주먹이 부모는 주먹이의 작은 소리도 잘 듣는 사람들이었어. 그런데 대답이 없는 것으로 봐 틀림없는 일이었어.

그때부터라도 방향을 잘 잡았어야 했지. 그런데 주먹이는 급한 마음에 자꾸만 엉뚱한 곳으로 가게 되었어.

가다가 주먹이는 뭔가에 휙 휘감겼어. 뭔가에 휘감긴 채 뜨끈한 굴속 같은 곳으로 들어갔단 말이야. 이게 어찌 된 일인가 하면, 누구네가 꼴을 먹이기 위해 데려다 놓은 황소가 있었거든. 아, 그놈의 황소가 혀를 쑥 내밀어 풀과 함께 주먹이를 삼킨 것이지. 주먹이야 황소가 있다는 걸 알았으면 그곳으로 갈 리가 없었지만, 그때는 빽빽한 숲 같은 풀밭을 헤쳐나가느라 정신이 없었던 게지. 황소도, 황소 놈도 뭘 알고 그리하진 않았겠지. 주먹이가 주먹만 하니까 모르고 그리 풀과 함께 휙 휘감아 삼킨 것이지.

황소 뱃속에 들어간 주먹이야 무슨 일이 일어났는지도 모르고, 그러니 제가 들어온 곳이 어딘지도 모르고 그냥 걸어갔지. 한참을 걸어갔을 거야. 아, 어떨 때는 제 아버지 어깨에 오르듯 매달리기도 했고, 어머니 반짇고리에 숨듯 몸을 웅크리기도 했지. 그러다 뭔지 고약한 냄새가 진동해. 냄새가 진동하더니, 물 컹한 것에 휩싸이더니, 휩싸인 채로 꾸역꾸역 밀려가. 그리곤 갑작스레 사방이 환해져.

몸이 허공에 붕 떴다 싶은 건 순간이고, 풀밭에 뚝 떨어지는 거야. 아, 쇠똥에 섞여서 밖으로 나온 게지.

아, 냄새 나는 쇠똥을 헤치고 나와서는 풀밭 언덕을 올랐어.

언덕에 다 오르고 나서는 곧 둑길을 찾아냈어. 둑길을 계속 따라가면 아버지도 다시 만나고, 아니면 밭에서 일하는 사람들한테라도 도움을 청할 수 있으리라 생각하고 부지런히 걸었지. 그런데 둑길을 걸어가는 주먹이를 하늘에서 내려다본 게 있었어. 솔개가 내려다본 게야. 주먹이를 먹잇감으로 생각한 솔개가 가만둘 리가 없지.

이번에 주먹이는 솔개한테 낚아 채여서 하늘 높이 올라가게 되었지. 주먹이가 솔개한테 채여서 하늘을 훨훨 날아가는 신세가 되었다, 이 말이야. 나그네 양반, 지금 주먹이 신세가 그리되었단 말이오.

그때 솔개를 지켜본 매가 있었어. 매까지 덤벼들었으니 난리가 났지. 매하고 솔개가 주먹이를 놓고 하늘에서 싸움이 붙었다고. 매는 빼앗으려고 하고 솔개는 빼앗기지 않으려 하고 그러니 난리이지. 주먹이는 하늘에서 키질 당하는 콩알 같았지 뭐. 콩알

처럼 까불리다가 주먹이는 하늘에서 떨어졌어. 다행히, 천만다행이게도 그곳이 못이었어.

물속으로 쑥 들어갔던 주먹이, 정신을 차리고는 헤엄을 쳤지. 힘이 빠져 허우적거리긴 했지만 마침 떠내려오는 나뭇가지를 붙들 수 있었어.

주먹이가 잠시 숨을 돌렸다 싶었을 때, 이번에는 메기 놈이 날름 삼켜버리네. 시커먼 아가리를 봤지만 한순간에 벌어진 일이라 주먹이는 꼼짝 못 했어. 메기 뱃속이야 황소 뱃속과 다르지. 숨이 콱 막혀 주먹이는 이제 죽나 싶었지. 그러자 울음이 절로 나와. 아버지 주머니에 나온 걸 이때 처음으로 후회했어. 하지만 길게 후회하고 말고 할 상황이 아니었지. 숨이 막히고 눈물 콧물이 흐르고 해서 말이야.

눈물 콧물 흘리며 발버둥을 치기 시작하고 얼마 만일까. 이번엔 또 무슨 일인지 메기 놈이 허공으로 휙 솟구치는 듯해. 그러더니 툭 떨어져서는, 난리가 난 듯 퍼덕거리는 거야.

혹시!

혹시 땅으로 올라온 게 아닌가 싶은데 이런 소리가 들리지 뭐야.

"어이쿠. 오랜만에 잡은 메기가 이렇게 크다니. 애야, 이놈 좀 봐라!"

틀림없이 아버지 목소리였어. 주먹이는 또 울컥 솟구치는 울음을 참고 아버지를 불렀어. 젖 먹던 힘까지 다 짜내 아버지를 불렀지. 주먹이가 부르는 소리에 아버지는 주머니를 뒤지고 하다가 얼마 뒤 메기의 뱃구레를 더듬어봐.

주먹이는 그때 제 주먹으로 쿵쿵 쳤지. 발로 차기도 했지.

주먹이 아버지는 메기 배를 두 손으로 누르곤 주둥이 쪽으로 쭉 밀어 올렸어. 그랬더니 메기 놈 볼따구니가 불룩해진다 싶더니 병뚜껑 열리는 듯한 소리가 나며 뭔가가 툭 튀어나오는데, 보니 주먹이야. 메기 뱃속에서 거짓말같이 제 자식이 나온 거야. 메기 놈 뱃속에서 제 자식 소리가 나기야 했지만, 그래도 그렇게 나타나니 아버지 두 눈이 화등잔처럼 휘둥그레지지.

주머니에 있어야 할 아이가 어떻게 메기 뱃속에 들어가 있는지 알기까지는 한참이 걸렸어.

"잘못했어요, 아버지. 제가 몰래 주머니에서 나왔어요."

주먹이는 울먹이며 먼저 그렇게 입을 뗐어. 세상구경 하려던 주먹이한테서 무슨 일이 있었는지 다 듣고서 아버지는 말했어.

"큰일 날 뻔했구나. 하나뿐인 우리 아들 영영 잃을 뻔했네."

*

집에 돌아가자 아버지는 주먹이가 겪은 일을 어머니에게 이야기했어.

아버지는 주먹이 대신 그 이야기를 어머니에게 다 해주었어. "우리 주먹이가 세상구경이 그렇게나 하고 싶었나 보오" 하고서 땅강아지와 방아깨비 뒤를 쫓던 일부터 시작해서 황소 뱃속으로 들어갔다가 솔개한테 낚여 하늘로 솟구쳤다가 물에 빠져 메기에게 삼킨 일을, 그리고 낚시에 걸린 메기 뱃속에서 툭 튀어나온 일을 하나도 빠짐없이 다 이야기했어.

어머니는 놀라면서도 주먹이를 새로 얻은 듯하다며 기뻐했어. 주먹이 아버지한테는 주먹이에게 세상구경을 자주 시켜 주자고도 했어. 그리고 손바닥을 폈지. 아버지도 옆에 손바닥을 펴 이어 붙였어.

주먹이는 아버지와 어머니가 함께 펼친 손바닥에 올라가 춤을 추었지.

나그네 양반, 주먹이 이야기는 대략 이리 끝이 난다오.

아, 글쎄, 주먹이가 제 부모의 귀염 받으며 오래오래 잘살았다니, 어떤 일을 겪더라도 주저앉지 않고 잘살았다니 더 덧붙일 게 없지요. 그리고 나도 뒤에서까지 앞에서처럼 사설 늘어놓을 필요는 없을 테니, 이제 반쪽이 이야기 들어봅시다.

너희는 손뼉을 쳐야지. 재미있으면 손뼉을 쳐라. 반쪽이 이야기가 재미나면 그때 더 크게 손뼉을 치더라도 말이다.

*

그새 사람들이 늘었습니다.

응원해 줄 사람이 늘었다고 할 수도 있겠으나 이것 멍석이 제대로 펼쳐진 것 아닙니까. 하던 짓도 멍석을 펴주면 않는다는 말도 있는데, 이것 참…….

옛날 옛적에 혼인을 하고 십 년도 더 된 부부가 있었습니다. 혼인하고 십 년이 다 되었는데, 좀체 아이가 생기지를 않았지요. 이러고 있어서는 안 되겠다 싶어서 부인은 남편과 함께 산신령님께 기도를 했습니다. 새벽마다 물을 한 사발 떠놓고 더 늦기 전에 아이 하나라도 점지해 달라고 기도했지요. 한동안 함께 기도하던 남편이 슬그머니 빠지고 부인 혼자서 기도를 계속하던 어느 날 밤 꿈에 수염 허연 노인이 나타났습니다.

"며칠 뒤 텃밭에 오이 세 개가 유난히 크게 나올 것이다. 그걸 먹으면 아이를 가지게 될 것이다."

한눈에 구분될 만큼 큼지막한 오이 세 개가 며칠 뒤 정말 그 집 텃밭에 있었습니다. 부인은 꿈에 나타난 노인이 산신령님이 틀림없다고 생각하며 두 손을 모았지요.

그리고 그 오이 세 개를 먹는데, 워낙 큰 오이라 쉬어가며 먹는데, 산밭에 나갔다 돌아온 남편이 목마르다기에 우물물을 떠주려는데, 그 잠깐 사이에 남편이 남은 마지막 오이를 덥석 베어 먹지 뭡니까. 부인이 놀라 우물물을 쏟고 달려갔는데, 이미 반절은 남편 입속에 들어갔지요. 부인이 꿈 이야기를 하는 동안에도 남편은 오이를 우물우물 씹어 먹었지요. 다 듣고선, 남은 반 토막 오이를 내밀어요.

그 일 뒤 오래잖아서 부인한테 태기가 있었어요.

오이 반쪽 못 먹은 건 다 잊을 만큼 배가 불러왔지요. 배가 왜 남다르게 부르나 싶었는데, 삼형제를 낳게 되었답니다. 삼형제를 낳았는데, 첫째도 둘째도 멀쩡한데, 셋째가, 이게, 이게 반쪽인 겁니다. 눈도 하나요, 귀도 하나. 팔도 하나요, 다리도 하나. 입이랑 코는 반쪽씩. 그래 반쪽이라 부르게 되었던 것이지요.

주먹이가 주먹만 해서 주먹이가 되었듯 반쪽이는 모든 게 반쪽밖에 없어서 반쪽이가 되었지요.

*

반쪽이 어머니는 삼형제를 모두 아꼈습니다.

반쪽이가 반쪽밖에 못 갖추고 나온 건 산신령님이 일러준 대로 자신이 오이 셋을 다 먹지 못 한 탓이라고 자책하며 반쪽이도 다른 자식 못잖게 아꼈습니다. 사실은 마음을 더 쏟았지요.

그런데 남편은 그렇지 않았습니다. 모자란 자식을 부끄럽게 생각했고 어디로 사라져버렸으면 하는 마음마저 품었답니다. 아버지의 마음이 전해졌는지 두 형은 막내를 부끄러워했고 귀찮아했습니다. 반쪽이가 동네 뒷산에서 토끼를 쫓다가 큼지막한 돌을 굴려 이웃집 장독대를 박살 내는 사고를 쳤을 때는 동구 밖 나무에 밤새 붙들어 매어 혼쭐을 냈고 그 뒤로는 공공연히 미워하기까지 했습니다.

이런 두 형이니 과거 보러 가는 길에 반쪽이가 따라나서자 기함을 했지요. 어머니 앞에서 대놓고 욕하지 못 했지만 동구 밖으로 나서자 두 형은 너 같은 놈이 과거를 본다고 하면 지나가던 개도 웃을 거라며 돌아가라 했습니다. 말을 듣지 않으면 어릴 때처럼 나무에 묶어 두겠다고도 했습니다.

그래도 반쪽이는 계속 따라갔는데, 두 형은 고개 하나 넘자 정말로 반쪽이를 나무에 묶어버렸습니다. 반쪽이가 혼자 힘으론 못 풀게 꽁꽁 묶어 더는 못 따라오도록 할 작정이었던 것입니다.

혼자된 반쪽이가 끙 하고 힘을 주자 나무가 뽑혔습니다. 어릴 적 이웃집 장독대를 박살 내며 안 뒤로 내내 숨기고 있던 힘을 마음껏 써봤더니 나무가 뿌리째 뽑힌 것이었습니다. 반쪽이는 나무를 지고 쿵쿵 뛰어 집으로 갔습니다. 그 나무를 집 마당에 내려놓으니 어머니가 깜짝 놀라지요. 눈이 휘둥그레져서 이게 웬 나무냐고 묻자, 반쪽이는 형들이 과거 급제하거나 자신이 혼인하면 잔치를 열 테니 그때 떡메로 쓸 거라고 했습니다. 그리고 다시 형들을 따라가는 것이었습니다.

반쪽이를 보고 두 형은 혀를 내둘렀습니다. 얼굴이 붉으락푸르락하며 서로 말을 나누더니 이번에는 집채만 한 바위에 반쪽이를 몇 사람이 달려들어도 쉽게 못 풀게 묶어버렸습니다. 아, 아직 아우의 힘을 모르니 그 정도면 될 줄 알았겠지요.

하나, 앞서 나무를 뿌리째 뽑아 떡메로 쓰겠다며 집으로 지고 갔듯 이번에 반쪽이는 바위도 짊어지고 집으로 가더니 떡돌로 쓰겠다고 했습니다.

그리고 또다시 형들을 따라가는 것이었습니다.

이쯤이 되자 형들도 더 말을 않았습니다. 반쪽이가 결박을 잘 푼 것 정도로 알았는데 떡메나 떡돌 소리까지 나오자 형들은 아예 기가 질린 듯도 했습니다.

이리되어서 셋이 한참을 갔습니다. 한참 가다 보니 큰 고개 아래에 사람들이 우르르 몰려 있는 것이었습니다.

고개를 넘지 않고 왜 이렇게 몰려 있느냐 물어보니, 몇 사람이 나서서 이 고개를 지키는 호랑이는 예사 호랑이가 아니라느니,

호랑이가 많아 백 명이 모여 넘는 게 전통이라느니, 언젠가는 몇 사람이 빠지는 채로 넘었다가 화를 입었다느니 해댔습니다. 그리고 한 사람이 더 나서더니 아흔일곱 명이 모인 뒤로 반나절이 지난 참이라는 것이었습니다.

그러자 첫째가 얼른 "그럼 나까지 아흔여덟이오!" 했고 첫째의 눈짓을 받은 둘째는 "나까지 아흔아홉이오!" 했습니다.

"나까지 딱 백이오!" 한 것은 반쪽이였습니다.

그러자 한 사람이 나서 좌중을 둘러보며 물었습니다.

"반쪽밖에 안 되는 걸 사람 축에 넣을 거요 말 거요?"

모인 사람들은 쑤군대더니 반쪽이를 외면했습니다. 좀 전까지 앉았던 자리에 그대로 앉아버리는 사람도 있었습니다.

반쪽이는 형들에게 과거 보러 갑시다 하고선 앞장을 섰습니다.

형들이 쭈뼛쭈뼛 따라나서고 얼마 뒤 열댓 명 정도의 사람들이 움직이기 시작했습니다. 그리고 곧 나머지 사람들 대다수도 뒤따라왔습니다.

호랑이가 나타난 것은 가파른 고갯길을 거의 다 올랐을 때였지요. 이제부터 구불구불한 산길 같은 곳을 걷게 된다 싶을 때였습니다. 여기저기서 호랑이들이 모습을 나타냈는데, 사람들은 고함을 지르며 멈춰버렸습니다. 반쪽이만 아랑곳하지 않고 앞으로 나아갔지요. 호랑이 한 마리도 반쪽이를 보고 웬 놈이냐는 듯 나섰는데, 호랑이가 뛰어 달려든다 싶은 순간 반쪽이가 주먹을 날렸습니다. 다음 순간에 달려든 호랑이는 발로 차버렸습니다. 그러자 이게 무슨 일인가 싶어 주춤거리는 호랑이 놈도 있었겠지요. 그놈은 꼬리를 냉큼 잡아채 빙빙 돌려 던져버렸지요.

반쪽이는 잡은 호랑이들을 한 자리에 모아놓고서 두 형에게 말했습니다.

"내가 왜 따라나섰는지 이젠 알 터이니 나 더 미워하지 마시오. 과거 잘 보고 돌아오면 잔치까지 열어줄 테니 어서 마저 산을 넘으시오."

*

형들을 보낸 뒤 반쪽이는 호랑이 가죽을 한 짐 지고 집으로 향했습니다.

이웃마을 부잣집 영감을 만난 것은 그 영감이 밭둑에서 마름과 그해 농사를 의논하고 있을 때였습니다. 본 척도 않으려던 영감은 마름이 웬 호랑이 가죽이냐는 소리에 반쪽이를 불러 세워이리저리 물었습니다. 그러면서 쉽게 구하지 못할 호랑이 가죽에 욕심이 나 내기 장기를 제안하게 되었습니다.

"내가 장기를 내리 세 판 이기면 그 호랑이 가죽을 나한테 주게. 대신 자네가 내리 세 판 이기면 우리 집 딸과 혼인시켜 주겠네. 그만하면 밑지지 않을 테지?"

반쪽이한테 설마 장기를 지랴 싶어 부잣집 영감은 누구보다 아끼는 막내딸을 내기에 걸게 된 것이었습니다. 영감은 마름과 또 일하던 농부까지 일부러 불러 증인으로 삼기까지 했습니다.

내기 장기가 시작되었습니다. 그런데 이게 부잣집 영감의 계산과는 딴판으로 흘러가는 것이었습니다. 첫판을 실수로 놓쳤다 생각한 영감은 신중하게 두 번째 판에 나섰습니다. 하지만 반쪽이에게 또 당했지요. 셋째 판에 들어섰을 때는 얼굴이 벌게졌지요. 수염은 파르르 떨렸고요. 헛기침을 연방 해대며 생각하고 생각했지만 이길 방도가 보이지 않자 부잣집 영감은 딴생각을 하기 시작했습니다. 제 위신 지키며 내기를 무효로 만들 방법을 찾아본 것입니다.

"장이야!"

반쪽이가 그리 말했을 때 부잣집 영감은 순순히 승부를 인정했습니다.

"허허, 내가 내리 세 판을 졌네."

그건 딴생각이 막 떠오른 까닭이었습니다.

"약속은 지키지. 그런데 혼인은 부모 마음도 중요하고 당사자 마음도 중요하네. 자네는 집에 가서 허락을 받아오게. 나는 우리 집 막내딸 마음을 알아보겠네. 그 애가 원한다면 내 약속대로 기꺼이 자네에게 주지. 어떤가?'

그때 반쪽이가 무슨 마음에서인지 고개를 끄덕이는 것이었습니다.

부잣집 영감은 살았구나 하고 황급히 자리를 뜰 채비를 했지요. 이튿날 찾아가겠다는 반쪽이에게 부잣집 영감은 내일 보세 하고 웃어 보였답니다.

이튿날 찾아온 반쪽이를 그 영감은 집안으로 맞아들이지도 않았지요. 반쪽이를 대문 앞에 세워놓고는 제 딸이 시집갈 마음이 없노라고만 할 뿐이었지요. 반쪽이가 직접 확인하겠다고 하니 한사코 반대해요. 반쪽이는 영감의 딸이 옷을 홀홀 벗어 던지고 업힌다면 그럼 마음이 있는 것으로 보느냐고 물어요. 그러자 영감은 정말 그런다면 마음이 있는 거래요. 반쪽이는 오늘 밤에 와 틀림없이 그 댁 딸이 옷을 홀홀 벗고 업히도록 하겠대요. 영감은 혀를 차며 마음대로 해보랬지요.

그날 밤 부잣집은 부산스러웠습니다. 영감이 대문 앞은 물론 마당 곳곳과 지붕에까지 하인들을 두어 지키게 했습니다. 아들 내외가 하인들을 단속하게 하는 것도 잊지 않았습니다. 영감 부부가 직접 지킨 곳은 딸의 방 앞 마루였습니다. 두 눈 부릅뜨고 지켰지요. 영감이 그러니 집안의 그 누구 할 것 없이 잠 한숨 자지 못했지요. 밤을 새우며 지켰는데 반쪽이는 나타나지 않았습니다.

이튿날에도 영감은 집 곳곳에 하인들을 두고 딸을 지켰습니다. 또 다들 밤을 꼴딱 새우게 되었지요. 이날도 반쪽이는 그림자조차 비치지를 않았습니다.

새날이 밝고도 오전 나절이 다 지나갈 즈음 마침내 반쪽이가 대문을 두드렸습니다. 영감은 이제 내기는 완전히 끝났다고 말하려 직접 나섰습니다. 그런데 반쪽이가 이러는 것이었습니다.

"어머니가 갑자기 병이 나서 돌봐드리느라 올 수가 없었습니다. 혼인은 누구 혼자 마음으로 되는 게 아니더군요. 영감님 말씀이 다 맞더라고요. 어머니께서 허락을 다 해놓곤 갑자기 아픈 바람에 저를 붙든 셈이 됐지요. 그래도 이 반쪽이가 영감님 따님을 오늘 꼭 업어가겠습니다. 오늘 못 업어 가면 할 수 없는 일이지만요. 지난 이틀 못 온 건 사정이 있어서 그러니 봐주십시오."

"뭐 그러게."

부잣집 영감은 인심 쓰듯 그리 대답했습니다. 반쪽이 하는 말로 봐서 자신도 없는 듯해 보였거든요. 그리고 반쪽이가 어떤 수를 부리더라도 집안 모두가 눈에 불을 켜고 있는데 어쩌랴 싶었던 것이지요.

그날 밤에도 부잣집 영감은 집안 모두의 눈에 불을 켜두었습니다. 그런데 그게 오래가기가 힘들었지요. 한밤이 슬슬 지나자 모두 눈이 끔뻑거리더니 딱 붙어버리는 것이었습니다. 아예 코를 드렁드렁 고는 하인도 있었습니다.

사흘째 그러고 있으니 지칠 만도 한 것이지요.

*

드디어 반쪽이가 나타났습니다. 유황과 솥과 시루와 피리와 꽹과리와 장구와 노끈과 자갈 한 움큼 따위, 그리고 빈대와 벼룩이 든 병을 가지고서 말입니다.

반쪽이는 먼저 대문을 지키던 하인들의 상투를 노끈으로 서로 묶어놓았지요. 그리고 지붕에 올라가 있는 하인의 머리에다가는 시루를 씌우고, 마당에 있는 영감 아들에게는 솥을 씌운 뒤 꽹과리를 쥐어놓았습니다. 그리고 부엌데기 어깨에는 장구를 매어 놓고, 며느리 거기에는 피리를 물려놓았습니다.

네? 아, 며느리 거기가, 그러니까, 여기는 아이들도 있으니까 입이라고 하지요.

네, 며느리 입에, 입에다가는 피리를 물려놓았습니다.

부잣집 영감 내외는, 보자, 내가 어디 있다고 했습니까?

네, 그렇지요. 딸의 방 앞 툇마루 기둥에 기대서 꾸벅꾸벅 조는 영감의 수염에는 유황을 발라놓고, 그 옆에서 다리 뻗고 이미 잠든 마누라 소매에는 자갈을 넣어두었지요.

이쯤 하고서 반쪽이는 숨을 크게 내쉬었습니다. 그리고는 딸의 방으로 들어가서는 병뚜껑을 열어 벼룩과 빈대를 뿌려 놓았습니다.

밖으로 나온 반쪽이는 그때야 집안 이곳저곳에 켜진 횃불을 다 꺼버렸습니다. 사방이 캄캄한 게 그날 밤이 그믐밤임이 분명해졌지요. 달 없이 별만 있는 그믐밤이 분명해졌지요.

반쪽이가 딸의 방 앞에서 기다린 지 얼마 만일까요? 그렇게 오래는 아니고요. 얼마 뒤…….

"뭐가 자꾸 물어요. 아이고, 아버지 어머니, 뭐가 자꾸 물어, 문다니까요."

딸이 잠꼬대하듯 중얼, 중얼대며 마루로 나왔습니다.

눈도 제대로 못 뜬 딸은 저고리를 벗어부치며 마루 끝까지 왔지요. 그때 반쪽이는 얼른 영감 딸을 안아서 돌려 업고는 소리쳤습니다.

"반쪽이가 저고리 훌훌 벗어 던지고 품에 안긴 색시 데려간다! 색시 업고 간다!"

반쪽이 고함에 여기저기서 부스스 일어나는 소리가 나기 시작했습니다. 그러더니 곧 집안 곳곳에서 소동이, 한바탕 소동이 일어났습니다.

대문을 지키던 하인 둘은 벌떡 일어났다가 제 상투 내놓으라며 서로 주먹질에 발길질로 싸움질을 해댔고, 지붕을 지키던 하인은 고개를 들다가 시루가 머리를 짓누르니까 하늘이 무너진 모양이라며 도로 주저앉아버렸고, 마당을 지키던 아들은 놀라 허우적대다가 사정없이 꽹과리를 쳐댔지요. 꽤갱갱! 꽹과리 소리에 놀라 더 허우적대니 꽹과리 소리가 더 커졌지요. 꽤갱개갱갱! 꽤갱개갱갱꽤갱!

놀라기는 영감도 마찬가지였습니다. 번뜩 눈을 뜬 영감은 횃불이 다 어디 갔느냐며 우선 불을 켜려고 부싯돌을 탁 쳤지요. 수염에 유황 바른 채 그 아래서 부싯돌을 연방 쳐대니 불이 딴 곳에 어디 붙나요. 바로 그 수염에 불이 붙어 활활 타오르지요, 뭐.

뜨겁다고, 수염 다 탄다고 고래고래 소리 지르니 잠에서 덜 깬 마누라가 불을 끄겠다고 손을 흔드는데, 소맷자락의 자갈이 영감 얼굴을 마구 때리게 되지요, 뭐.

마구, 마구!

이제 영감 입에서 "어이쿠, 사람 잡네! 사람 잡아!" 하는 소리 터져 나오게 됐지요.

그때 반쪽이가 다시 한 번 이러는 소리가 났습니다.

"반쪽이가 저고리 훌훌 벗어 던지고 품에 안긴 색시 데려간다! 색시 업고 간다!"

영감은 앉은뱅이처럼 엉덩이를 떼지도 못한 채 쳐다보기만 했습니다. 영감은 담장에 올라앉은 반쪽이를 간신히 손길로 가리키기만 했습니다. 반쪽이가 담장 너머 사라진 뒤에야 간신히 입을 떼어 소리쳤지요.

"저, 저놈 잡아! 저놈 잡아! 이놈들아, 저놈 잡지 않고 뭐하느냐!"

여전히 주저앉은 채 영감이 소리를 질러대지만, 아들이고 하인이고 간에 제자리에서 바보짓들만 하고 있었습니다. 그쯤이면 다행일 텐데, 이어서는 피리 소리가 이끌고 장구 소리가 뒤를 따르는 것이었습니다.

놀라 허둥대는 며느리와 여종들이 아들이나 하인과 하나 다를 바가 없지요, 뭐. 경사라도 났다는 듯 닐리리야 피리 불고 덩덕쿵 장구 치고 말이지요.

네, 맞습니다. 피리 불고 장구 치니 난장판이 벌어진 셈이지요.

*

반쪽이는 부잣집 영감 딸을 업고 냅다 달려 집으로 돌아왔습니다.

무사히 돌아오긴 돌아왔는데 부잣집 영감 딸이 처음에는 반쪽이를 무서워했어요. 이상하게도 생각했고요. 모든 게 반쪽이니 그럴 만도 한 일이지요.

달라진 건 어째서냐 하면, 이야기를 다 듣고 나서입니다. 반쪽이가 제 태어난 일부터 자라던 때의 일을 이야기하는 동안에는 내내 겁먹은 표정이었지요. 과거 보러 가는 형들 따라나섰다가 호랑이 때려잡은 일까지 듣고는 얼굴이 펴지더니 반쪽이가 사흘째까지 미루며 유황부터 하나하나 준비한 일을 알고는 눈빛까지 달라졌습니다. 오빠가 꽹과리를 쳐대고 새언니가 피리를 불어대는 대목에서는 웃음을 터뜨려요. 아버지 수염에 불이 붙었다는데도 웃네요. 웃어요. 그 불을 끄겠다고 어머니가 손을 흔들 때마다 자갈이 아버지 뺨을 후려쳐대는데도 웃네요. 웃어요.

네?

아, 물론 빈대와 벼룩 때문에 제가 옷을 훌훌 벗어 던진 일을 두고는 눈을 흘기긴 했지요.

힘이 셀뿐더러 꾀까지 많은 반쪽이, 그믐밤에 난장판을 만들어 한바탕 웃음을 쏟아내게 하며 저를 업어 온 반쪽이. 아, 부잣집 영감 딸은 그 반쪽이가 신랑감으로 딱 마음에 들었지요 뭐. 그러니까 이튿날 아버지와 오빠가 몽둥이 꼬나 쥔 하인들을 이끌고 우르르 몰려왔을 때, 저는 반쪽이와 혼인하겠다고 당당히 말할 수 있었던 것이지요, 뭐. 저고리 훌훌 벗어 던지고 반쪽이 품에 안긴 게 제 뜻으로 한 게 맞느냐는 물음에도 얼굴이야 붉혔으나 고개를 분명히 끄덕이기도 했지요.

일이 이리되었으니 혼례야 미룰 수가 없었습니다. 형들 과거 급제했는지 어쨌는지 기다릴 것 없이 반쪽이 혼인잔치가 열렸지요. 그 큰 떡돌에 그 큰 떡메까지 다 준비되었으니 떡도 푸지게 했겠지요.

혼례를 올리고 신방에서 반쪽이는 이렇게 말했습니다.

"내 반쪽은 색시이니 이제 나는 온쪽이가 된 셈이오."

할머니의 주먹이 이야기처럼, 이 이야기도 두 사람이 오래오래 행복하게 잘살았다니 더 덧붙일 게 없겠지요. 검은 머리 파뿌리 될 때까지 행복하게 잘살았다니 말입니다요!

내 복에 살지요

먼저 우스운 이야기부터 하나 하고 시작합시다.

아니, 우스운 이야기를 하는 게 이 이야기판의 시작이오. 그렇게 하기로 합시다. 다들 떡까지 해서 이 늙은이를 이렇게 이야기판에 끌어다 놓으니 잔뜩 긴장돼 이야기가 잘 안 나올 듯해서 그런다오. 동리 사람들이 먼 데서 온 나그네와 함께 대결하라고 부추기고, 판정도 제대로 하겠다며 이리 모여 앉았으니 내가 긴장이 되어서 말이지요. 그래서 그 긴장도 풀기 위해 우스운 이야기를 먼저 할까 합니다.

이야기는 서로 세 개씩 하자고 했으니 그렇게 하면 되겠는데 나그네보고 먼저 나서라 하기가 뭣하니 내가 먼저 하는 것이오. 나이 많다고 대접받자고 먼저 하는 것 아니니 그리 아시오. 집안 아이들한테나 하던 이야기를 동리 사람 여럿, 앞에서 하자니 이게 쉽지가 않은데, 그래도 떡까지 해서 사람들이 모였으니 동리 위신 떨어뜨리지 않도록 해야겠지요. 사설이 길어졌습니다만, 그래도 하나 정해둘 게 있습니다. 나그네 양반…….

우리가 서로 이미 대략은 정했으나 이 자리에서 분명하게 하도록 하지요. 내가 우스운 이야기를 먼저 한다고 했으니 나중에 나그네 차례가 되었을 때 나그네도 우스운 이야기를 먼저 하는 겁니다. 그리고 다른 것도 다 비슷한 것으로 하는 겁니다. 내가 여우나 토끼 이야기를 했다고 나그네도 똑같이 여우나 토끼 이야기를 해야 하는 건 아니오. 담은 뜻이 비슷하거나 하면 되는 것이지요. 내가 슬퍼 눈물 나는 걸 했으면 나그네도 슬퍼 눈물 나는 걸로 하는 겁니다.

이 늙은이는 친정이 깜깜한 산골인데 어릴 적 친정아버지한테 이야기를 많이 들었어요. 어머니한테는 별로 이야기를 못 듣고 아버지한테서 주로 들었어요. 나야 깜깜한 산골에서 나물 뜯고 불 때고 바느질만 하다가 이 동리로 시집왔으니 앉은뱅이나 마찬가지로 살았지요. 그래도 아버지가 대처로 좀 나다닌 분이라 이런저런 세상 소식은 전해주었지요. 세상 소식 좋았지만 나는 이야기가 더 좋았습니다. 아버지는 그런 딸자식 위해 곧잘 이야기를 해주셨지요. 이야기하는 재주가 좀 있었던 분이지요.

더 사설이 이어지면 안 될 터. 이제 이야기를 시작하지요. 우스운 이야기부터 합니다. 다른 것도, 뒤에 할 다른 것도 슬퍼 눈물 나는 이야기가 아닙니다. 그러니, 나그네도 그런 이야기는 준비하지 않아도 됩니다.

처음 이야기는 사또한테 달을 판 이방의 이야기이고, 두 번째는 삼형제가 아버지 말대로 세상에 나가 재주를 익혀 와서 잘살았다는 이야기이고, 세 번째는⋯⋯

마지막 것까지 나그네가 다 준비하게 해서는 내가 이길 자신이 없으니 이쯤만 밝히지요. 그럼, 먼저 사또한테 달을 판 이방의 이야기를, 내가 시작합니다.

⋯⋯아이고, 응원이, 이젠 손뼉 치며 해주는 응원이 부담스럽다니까.

*

옛날 어느 고을에 원님이 새로 왔어요.

원님이란⋯⋯ 그래, 사또란 이 고을 저 고을 대신 다스리라고 나라님이 내려보내는 관리인데 고을 크기에 따라 권세가 크기도 하고 작기도 하고 그렇지요. 그 원님, 그 사또가 부임한 고을이 얼마만 한지는 모르지만 육방 관속이 다 있어요. 있을 건 다 있단 소리죠.

나라님 다스리는 대궐에는 육조가 있고 그걸 본떠 각 고을에
는 육방을 두지요. 이방, 형방, 공방에 또 무슨 방들까지 해서 육
방이 있고 육방에는 또 다 거기에 속한 아전이 있고 그러지요.
육방 관속이라고 친정아버지가 그러더라고요. 나야 앉은뱅이처
럼 깜깜한 산골에서 살다가 이 동리로 시집왔으니 사또가 있는
동헌이라는 곳도 구경을 못 했지. 못 했지만…….

동헌에는 육방이 있고 방마다 속한 아전들이 있는 모양인데,
이 육방 관속이 새로 부임한 사또를 봤겠지. 인사도 하고 이런저
런 일도 보고를 하고 했겠지. 그러면서 대해 보니 이게, 사또란
자가 이게 영 숙맥인 게야. 콩인지 보리인지 모르니 바보이지,
바보.

이 고을의 이방은, 육방 가운데서도 으뜸이라는 이방은 신임
사또가 바보라는 걸 한눈에 알고, 그래서 언제 때를 봐서 제 주
머니 채울 일을 만들어야겠다고 생각하고 있었겠지. 그런데 이
사또가 이방 생각보다 훨씬 더 심한 바보라는 걸 알게 된다고.

어느 날, 밖이 캄캄한 그믐날 이방은 사또와 함께 있게 되었
어. 하늘을 한참 둘러보던 사또가 이방을 불러. 이방은 사또가
무슨 맹한 소리하려나 하고 기다렸지. 그런데 이러네.

"이방, 달이 어디 갔느냐? 이 고을에서는 달을 어디 보냈느
냐?"

그동안에도 맹한 소리 여러 차례 들었지만 이건 여간 심한 게 아니지.

한동안 이방은 말을 못했어. 너무 엉뚱해 이방도 얼른 할 말을 찾지 못했어. 오늘이 그믐이라느니 해봤자 알아듣지도 못할 사또한테 그럴 수도 없는 노릇이기도 하니까 말이야. 사또가 다시 묻는 순간, 이 꾀 많은 이방은 옳다구나 생각하며 이리 답했어.

"달이 있었지요."

딱 그러고는 시침 떼고 있으니까 사또가 이래.

"그런데? 있었다는 달이 왜 없어졌단 말인가?"

"우리 고을에도 전에는 달이 있었습니다. 그런데 앞서 있던 사또께서 고을 형편이 어렵다며 달을 파신 바람에 지금은 없습니다."

그러자 사또는 그 좋은 달을 팔아야 할 정도로 고을 형편이 나쁜지 따지더니 고을 백성들을 위해 달을 되찾아오겠다는 거야. 이방은 얼른 나섰지.

"달을 사올 수 있긴 합니다. 내가 그 장사꾼을 아니 오백 냥만 있으면 사올 수 있지 않을까 합니다."

그동안 그 이방이 잔꾀로 제 주머니 채운 적이 여러 번이나 사또를 상대로 이런 수작까지 부리는 건 처음이야. 그래도 바보라도 대단한 바보인 것을 다 알고 나니 말이 술술 나와.

이튿날 이방은 오백 냥을 받아서는 달을 사러 떠났겠지.

달을 사러 어디로 가겠어? 어느 장에 가야 살 수 있느냐고? 그냥 그 돈 가지고 다른 고을 이방과 술 마시고 노름을 했지.

며칠 만에 돌아와서는 이방이 원님에게 다녀왔다고 보고를 했겠지.

저녁나절에 돌아왔으니 보고를 하고 사또와 함께 밖으로 나와 보니 반달이 떠 있지 뭐. 어느 장에서 안 사와도 며칠 사이 달이 그만해진 것이지.

바보 사또는 밤하늘에서 반달이 차차 밝아지자 좋다며 수고했다고 해. 이방은 속으로 웃으며 이제 물러나 쉬겠다고 했어. 쉬러 가는데 사또가 부르네.

사또가 이래.

"왜 보름달을 사오지 않고 반달을 사왔느냐?"

바보 사또가 보름달과 반달을 알긴 안 게지. 그래도 이방은 다 준비해놓은 게 있었어.

"그동안에 달 값이 많이 올라서 저만큼도 겨우 사왔습니다."

"그사이 달 값이 올랐다고? 허허, 그러니 팔 걸 팔았어야지. 내저 반달 가지고는 고을 백성들한테 낯이 안 선다. 마저 사오너라. 보름달을 볼 수 있도록 해."

이튿날 이방은 다시 오백 냥을 받아서는 달을 사러 떠났겠지.

달을 사러 이번엔들 어디로 가겠어? 이번엔들 어느 장에 가서 사겠느냐고? 그냥 그 돈 가지고 고향으로 가서는 집을 샀지. 그동안 사 놓은 밭도 있으니 이방을 당장 때려치우더라도 먹고 살 길이 막막하진 않았지. 여차하면 고향에 와서 살 작정이었던 것이지.

이번에도 며칠 만에 돌아갔어. 벌써 보름달 올려다보며 벙글벙글 웃는 사또에게 이방은 오백 냥으로 달을 마저 사왔다고 보고를 했어. 사또는 달을 한참 올려다본 뒤 이래.

"이제야 내가 고을 백성들에게 낯이 서게 되었다. 이방, 수고 많았네."

이방은 사또가 달구경 실컷 하게 두고 물러났어. 입이 벙글벙글 벌어지는 걸 겨우 참고 말이야.

사또가 이방을 찾은 것은 며칠 뒤였어. 찾아갔더니 사또가 이래.

"달을 사 온 데에 가서 반쪽을 찾아오너라!"

이방은 여기까지는 생각 못 했지. 이방이 멍하니 서 있자 사또가 이래.

"돈 다 받아놓고 그걸 다시 가져가면 어떡하느냐고 따지고 되찾아 오너라!"

이리저리 핑계를 대봤지만, 보름달 좋은 걸 안 사또가 반달로는 영 마음이 차지 않는 모양이야. 고을에 급한 일이 있다고 둘러대도 사또는 다짜고짜야. 이방이 바쁘다면 형방이나 공방을 보내겠대.

이 일을 어째! 이방은 부리나케 고향으로 돌아갔지. 새로 산 집을 당장 되팔아 오백 냥을 만들어서 사또에게 아뢰었지.

"저쪽 고을에도 사또가 새로 와 다시 달을 사 오라고 성화여서 반씩 나눌 수밖에 없었다고 합니다. 대신 돈은 되돌려 받았습니다."

마뜩잖은 낯빛이었지만 사또는 더 뭐라고 하지는 않았어. 형편이 그리되었으니 받아들인다는 뜻인 것이지.

며칠 후 캄캄한 그믐이 되었어. 이방이 조마조마해 하는데 사또가 부르네.

"그놈 그것! 그 장사꾼 아주 나쁜 놈이구나! 그쪽 고을 사또가 성화를 부리더라도 잘 말을 해야지. 반씩 나누어 갖기로 했으면 그렇게 해야지, 지금 와서 다 가지고 가면, 다 가지고 가도록 하면 되느냐고! 가서 그놈을 당장 잡아 오너라!"

일이 이리 되니 이방이 이실직고하지 않을 수가 있나. 그동안 사놓은 밭까지 판 것은 물론이고 볼기까지 맞았지. 아, 당연히 옥살이까지 했지.

그런 이방 놈 때문에, 육방관속 때문에 고을마다 백성들이 고생이지. 세금도 더 내놓아야 하고, 하지 않아도 될 일 불려나가서 해야 하고 말이지. 나라님이 내려 보낸 사또가 고을 구석구석의 형편까지는 모르는 경우가 많지. 그럴 때 육방관속이 나서서는 제 욕심 채우려 꾀를 부린다잖아.

사또 잘 보좌해 고을 백성 편하게 해야 할 육방관속이 나쁜 꾀를 부려봐. 아, 그럼 고을 백성들이 힘이 들지.

*

두 번째는 삼형제 이야기야. 삼형제가 세상에 나가 재주를 익혀 와서 잘살았다는 이야기인데…….

옛날 옛적에 어떤 나라에 아들 삼형제를 둔 사람이 있었어. 혼자 힘으로 자식을 키웠는데, 땅뙈기 얼마로 농사지어 자식을 키웠는데, 하루는 이 사람이 아들 삼형제를 불러 모았어.

불러 모아 놓고 이 아버지는 삼형제한테 자기 나이가 육십이 넘었다 하며 말문을 열었어. 다 제 살길 찾으란 말을 시작한 거야. 너희도 너희 살 길 찾으라고, 자기는 나이가 육십이 넘었으니 이제 너희도 너희 살길을 찾으라고 말이야. 자기는 남길 게 없다고 말이야. 얼마 되지도 않는 저 땅뙈기 가지고는 장성한 너희 삼형제가 앞으로 살길이 막막하다고 말이야. 장가도 가야 할 테고 그러면 처자식이 생기는데 삼형제가 다 그 땅뙈기로는 먹고살 수가 없다는 소리지. 얼마 되지도 않는 땅뙈기 바라지 말고 살길을 찾으란 뜻이지. 그런 말끝에 이리 분명하게 덧붙였어.

"그러니 어디든 가서 한세상 너끈히 살 수 있는 재주를 배워오도록 하여라."

삼형제도 생각해보니 아버지 말이 맞아. 그래서 오래 끌지 않고 얼른 준비했어. 아버지한테 하직 인사하고 길을 떠났지. 어디든 가보자고. 가면서 의논해보자고.

어디로 가서 뭘 배울지 의논도 잘 안 되었는데 삼거리 길에 이르렀네. 삼형제는 더 고민 말자고 했어. 하나씩 길 택해 가면서 각자 어디로 가서 뭘 배울지 생각하기로 했어. 어쨌든 삼 년 기한으로 부지런히 재주를 배워 다시 아버지 집에서 만나기로 그것만 약속하고 다 각자의 길을 정해 떠나갔지. 삼형제가 다 헤어졌지.

떠나간 삼형제가 삼 년 뒤 앞서거니 뒤서거니 하며 아버지 집으로 돌아왔어. 아버지가 보기에 세 자식이 모두 다친 곳 없이 건강하게 돌아온 눈치야.

아버지는 반가운 마음 숨기고 자식들에게 일단 밥을 먹인 다음 그동안 무슨 재주를 배웠느냐고 물었어. 첫째한테 먼저 물었겠지. 물었더니 첫째는 마음만 먹으면 누구한테도 들키지 않고 슬쩍 가져올 수 있는 재주를 배워왔노라고 해. 아버지는 좀 이따 시험해보겠다 하고는 둘째에게 물어. 뭘 배웠느냐고 물으니까 둘째는 활쏘기를 배웠다며 화살이 가닿는 데에 표적이 있기만 한다면 그게 크든 작든 다 맞힐 수 있다는 거야. 아버지는 좀 이따 시험해보겠다 하고는 셋째에게 물었지. 뭘 배웠느냐고 물으니까 셋째는 바느질 재주를 익혔다고 해. 바느질 말이야. 셋째는 바느질 재주를 배워 왔노라며 헝겊은 물론이고 쇠붙이라도 문제가 없다는 거야.

　삼형제의 이야기를 다 듣고 난 아버지는 이제 재주를 확인해보겠다며 첫째에게 먼저 이렇게 말해.

　"내가 저 산꼭대기 벼랑의 새 둥지에 알 세 개가 있는 걸 봐뒀다. 너는 어미 솔개에게 들키지 말고 알 세 개를 다 가져오도록 하여라."

　첫째는 알겠다며 산꼭대기로 가. 모두가 기다렸지. 기다렸더니, 첫째가 제 말 대로 감쪽같이 솔개 알 세 개를 아버지 앞에 가져오네.

　이번에 아버지는 그 알 세 개를 뒷동산 바위에 늘어놓네. 그러고서는 둘째에게 화살을 한 번 날려 다 깨뜨려보라고 해. 둘째 아들은 아버지 말대로 해냈어. 첫째 재주도 대단하지만 둘째 재주도 대단하지.

고개를 끄덕이던 아버지가 셋째에게는 이렇게 말하는 거야.

"막내야, 너는 얼른 가서 알 조각을 꿰매어라. 꿰매되 전과같이 해놓아야 한다."

그 아버지는 한꺼번에 그렇게 삼형제를 시험하는 것이었지.

첫째도 둘째도 다 잘해냈는데 셋째는 어찌 되려나 하고 모두 지켜봤겠지. 봤더니, 이게, 참 기가 막히게 바느질을 잘하네. 우리 동리에서 바느질 최고로 잘한다는 아무개도 이 집 셋째 같을 수야 없는 일이지.

화살을 맞아 산산이 깨진 알을 원래대로 다 꿰맨다는 게 어디 가능한가 싶은데도 해냈다니까. 막내인 셋째까지도 아버지의 말대로 다 해내자 아버지는 전과 똑같아진 알을 첫째에게 시켜 원래 자리에 가져다 놓으래. 아, 첫째 재주라면 어미 솔개가 지켜도 못 돌려놓을 일이 없지.

삼형제를 다 모아놓고 그 아버지는 말했어.

"너희 재주가 모두 대단하다. 언젠가 반드시 크게 쓰일 일이 있을 거다. 기다려보자."

삼형제한테 어떤 기회가 생기려나…….

*

아버지 말대로 삼형제가 세상에 자기들 재주를 보일 기회가 머잖아 생기네.

삼형제가 그동안 배워 온 재주를 아버지한테 확인받은 그 얼마 뒤 이 나라 궁궐에 용이 나타났는데 분탕질만 친 게 아니라 공주를 낚아채 달아나버렸단 말이야. 아, 그런 일이 일어났단 말이지.

누구보다 사랑하던 딸을 잃어버렸단 말이지. 그 나라 임금이 말이지. 사랑하던 딸을 잃은 임금의 근심이 이만저만이 아니었지. 이 방도 저 방도 생각하던 임금은 공주를 구해오는 사람이 있으면 부마로 삼겠다는 방을 내걸기에 이르렀어.

그러나 누구도 공주를 찾아오지 못했지.

바닷속에 산다고도 하고 어느 외딴 바위섬에 산다고도 하는 용을 그 꼬랑지라도 찾아낸 사람이 없는데 어떻게 공주를 구해와? 구해올 수가 없는 일이지.

이 소문이 농부에게까지 들렸어. 농부는 삼형제를 불러서 말했어.

"이제 너희가 익힌 재주를 세상에 보일 때가 되었다. 어서 공주를 구하러 갈 채비를 하여라."

삼형제는 자신들이 다 하나씩 신통한 재주를 가지긴 했지만, 공주가 어디 있는지 알 수 없는 이상 어찌할 수 없는 일이라고 했어. 그렇잖아? 뭔 재주로 공주를 찾아오느냐고?

그러자 아버지가 기다렸다는 듯이 어느 바다 어느 섬에 용이 있고 공주가 있다고 하는 것이야.

"그걸 아버님이 어떻게 아십니까?"

아, 첫째가 그렇게 물었고 나머지 두 아들은 의아하다는 듯 아버지를 쳐다봤지.

"나도 재주를 하나 익혔다."

이러는 거야, 그 삼형제 아버지가.

"뭐든 다 보는 재주라도 익혔단 말씀입니까?"

첫째가 혀를 차듯 묻자 아버지는 고개를 끄덕였어.

"내가 너희한테 이미 보여주지 않았느냐? 산꼭대기 벼랑의 솔개 둥지에 알 세 개가 있다는 걸 내가 어찌 알았겠느냐? 나는 그런 벼랑에는 산삼이 있대도 못 가는 사람이다. 한평생 수련 끝에 얻은 재주다. 너희가 돌아올 무렵 그 재주가 완전히 내 것이 되었지. 너희를 도울 수 있게 되었으니 한평생 수련이 헛되지는 않은 듯하다. 이제 너희 삼형제가 재주를 세상에 보여라."

곧 삼형제는 나라에 자기들 재주에 대해 말했어. 그리고 배 한 척을 얻어 공주를 찾으러 떠났지.

아버지가 알려준 바다로 배를 몰아간 삼형제는 아버지가 말한 섬을 찾을 수 있었어. 모양새가 보니 영락없게도 아버지가 일러준 그 섬이야. 섬에 배를 대자마자 첫째는 용의 거동을 살필 수 있는 곳으로 갔지. 용이 하늘로 날아오르지도 바다로 들어가지 않았지만 첫째는 반나절 동안 살금살금 다가갔어.

그리곤 공주를 업어왔지.

공주가 없어진 것을 용이 안 것은 이튿날이나 되어서였어. 사방을 날아다니며 물보라를 일으키던 용은 삼형제의 배가 육지에 닿자면 아직 얼마가 남은 그때에 발견한 것이야. 용은 공주까지 발견하고는 덮칠 듯 배를 향해 날아왔지.

이번에 나설 사람은 둘째 아니겠어? 그렇지. 둘째는 배 위에서 빙글빙글 돌며 금방이라도 내리꽂힐 기세인 용의 가슴을 정확하게 겨냥해 화살을 날렸다고. 용은 그 단 한 발의 화살에 숨통이 끊겨 바다로 떨어지고 말았지.

용이 배를 덮치지는 않았어. 그러나 배는 파도에 휩쓸려 부근 바위섬에 호되게 부딪히고 말았어. 배가 조각나고 말았지. 바위를 붙들거나 널조각을 붙들거나 하며 얼마를 버티고 나자 셋째가 나서서 바느질을 하네. 쇳조각도 문제없이 바느질해내는 솜씨인지라 배는 얼마 지나지 않아 전과 똑같은 배가 되었지.

아, 아무런 문제 없이 말이야.

일이 다 마무리된 뒤 삼형제는 아버지를 모시고 대궐로 가 임금을 만났어. 임금은 삼형제가 모두 그동안의 일을 이야기하게 했지. 이야기를 다 들은 임금은 자기로서는 누가 더 많은 공을 세웠다고 해야 할지 모르겠다며 형제끼리 부마될 사람 하나를 결정하라고 했어.

삼형제는 누구도 쉽게 양보하지 않았어.

지켜보던 임금은 형제의 우애가 깨지겠다며 공주를 쳐다보다가 삼형제 아버지를 쳐다보다가 했지. 아버지가 슬그머니 다가가 뭐라고 아뢰어. 그랬더니 임금이 고개를 끄덕여. 끄덕이더니 누구도 부마로 삼지 않겠다고 해. 대신 넓은 땅을 삼형제에게 똑같이 나누어주겠다고 하네.

넓은 땅을 얻은 삼형제는 서로 부마가 되겠다고 잠시 다툰 일을 부끄러워하며 죽을 때까지 화목하게 지냈다지.

아, 부마되는 것보다 땅 많이 얻은 게 더 좋은 일이지.

혼자서 얼마 안 되는 땅뙈기로 고생하며 삼형제 키워낸 아버지 생각하면 말이야. 그게 아니래도, 그 아버지한테 삼형제 재주는 똑같이 훌륭한데 어떻게 억지로 누구 하나만 부마 되게 하느냐고? 삼형제 중에 부마가 하나 나오면 우애가 산산이 깨질 텐데 말이야.

뭐라?

그게 깨지면 셋째 바느질 솜씨로도 못 꿰매, 못 꿰맨다고? 아, 글쎄, 내 말이 그 말이지.

234

*

옛날에 어떤 마을에 부자가 살았어.

천석지기니 만석지기니 하는 정도의 부자는 아냐. 그래도 번듯한 기와집에 남녀 하인이며 온갖 머슴까지 두어 농사짓고 배불리 먹을 수 있으니 부자지. 봄이면 꽃놀이에 가을이면 단풍구경까지 가니 부자이고말고. 아, 우리 동네 부자라고 해봐야…….

이 일대 부잣집으로는 몇 집을 꼽지. 그런데 그 부잣집이 다 선대로부터 논이며 밭이며 물려받아 부자잖아. 대개가 그렇잖아. 그런데 이 부자는 자기 힘으로, 그러니까 자수성가한 부자라 이거지. 이게 이 부자의 별나다면 별난 점이지. 자수성가했다니 선대에는 부자가 아니더란 소린데, 뭐 우리 친정집이나 이 동리 아무개 집이나 마찬가지였더라 이 소리인데, 뭘 어찌했는지 몰라도 어쨌든 제힘으로 재산 모아 부자라 불리게 되었더라 이거야.

옛날에 어떤 마을에 자수성가한 부자가 살았다고. 딸자식 셋을 둔 부자가 살았다고. 딸자식만 셋 둔 이 부자는 자기가 부자인 것에 자부심이 대단했어. 자수성가한 부자라 그 자부심이 더했는가 봐. 아들자식 없다고 첩 들여 아들자식 얻으려 하지도 않고, 있는 딸자식들 잘 먹이고 잘 입히며 키웠지. 위로 두 딸 혼인 시키면서는 재물도 듬뿍 나눠주고 했지. 그러니 사위들이야 입이 귀에 걸렸겠지. 이 사위들 처가 오면 장인 좋아할 소리 술술하곤 해. 그럴 때 두 딸자식은 장단을 딱딱 맞춰주고 했지. 그럴 때면 장인은 사위들에게 자기가 어찌 재산을 모았는지 자랑스레 말하곤 했어.

두 딸자식 시집 보냈으니 이 부자는 부인과 막내딸과 셋이서 살았겠지. 그러다가 환갑이 되어 환갑 잔칫날이 됐다 이거야. 살림 넉넉한데 구두쇠 아니고 자수성가한 것에 자부심도 크니 잔치를 크게 했겠지. 손님들이 왔고 그 많은 손님 넉넉하게 먹일 만큼 음식도 푸짐하게 준비했지. 악사도, 악사나 뭐 다른 재주꾼도 불러 잔치 흥을 한껏 돋우기도 했지. 손님들한테서 다 대단한 잔치더라는, 잘 먹고, 잘 놀고 간다는 인사를 받았겠지. 잔치가 그렇게 마무리되고 집안사람만 남게 되었을 때, 사위들은 어디 방 하나씩 차지해 다리 뻗으려 할 때 이 부자가 세 딸을 제 앞에 불렀어. 자연스레 그리 모여 앉았는지도 모르지.

하여튼 그때 이 부자가 첫째 딸을 불러. 불러서는, 누구 덕에 사느냐고 묻는 거야. 금방 눈치챈 첫째 딸은 자기가 이만큼 사는 건 다 부모님 덕, 다 아버님 덕이라 대답했지. 부자는 그 말에 고개를 끄덕였어. 그리고 이번에는 둘째 딸을 불러. 그 둘째 딸한테도 똑같은 걸 묻네. 누구 덕에 사느냐고 말이야. 두말하면 잔소리래. 아버지 덕에 산대.

이제 마지막으로, 셋째 딸한테 물을 차례가 되었지.

"그래, 너는 누구 덕에 사느냐?"

뭐, 뭐라? 아, 그 셋째가 딴소리를 한다고? 너도 이 이야기를 아느냐? 뭐라? 그냥 짐작해본 거라고?

그래, 그 셋째 딸이 딴소리를, 참말로 딴소리를 하지. 뭐라고 했는가 하면, 이랬지.

"아버님, 나는 내 복에 살지요."

아, 셋째 딸은, 부자가 속으론 제일 귀여워하던 막내딸은 자기 복으로 산다고 말한 거야. 내가 나그네하고 이야기 시합하면서 세 번째로 하는 이야기는 바로 이 셋째 딸 이야기요. 자기 복으로 산다는 막내딸 이야기라오.

요것 하나는 미리 안 알려줬는데, 이젠 다 알려준 셈이네.

자기 복으로 산다는 이 딸자식. 이 막내딸이 어찌 되는지 그건 미리 안 알려줄 테니 끝까지 귀 기울여 들어보시오. 시합에서 나그네한테 꼭 이기려고 이러는 게 아니라, 미리 밝혀주면 재미가 없으니, 그래서 안 밝히고 하는 거요.

전에 들어 아는 사람은 입을 꼭 다물어. 떡이라도 물어 그 말은 하지 말라고. 내가 이야기를 마저 할 때까지는 말이야.

*

부자가 단단히 화가 났나 봐.

막내가 장난친다 생각하고, 처음엔 허허 웃으며 다시 물어봤지. 그럼 막내도 두 언니처럼 나라고 다른 복으로 살겠느냐고, 누구보다 더 아버님 복 많이 받아 산다고 하겠거니 기대하고 물어봤다고. 그런데 이 막내딸이 똑같은 소리야. 자기 복으로 산다고 해. 처음과 똑같이 대답하는 거야.

그 부자가 오죽 화가 났으면 셋째 딸 보고 숯구이한테나 시집가서 죽을 고생을 해보라고 했을까. 그냥 빽 한번 소리친 게 아니라니까. 영감이 찌푸린 낯으로 며칠을 보내고선 막내딸한테 보따리 하나 안기고 장터로 데려가선, 사람들이 먹고살기 위해 얼마나 고생을 하는지 보라고 해. 그리고선, 웬 숯구이 하나가 숯 검댕 묻은 얼굴로 앉은 걸 가리키며 그 소리를 했다니까. 말만 그리한 게 아니야.

딸을 두고 혼자 집으로 돌아갔다니까. 그 부자가 말이야, 막내딸을 장터에 내버려둔 채 혼자 돌아갔다니까.

저녁나절이나 되어 퉁퉁 부은 얼굴로 딸이 제집으로 갔겠지. 잘못했다고 사정했겠지. 그런데도 문을 열어주지 않아. 자기 복으로 산다는 말이 무슨 뜻인지 설명하겠대도 들은 척을 않아. 어머니를 어떻게 단속했는지 어머니도 나오지를 않아. 하인들은 자기들로서는 어쩔 수 없다며 등을 돌려.

이렇게 집에서 쫓겨난 셋째 딸 신세가 참 처량하게 되었지.

곱게 자란 처녀가 어찌 살아가야 할지, 당장 그날 밤은 어떻게 넘길 것인지 막막하잖아. 모든 게 막막하잖아. 남의 집 처마 밑에서 자고, 제집 찾아오던 거지처럼 사정해서 주먹밥 얻고 할 수밖에.

그 셋째 딸이 정말로 숯구이 총각과 살게 돼. 다음 장날 때 그 숯구이 보고는 파장 때 뒤따라가서, 아버지한테 쫓겨난 신세라고 하고 얼마간이라도 의탁해야겠다고 했지. 그랬다가 서로 마음이 고운 듯해 혼인한 것이지.

막내딸은 그렇게 거짓말같이 숯구이 총각과 혼인하게 되었지. 제 아버지 말마따나 먹고사는 일이 얼마나 힘든가를 뼈저리게 알게 되는 일이었지. 일하다 보면 눈물이 절로 주르르 흐르지. 두 뺨으로 주르르 흘러. 그래도 그 막내딸은 오래 울진 않았어. 오래 울진 않고 곧 씩씩하게, 원래부터 산골 처녀인 듯 부엌일부터 열심히 했지. 숯구이 총각이 하는 일을 돕기도 하고 말이지. 같이 숯 검댕을 얼굴에 묻혀가면서 말이지. 방물장수도 찾아오지 않는 산골 외딴 오막살이라도 비 피하며 다리 뻗고 잘 수 있으니 다행이라 생각했지. 고생시켜 미안하다는 남편에게는 이만하게라도 사는 건 다 천지의 덕이라 생각한다고 해. 언젠가부터는 절로 하늘 올려다보며 두 손 모으게 되고, 절로 사방 땅 둘러보며 두 손 모으게 되고 그랬지.

한 몇 해 고생스럽게 숯구이와 보낸 어느 날 밤에 잠을 자다가 막내딸은 꿈을 꾸게 되었어. 누런, 번쩍번쩍하는, 황금빛이 나는 용 한 마리가, 숯구이 총각이 제일 아끼는 숯가마 속으로 들어가는 꿈이었어. 보통 꿈이 아니라 생각한 막내딸은 남편에게 제 꿈이야기를 했고, 둘은 숯가마를 들여다봤지. 아, 그랬더니, 황금이 나오더냐고? 웬걸. 숯가마니까 온통 시커먼 게, 숯 말곤 다른 건 없어. 막내딸은 자기가 괜히 호들갑을 떤 듯하다고 했지. 그랬더니 숯구이 총각은 아마도 태몽이 아니겠느냐고 해. 태몽이라면 좋은 태몽일 듯하다고 해. 막내딸은 그것도 좋은 일이라 생각했지.

그런데 태몽 같지가 않았어. 막내딸이 몇 달이 지나도록 제 몸을 살펴보아도 태기가 없어.

하루는 막내딸이 숯구이가 장터에 갔을 때 숯가마를 혼자서 안팎으로 찬찬히 살펴봤지. 불을 켜 들고 살피는 중에 숯검정이 눌러 붙었지만 한 곳에서 반짝 빛이 나는 거야. 그게, 반짝하는 빛이 돌에서 나는 거야. 막내딸은 그 돌을 닦아보았지. 눌어붙은 숯검정을 지우며 한참을 닦아보았지. 점점 더 빛이 나는데, 보니 이게 금이야. 황금이야. 숯구이 총각이야 금이라는 걸 본 적이 없으니 숯가마 만들 때 쌓은 돌일 뿐이지만 금을 품은 돌인 거야. 뜨거운 불에 닿은 것은 녹아내렸을 테지만 금을 품은 온전한 돌도 있어. 큼지막한 것부터 주먹만 한 것까지 여럿이야.

장터에서 돌아온 숯구이에게 막내딸은 숯가마를 헐어보자고 했지. 아, 그러니 무슨 소리냐고 놀라지. 여태 꿈 생각했느냐며 그럴 수 없다고 하지. 막내딸은 더 고집부리지 않고 다음 장날에 주먹만 한 돌을 숯구이한테 쥐어서 내보냈어.

보냈더니 저녁에 돌아와서는 누가 돌을 비싼 값을 쳐서 사 가더라며 좋아하는 거야. 그때야 막내딸은 숯구이가 받아온 돈이 실제 제값에는 못 미친다며, 그게 그냥 돌이 아니고 금을 품은 돌이라고 일러주었지. 숯구이야 또 놀라지만 막내딸은 걱정하지 말라고 진짜 보물은 아직 그대로 있다고 했지. 숯가마를 허물면 여러 개가 나올 거라고 했지.

다음 장날에 숯구이는 큼지막한 금돌을 지고 나갔지. 나가서 이번에는 제값 제대로 받았지.

*

금을 팔아 집을 사고 땅을 샀어.

숯구이 부부는 그렇게 몇 번이나 금을 지고 나가 팔아서는 받은 돈으로 집을 사고 땅을 사서 큰 부자가 되었어. 천석지기라 할 만한 부자가 되었다 이거야. 아, 숯가마에서 금돌 다 찾아내어 팔았으니 산골에 살 까닭 없이 사람 많은 곳으로 나와 기와집에서 살았지. 먹을 것 입을 것 쉽게 구할 수 있는 곳으로 나와 재미나게 살았지.

자기 복으로 산다고 했다가, 아버지 미움받아 집에서 쫓겨난 막내딸이 이렇게 큰 부자가 되는 동안에 천석지기나 만석지기는 못 되어도 꽃놀이에 단풍구경까지 갈 수 있던 부자는 차차로 가세가 기울더니 완전히 절단이 나고 말았어. 아, 망하고 말았단 말이지. 부자가 삼대를 가기 어렵다는 말은 있는데, 이게 말이지, 그냥 그 당대에 쫄딱 망하고 만 게야. 시집간 두 딸 찬 바람만 분대도 보태주고, 또 위신 세우느라 잔치도 하면 아주 크게 하고 하는 사이 도둑맞고 사기당하고 하면서 그 지경이 된 거야. 부자라도 그렇게 망하고 나면 달리 수가 없어. 부잣집에서 곱게 자란 처녀라도 쫓겨나서는 남의 집 처마 밑에서 자야 하듯 말이야.

부자의 마누라는 화병으로 죽었어. 막내딸 어머니는 그렇게 죽었다고. 막내딸 아버지는 마누라도 없이 혼자 몸으로, 빈털터리 신세로 이 마을 저 마을로 동냥해 사는 수밖에 없었지.

아, 그래, 이제 안 그래도 막내딸하고……

막내딸하고 아버지가 만나. 만나게 되는데, 어찌 만나는가, 그걸 이제 이야기하려고 해. 들어들 봐. 아버지가, 동냥질하며 돌아다니던 아버지가 어느 날, 한 마을에서 으리으리한 기와집을 찾아갔어. 가서는 동냥을 해서 밥을 얻었겠지. 아침과 점심을 거른 터라 그 집 나오자 얻은 밥 먹을 자리 잡으려 서두는데 등 뒤에서 이런 소리가 들리는 거야.

"내 보옥……" 하는 소리가 들리는 거야.

방금 동냥한 기와집 대문이 닫히면서 난 소리였어.

그 소리에, 그렇게 들린 소리에 옛날 부자는 막내딸을 떠올리곤 털썩 주저앉고 말았어. 철퍼덕 주저앉았는데 또 막내딸이 말하듯 그래.

"내 보옥……."

거지가 철퍼덕 주저앉은 걸 문틈으로 본 그 집 하인이 나와 본 것이었어. 그러니까 문이 열리면서 난 소리였지.

막내딸 아버지가 그 하인에게 제 사연을 이야기하는 동안 나들이를 나갔던 집주인 내외가 돌아왔는데, 딸은 아버지가 거지 꼴이 되었으나 곧 알아봤지.

아, 그러고는 딸이 아버지를 집안으로 모셔 씻기고 먹이고 했지. 그리고는 그동안의 일을 서로 나누었겠지. 밥을 먹을 때까지도 자신이 막내딸 집에 와 있다는 걸 아버지는 몰랐어. 제가 거지 된 사연을 털어놓고서, 이 집은 어떻게 이리 큰 부자냐고 물었다가 주인 내외가 하는 소리를 얼마간 듣고서는, 눈이 휘둥그레져.

"그럼 내가 지금 그 막내딸 집에 와 있단 말인가!"

숯구이 내외는 다시 그동안의 일을 차근차근 이야기하기 시작했어. 그러면서 이제 같이 살면 된다고 했어. 같이 살면 된다는 소리에 으흐흐 울어. 통곡하고서 아버지는 미안하고 부끄럽다며 뛰쳐나가려 했지. 막내딸이 붙드니까 또 한바탕 울음을 쏟아내곤 이래.

"너는 참말로 복이 많구나. 제 복으로 산다는 소리 할 만하다. 아무것도 모르고 나는 그때 그렇게 화를 냈지. 참말로 큰 복 타고 난 건 넌데……."

그러자 막내딸이 이래. 미안하고 부끄러워 딸 복을 자기는 누릴 수 없다는 아버지를 붙들고 막내딸이 이래.

"아버님, 이제는 들으세요. 그때 제가 내 복으로 산다고 한 말이 무슨 뜻인지를 분명히 말씀드릴 테니까요. 아버님이 누구 덕으로 사느냐고 물었을 때, 누구한테 기댈 생각 말고 살아야 온전한 사람이다 싶어서 그리 말한 것입니다. 그리고 모든 복의 근원이 어디인지를 알아야 한다는 생각도 가지고 있었습니다. 실은 그때 그것까지는 제대로 몰랐을지 모르지만, 차차 알게 된 것이 겠지만⋯⋯."

눈물 훔치며 쳐다보는 아버지에게 막내딸이 이렇게 덧붙여.

"복은, 사람의 복은 천지의 덕입니다. 나는 그때 물론 아버지 복으로 살았지만 그게 다 천지의 복이라는 걸 강조하느라 그리 말한 듯합니다. 사람의 복이 그 근본은 천지의 덕이란 걸 모르면 언젠가 탈이 나지요. 아버님이 그 많던 재산 잃고, 시집간 두 언니한테 아무런 도움도 못 받게 된 것도 바로 그렇게 탈이 난 때문이지요. 나는 이제 그렇게 생각합니다. 그때는 제대로 몰랐고 그래서 제대로 설명을 못 드렸지요."

아, 맞는 말이지!

그 부자가 자수성가했으니 다 자기 잘난 덕이라고, 자부심이 자만심이 되어 천지의 덕을 모르고 화를 내다가 당한 일이지. 위의 두 딸자식까지 제힘으로 살 생각 못 하게 해 아버지와 함께 망하게 한 일이지.

이 이야기도 친정아버지한테 들었어.

그때는 내 복에 산다는 게 무슨 뜻인지 몰랐어. 나도 그동안 이만큼 나이 먹어서 비로소 알게 되었네. 실은 오늘 이야기를 하면서 제대로 알게 된 것 같기도 해.

나그네 양반, 내 세 번째 이야기가 무슨 이야기인지 이제 다 알게 되었을 테니, 복이 뭔지를 알려주는 이야기라든지, 어찌하면 복 받을 수 있는지 알려주는 이야기라든지 그런 걸 준비하면 되겠지요. 아, 그 먼저 우스운 이야기부터 시작해야지요. 씩씩하게 집 나가 재주 익혀 와 잘살게 된 이야기, 그 이야기 비슷한 뜻을 담은 이야기도 해야겠지요.

아이고, 나는 이제 홀가분하오. 시합이야 어찌 되었든 이야기 다 끝내고 나니 홀가분하다오.

다시는 활을 쏘지 않으리

우스운 이야기로, 달을 판 이방 이야기 잘 들었습니다.

처음 듣는 이야기인데, 나도 바로 그 이야기를 해보면 어떨까 하고 생각해봤습니다. 우스운 이야기, 재미난 이야기로 딴 것 찾아 하지 않고 들은 이야기 그것 새로 해보려 합니다. 아, 판박이 그대로 해서야 안 되지요. 요모조모 궁리를 해봐야겠습니다.

우선은, 달을 산 사또 이야기라고 말씀드리겠습니다. 달을 판 이방이 있으니 달을 산 사또가 있는 것이지요. 이 사또는 또 어떤 사또인가 하면, 마찬가지로 아까 그 이야기에서처럼 새로 온 사또입니다. 어느 고을에 새 사또가 왔겠지요. 왔으니 고을에서는 잔치를 열어 성대히 맞이했겠지요. 이 신관 사또 하룻저녁 잘 놀았으면 이튿날부터는 육방 관속을 불러 급한 업무 파악하고 고을 인심이나 사정까지 살펴야 할 터. 그런데 그게 아닌 겁니

다. 먼 길 오느라 노독이 덜 풀려 그런 것인가 하면 아닌 게 이튿
날 또 그 이튿날 노는 자리를 마련하면 꼬박꼬박 나와 앉는 걸로
봐선 말이죠.

신관 사또가 사흘째까지 이래요. 이방은 그래 봤자 얼마나 오
래가랴 싶어 옆에 붙어 기분을 맞춰줬지요. 그날은 고을 강가의
잘 지어놓은 정자에까지 가서 놀았지요. 이방 보기에 사또가 전
보다는 덜 흥겨워한다 싶어요. 제 놈이 이제 술도 마실 만큼 마
셨고 기름진 것도 물릴 만큼 먹어 저런다 생각했지요.

그날 술자리가 파하고 돌아오는 길에 사또가 툴툴거려요. 무
슨 언짢은 일이라도 있었느냐고 이방이 물었지요. 그랬더니 엉
뚱하게 달구경을 못 했다느니 어쨌다느니 하는 겁니다.

"내가 여기에 온 지 벌써 사흘이네. 어찌하여 아직 달이 한 번
도 안 뜨는가? 첫날은 구름이 끼어 그렇거니 했는데 오늘은 화창
하지 않은가. 저 별 총총한 것 좀 보라고. 그런데 왜 달은 안 보
이는가? 달이 없으니 잔치판을 벌여도 흥취가 안 오른단 말씀이
야. 달을 올려다보며 읊을 시도 외워두었건만."

엉뚱한 달 타령에 이방이 "사또, 오늘 같은 날 어찌 달이 뜨겠
습니까?" 하곤 공손하게 말을 이었습니다.

"어제와 그제는 날이 흐렸고, 오늘은 날이 화창하나……."

"뭐라? 그럼 이 고을에 내가 와서 달이 안 뜬단 말인가?"

사또가 이방의 말을 자르며 벌컥 화를 내는 겁니다. 이방은 난데없이 멱살잡이라도 당한 기분이었지요. 이방은 혼자 머리를 내저으며 술기를 털어내려 했습니다. 사또의 속마음을 캐보려 했습니다. 사또가 무슨 일로 기분을 상했구나. 트집을 잡는구나. 그리 생각한 까닭이었지요. 그런데 이야기를 나눠보니 그게 아니에요.

그믐이 뭔지도 몰라요. 참 기가 탁 막히게도 사또가 아무것도 모르는 겁니다. 그믐에 달이 뜨는지 마는지도 모르는, 세상 이치라고는 아무것도 모르는 숙맥이더란 말이죠.

어처구니가 없지요. 이방은 혼자 혀를 찼습니다. 그러다 사또가 달 타령을 계속하기에 이리 말해버렸습니다. 이 고을에도 예전에는 달이 분명히 떴는데 이 전 사또가 백성을 구휼하려고 달을 팔아서 그렇다고 해버렸습니다. 그랬더니 사또가 참 어이없게도 이러는 것입니다.

"아, 그럼 그 달 다시 사오게. 얼마면 되나?"

뭘 아는 것 하나 없이 고을을 다스리러 온 사또지요. 제 흥취 돋우고자 달까지 사오라 하는 사또예요. 이방은 한숨이 나오려 했습니다. 그래도 그걸 참고 대담하게 이렇게 말해봤지요.

"지난번에 오백 냥에 팔았습니다. 그새 장사꾼이 중간에 끼어 몇 번 더 사고팔고 했더라도 천 냥까지는 안 할 겁니다. 한 오백 냥이면 다시 사올 수 있습니다."

그랬더니 사또가 뭘 생각하는 눈치이더니 이래요.

"오백 냥이면 사오도록 해라. 천 냥은 너무 많다. 오백 냥으로 사올 수 있으면 사오도록 해라."

네, 달을 판 이방 이야기를 새로 해보는 중입니다.

바보 사또를 골려 먹자고 이방이 달을 사오겠다고 나선 것도 똑같습니다. 그래도 판박이로 똑같지는 않아야 하니, 요모조모 궁리하며 이야기를 하는 중입니다.

*

이야기를 빨리해보겠습니다.

어느 고을에 사또가 새로 온 것도 밝혀졌지요. 그 사또가 바보인 것도 밝혀졌고요. 이방이 대담하게 사또를 골려 먹기로 한 것까지도 다 밝혀졌습니다. 그러니 발걸음을 성큼성큼 내딛어도 될 듯합니다.

이튿날 이방은 사또한테 받은 오백 냥을 얼른 집어넣으면서 "한 며칠 걸릴 겁니다" 하고 말했습니다. 그리고 이방은 고향으로 가서 집을 사놓고 쉬면서 지냈지요.

며칠을 고향에서 보내고 이방이 돌아왔습니다. 그 고을 하늘엔 반달이 떠 있었지요. 함께 달을 올려다보던 사또가 이방에게 왜 반쪽만 사왔느냐고 물어요. 이방은 이미 준비해놓은 대답이 있었습니다. 달 값이 올라서 오백 냥으로는 도저히 온달을 사올 수 없었노라고요. 사또가 이러는 겁니다.

"사놓으면 오르기도 하는구나. 오백 냥 더 줄 테니 온달을 사오도록 해라."

이번에도 이방은 제 고향으로 갔습니다. 이번엔 논과 밭을 샀지요. 아, 그리고 지난번처럼 쉬면서 보냈지요.

보름달이 떠오른 날 밤, 이방은 돌아왔습니다.

"오래 기다리셨습니다. 오백 냥으로 달을 마저 사오느라 무척 힘이 들었습니다. 그새 달 값을 또 높여 부르더라고요."

"그래, 그런데 용케 오백 냥으로 마저 사왔구나."

한 이틀 사또가 달구경 마음껏 하도록 해놓은 이방은 슬그머니 말해봤습니다.

"이번에 섬 구경을 한번 하면 어떻겠습니까? 이 고을이 바다에 닿은 큰 고을인데 섬까지도 이 고을에 속합니다. 이전 사또들은 섬까지는 다스리지 못했으나 사또라면 능히 섬까지도 다스릴 수 있지 않을까 합니다. 이번에 달을 사느라 고을의 돈을 많이 썼으니 세도 더 거둬야 할 터. 섬을 살펴보는 게 좋을 듯합니다. 이번에는 구경삼아 일단 둘러보도록 하시지요. 아, 섬에는 사또의 흥취를 돋울 만한 신기한 것이 많이 있습니다. 제가 직접 모시고 가지요."

홍취 돋울 만한 게 있다는 소리에 홀렸는지, 아니면 고을 살림살이 걱정해서인지 사또가 이방의 생각이 옳다고 해요. 준비되는 대로 떠나자는 거예요.

이리해 두 사람은 다음날 바로 섬으로 떠나게 되었습니다. 관아를 나서기 전에 대감이 달을 가지고 가는 건 어떻겠냐고 물어요. 이방은 달 타령을 질기게도 하는구나 싶어서, 큰일 난다고, 섬사람들이 달을 훔쳐갈지도 모른다고 둘러댔습니다. 사또는 정말 큰일 날 뻔했다는 듯 그러느냐면서 아쉽지만 달을 두고 가야겠다는 겁니다. 아, 이 동리 애들도 웃을 일입니다만, 나라님으로부터 대신 다스리라는 명을 받고 온 사또란 자가 그러는 겁니다.

관아를 떠나 하루하루 날이 가자 달이 작아져요. 이방은 사또가 무슨 소리를 하려나 좀 걱정했는데 바보 사또가 이러는 겁니다.

"달이 작아진 걸 보니 우리가 확실히 관아에서 멀리 떠나왔다는 증거구나."

아, 이쯤 되면 걱정할 게 없지요. 이방은 마음 편히 구경하며 날을 보냈습니다. 크기는 하나 제일 멀리 떨어진 섬으로 들어간 건 거의 그믐날이 되었을 때. 사또는 제 고을이어서 달이 뜨긴 하나 관아에서 제일 먼 곳이라 달이 작다고 혼자 고개를 끄덕였습니다. 그때 이방은 이랬지요.

"우리 고을에서 제일 외진 곳이라 달도 작고 사람들 마음이 어둡습니다."

사또가 그 섬의 유지에게 초대를 받아 잔칫상을 받던 날 이방은 슬그머니 빠져나와 말을 팔아버렸습니다. 아, 사또가 타고 온 말을 팔아버렸더라 이 말입니다.

유지의 집에서 하룻밤 지내고 떠나는 길에 이방은 말 없어진 일은 입 밖으로 못 내게 했습니다. 마을을 벗어나고서야 이방은 정말 외진 곳 사람들 마음은 어둡다는 소리가 틀림없는 듯하다며 눈 깜빡할 새 말이 없어졌노라고 둘러댔습니다.

도둑 잡겠다고 나섰다가는 목숨까지 잃을지도 모른다고도 했지요.

그랬더니 잔뜩 겁을 먹은 사또는 빨리 돌아가자고 길을 재촉해요. 이방은 서둘러 그 섬을 떠났지요. 그러나 바닷가로 또 어디로 돌면서 관아로 돌아가는 건 늦췄습니다. 그동안에도 달이 차차 보이기 시작하더니 얼추 반달이 되었겠지요. 사또는 관아가 가까워진 까닭이라며 마음을 놓는 기색이었습니다. 이방이 이리저리 더 돌아서 마침내 관아에 도착한 날, 둥근 달이 하늘에 떠올라 관아 마당이 환하게 밝았습니다.

"아, 정말 좋구나!" 하고 사또가 말했습니다. 이방도 거들었지요.

"다시 보니 정말 더 좋습니다!"

사또는 달을 올려다보며 혼자 이렇게 다짐하는 겁니다.

"저렇게 밝은 달이 있으니 나는 이제 아무 데도 가지 않으련다. 섬사람들 다스리자면 나졸들을 보내야지. 그냥 가서는 앞으로도 말만 여럿 도둑맞겠더군. 그러니 나졸들을 보내 다스리자고."

아, 이제 다시 달이 작아지면 어떻게 하느냐고요?

뭉개고 앉아 있다가는 바보 사또 등쌀에 이실직고할 일이지요. 돈 내놓고 옥살이까지 하게 될 일이지요. 그런데 이 이방은 방책을 세워두었습니다. 방책이란 게 다른 게 아니에요. 이방 짓을 때려치우는 것이지요. 진작부터 때려치울 마음을 먹고 있던 이방이었습니다. 이참에 때려치우자고 사또를 그렇게까지 속여먹은 겁니다.

이틀 뒤에 이방은 사또를 찾아갔습니다. 가서는 진즉 세상 뜬 제 아비의 부고를 전했습니다. 그리고 하직인사를 늘어놓았지요.

"고향에 가서 얼마간 지내야겠습니다. 이번 참에 식솔들 모두 데리고 이사를 올 작정입니다. 그 동리는 달이 없는 곳인지라 사람들 마음이 시커멓습니다. 무슨 일이나 당하지 않게 빌어주십시오."

사또는 아비 죽은 것만도 안타까운데 달 없는 곳에서 얼마간 지내야 한다니 더 안타깝대요. 혀를 차요. 그리곤 돈을 얼마간 툭 던져주어요.

"이것 노잣돈으로 쓰고 다녀오너라."

이방은 말 판 값에 노잣돈까지 보태서는 고향 집으로 돌아왔지요.

이미 마련해놓은 논과 밭 있으니 농사지으며 살면 그만이지요. 어처구니없는 사또들 비위 맞출 일 없지요. 속이 다 시원했습니다. 진즉 바보 사또 만나 이방 짓 그만둘 수 있었으면 좋았으련만 하는 생각까지도 할 정도였지요.

아, 사또는 어찌 되었느냐고요?

사또는 달이 없는 고을로는 나졸들을 보낼 생각도 않았습니다. 이방 없이 관아를 지켰습니다. 대신 형방과 공방을 수시로 불러 달을 잘 간수하라고 호통을 쳤지요. 제 호통 덕에 달을 그럭저럭 지켜낸다고 생각하며 지내나 봅니다.

관의 토색질로 백성들 원성이 자자한 고을이 이즈음도 한둘이 아닌 모양입니다. 탐관오리 징계하고 몰아내라는 소리는 곳곳에서 들었습니다. 임금이 권세 있는 집안에 힘을 다 내줘 조정을 엉망으로 들쑤시게 하는 동안 또 각 고을에선 위로 사또부터 아래로 육방 관속까지 토색질이니 백성들이 죽어나지요. 달을 판 이방 이야기는 그래서 만들어진 이야기가 아닌가 합니다. 마지막에는 꾀쟁이가 바보한테 당하니 더 재미나기도 합니다. 그런데 백성들 죽어나는 게 이방들 탓만이 아니지요. 높은 자리인 사또 탓이 더 하지요. 그래서 어처구니없는 사또 이야기를 해봤습니다.

달을 판 이방 이야기와 판박이인 셈이지요. 그래도 똑같지는 않도록 요모조모 궁리했습니다. 궁리하면서 해봤습니다. 그러다 보니 생각보다 길어졌네요.

*

삼 형제 이야기는 나도 하나 아는 게 있습니다.

산골의 가난한 집에서 태어난 삼 형제가 큰 세상으로 나가 살길을 찾는다는 점에서도 비슷하고 삼 형제가 우여곡절을 겪지만 모두 잘살게 된다는 점에서도 비슷합니다. 하지만 앞서 할머니가 하신 이야기의 판박이는 아닙니다. 요번 건 그렇지는 않습니다. 뜻은 비슷한 걸 담고 있어도 다른 이야기가 분명하니 들을 만하리라 생각합니다.

옛날에 저 강원도에, 강원도에서도 대관령 동쪽의 산골 어느 집에 삼 형제가 살았습니다. 맏이는 스물하나고, 둘째는 열아홉이고, 셋째는 열일곱이고 하는 나이에 아버지인가 어머니인가가 세상을 떴습니다. 앞서 아버지인가 어머니인가가 세상을 떴으니 그때는 부모가 다 세상을 뜬 때이지요.

부모가 세상을 다 뜨자 삼 형제는 의논했습니다. 산골에 처박혀서는 가난을 벗어나기 힘들다고, 서울이든 어디든 넓은 세상으로 나가서 부딪쳐봐야 무슨 수가 나리라고 뜻을 모았습니다. 산골의 얼마 없는 재산 금방 처분하고 짐을 꾸려 함께 나섰지요. 대관령 그 큰 고개를 함께 다 넘고 내를 하나 건너고 나니 삼거리가 나오는 겁니다. 그 삼거리에는 객줏집이 하나 자리 잡고 있어요. 삼 형제가 그곳에서 요기를 하게 되었습니다. 그러던 중에 맏이가 서울 가는 길이 어디냐고 물었지요. 다 서울 가는 길이래요. 안주인이 그리 말하는 겁니다. 그 소리를 듣고는 둘째가 다 서울 가는 길이라니 이쯤에서 각자 길을 택해 가보자고 해요.

맏이와 막내가 그것도 괜찮겠다고, 형제가 세상을 두루 겪어 보고 서울에서 나중에 만나 사는 것도 좋은 수라고 고개를 끄덕였지요. 그때 바깥주인이 끼어들어 길마다 다 다른 재미를 맛볼 거래요. 무슨 재미냐고 물었더니 이러는 겁니다. 바른편 길로 가면 어떤 늙은이가 혼자 사는 집을 먼저 만나게 되고, 가운뎃길은 제일 번다한 편이라 힘센 장정들을 만날 가능성이 높고, 왼편 길은 기운이 좋지 않은지 종종 의문의 사건이 일어난다고 해요.

그 소리 듣자 둘째가 자기는 가운뎃길로 가겠대요. 힘이 세고 성질도 활달한 둘째가 정말 재미난 일을 기대한다는 듯 그리 나서자 자연스레 맏이와 막내도 하나씩 택하게 되었지요.

맏이는 부모님을 생각하며 바른편 길로 가보겠다고 했습니다. 마음이 너그럽고 남 잘 도와주는 맏이가 택할 만한 길이었지요. 이제 남은 길은 왼편 길. 꼭 그게 남지 않았더라도 막내가 택할 만한 길이었습니다. 글공부도 곧잘 했고 복잡한 문제를 풀 때 골치 아파하지 않고 오히려 재미를 느끼는 막내였거든요. 이 삼 형제가 생김새는 비슷해도 성질은 다 제각각이었던 겁니다. 한 배에서 나왔어도 성질은 다 제각각이라 이겁니다.

그렇게 삼 형제가 하나씩 길을 정해 헤어졌습니다.

아, 할머니의 삼 형제 이야기에서도 삼거리가 나왔지요. 삼 형제가 제각기 길을 정해 갔지요. 그 이야기에서는 다른 길로 가서 배워온 재주가 재미난 점이었지요. 이 이야기에서는 삼 형제가 각자 타고난 성질에 따라 택한 길과 그에 따라 펼쳐지는 인생이 재미난 점이라 하겠네요.

*

　삼 형제는 삼거리에서 헤어졌습니다. 서울에서 언젠가는 만나리라 기대하고 다짐하며 각자 택한 길로 갔지요.

　맏이는 무덤 두 기로만 남겨놓은 부모님 생각하며 바른편 길로 갔습니다. 혼자 산다는 노인네의 집을 먼저 만난다더니 좀체 아무런 집도 나오지 않아요. 한참을 갔죠. 그날 저물 무렵이나 되어서 한 집이 나타나요. 하루 신세를 져야겠다, 생각하고 문을 두드렸는데 그 집이 바로 삼거리 객줏집 바깥주인이 말한 노인이 사는 집이었습니다. 하루 신세만 질 작정이었던 맏이는 이튿날 아침 노인의 이런저런 부탁을 들어주다가 아예 그 집에 눌러앉게 되었지요. 병든 몸으로 혼자 사는 노인을 나 몰라라 하고 떠날 수 없었던 맏이는 노인에게 친자식도 못 할 효자 노릇을 했습니다.

　그렇게 한 삼 년 지나자, 하루는 노인이 병이 깊어져서 오래 더 버티지 못 할 듯하다고 해요. 그리곤 맏이에게 자신은 원래 큰 부자였다며, 무슨 일로 사람들과 의를 상한 뒤 부자인 것 숨기고 혼자 살아왔노라며, 자신이 죽거든 뒤란에 묻어 놓은 돈궤가 있으니 가져가라고 해요. 그리고 얼마 뒤 노인이 숨을 거두었지요. 맏이는 노인의 장례를 치르고 난 뒤 파낸 돈궤를 지고 서울로 갔습니다. 서울에서 큰 부자로 살았습니다.

둘째는 어떤 놈이든 하나 걸려들면 혼쭐을 내주리라 생각하며 씩씩하게 가운뎃길을 갔습니다. 얼마 없는 돈을 노리는 놈이 있으면 그놈 전 재산을 빼앗아버리리란 생각도 하며 갔습니다. 이튿날 오전까지도 아무 일이 없었습니다. 삼거리 객줏집 바깥주인이 말한 힘센 장정을 만난 건 이튿날 점심나절에 주막에서입니다. 힘센 장정이라는 자는 우락부락하게 생긴 자가 아니라 얼핏 보기엔 샌님 같은 자였습니다. 시비 걸어올 자가 없다 싶어 심드렁하게 국밥 한 그릇 다 먹고 일어설 때 그 샌님 같은 작자가 벼락같이 발을 내지르는 것이었습니다. 기습 공격에 뒤로 나자빠져 있는데 그 작자가 훌쩍 머리를 넘어 달아나기에 얼른 살펴보니 전대가 보이지 않았습니다. 산길로 달아나는 그 작자를 기어코 따라가 허리를 꺾고 팔을 꺾어 전대를 되찾았으나 싸움은 그것으로 끝난 게 아니었습니다. 산적 소굴이 부근이었으니 다투는 소리를 듣고 패거리가 나타난 것이었지요.

한동안 치고받으며 그들과 싸웠으나 둘째는 그 힘에 그 재주라면 평생 일 하지 않고도 잘 먹고 잘살 수 있다는 산적 두목의 꾐에 넘어갔습니다. 둘째는 산적으로 살게 된 것이지요. 맏이가 돈궤를 짊어지고 서울로 가고도 한 이태가 더 지난 무렵에 둘째는 두목 자리를 차지하게까지 되었습니다.

막내는 왼편 길로 갔습니다. 복잡해도 재미난 문제와 마주치기를 기대하며 말입니다. 이틀 동안 아무 일도 일어나지 않았습니다. 사흘째 되는 날 어떤 마을을 빠져나와 산길을 가게 되었는데 한 구비로 들어서자 저 앞에 뭔가가 누운 게 보였습니다. 전대를 찬 채 술 한 병을 앞에 두고 사내 하나가 죽어 있는 것이었습니다. 막내는 주위를 살펴봐야겠다 싶어 앞쪽 구비까지 얼른 가봤습니다. 아, 가봤더니 그 길 가운데도 사내 하나가 죽어 누워 있는 겁니다. 그리고 길가 비탈에도 죽은 사내가 하나 더 있지 뭡니까. 둘 다 칼에 찔린 상처가 여럿이고 피범벅이었지요. 이쪽저쪽 오가며 막내가 어찌 된 일인지 캐보는 동안에 와자해지더니 고을 관아에서 나졸들이 우르르 몰려왔습니다. 막내보다 먼저 이 이상한 살인 현장을 발견해 신고한 사람이 있었던 겁니다.

관아에서는 막내를 의심하기 시작했습니다. 고문이라도 할 기세일 때 막내는 어찌 된 일인지 짐작 가는 바가 있다고 했습니다. 말할 기회를 얻은 막내는 세 사람이 모두 한패로 어디서 강도질을 하거나 도둑질을 했으리라 했지요. 그리고 도망가는 중에 서로를 죽인 것으로 보인다 했습니다. 한 사람에게 술을 사오라 시킨 뒤 둘 중 하나가 다른 하나를 칼로 찔러 죽였고 이어 술을 사온 사람까지 죽였다는 겁니다. 전대를 차고 술병을 둔 채 죽은 자는 뭐냐고요? 아, 그자가 바로 다른 둘을 죽인 자이죠. 술병을 챙겨 와서는 혼자 반병쯤 마시다가 죽고 만 것이죠. 술을 사온 자가 다른 둘을 죽이려 독을 탔다는 겁니다. 관아에서 차차 조사해보니 막내의 추리가 맞았습니다.

그 고을 사또는 막내를 양아들로 삼았습니다. 아들이 없던 사또는 막내를 양아들로 삼고는 공부할 수 있게 해주었습니다. 오년 뒤 막내는 과거 급제해 판관 벼슬을 얻어 서울로 올라갔습니다.

*

서울에서 부자로 살던 맏이네 집에 도둑이 들었습니다.

마침 부근에서 순찰하던 순라군들이 담을 넘는 도둑을 목격했습니다. 순라군들은 도둑이 다시 담을 넘어오기를 기다렸습니다. 그리 덫을 놓고 기다리니 힘세고 재빠른 도둑도 어찌하지 못하고 붙잡혔습니다. 그 얼마 전 서울로 온 도둑이라는 것이 밝혀지고 몇 건의 도둑질에 대한 재판이 드디어 열리게 되었습니다.

판관은 도둑맞은 사람들이 다 모이자 도둑을 끌어내어 재판을 시작했습니다. 그동안 제가 한 도둑질을 순순히 다 털어놓았던 도둑이 재판에서는 고개 떨군 채로 입을 열려고도 하지 않았습

264

니다. 그러더니 흑흑 흐느끼기 시작해요. 무슨 일이냐고 다그치자 아예 엉엉 우는 것이었습니다.

어찌 된 일인고 하니 그 자리에 모인 판관과 도둑맞은 사람 중 하나가 제 아우와 형임을 도둑이 알아본 것이었습니다. 도둑은 삼 형제의 둘째였고 판관은 막내였고 도둑맞은 부자는 첫째였던 것이지요. 산적 두목이 된 뒤 둘째는 서울 가서 큰 도둑 되어보겠다고 왔다가 서울이 아직 익숙지 않아 그리 쉽게 붙잡히고 말았던 것이지요. 어쨌든 삼 형제가 다시 만났지요. 다시 만날 약속을 단단히 해두지 않은 걸 자주 후회하며 두 동생을 기다리던 맏이는 다 제 잘못이라고 울었습니다. 판관인 막내마저 한동안 말을 잇지 못했습니다. 살다 보면 이런 일도 있나 봅니다.

도둑맞은 사람들은 삼 형제의 사연을 듣고는 훔쳐간 것만 돌려주면 둘째의 죄를 용서해주자고 나섰습니다. 이리하여 둘째는 크게 죗값을 치르지 않아도 되었습니다. 그리고는 포졸이 되어 도둑 잡는 일로 먹고살 수 있게 되었습니다.

각자의 일을 하며 지내다 한 번씩 만나면 삼 형제는 재회 때의 순간을 떠올리며 가슴 뭉클해 했지요.

삼 형제가 다 잘살게 되었다는 이야기입니다. 한때 부마 자리를 놓고 다투었으나 그 일을 부끄러워하며 우애 있게 산 삼 형제 이야기와 짝할 수 있는 이야기가 아닌가 합니다.

*

복이 뭔지를 알려주는 이야기…….

아니면, 어찌해야 복 받을 수 있는지 알려주는 이야기. 내가
이제 그걸 할 차례이군요. 천하 명궁 이야기라고 일단 해두고 시
작하지요.

어느 시골에 총각 하나가 있었습니다. 서른 넘도록 장가 못 간
총각이었지요. 하루는 이 총각이 새끼를 꼬다가 벌떡 일어났습
니다. 서울구경을 가보겠다면서 말입니다. 그동안 받은 새경으
로 얼마간 모은 돈으로 멋들어진 활을 하나 구하는 거예요. 머슴
살던 총각이 난데없이 활 장만하곤 서울구경을 간다니 우습지
요. 동리 사람들이 손가락질하며 웃어요. 그래도 이 총각 당당히
서울로 떠났습니다. 부지런히 서울로 가던 이 총각이 어느 길가
에서 쉬다가 몇 걸음 떨어지지 않은 나무 아래에 꿩 두 마리가
떨어져 있는 걸 봤습니다. 총각은 얼른 그놈들 주워서 화살에 척
끼웠습니다. 그리고 또 갔지요.

마침내 서울에 왔지요. 왔는데, 아이들이 따라붙는 겁니다. 화
살에 꿩 두 마리가 꿰인 게 신통하게 보였나 봅니다. 와, 대단한
명궁이라고, 화살 하나로 꿩 두 마리를 잡은 명궁이라고 야단인

겁니다. 멋도 모르고 지껄인 아이들 말이 그대로 사실이 되어 서울 거리를 돌아다니다 보니 사람들이 모두 고개를 돌립니다. 손짓을 해요. 천하 명궁이라고 하는 겁니다. 머슴 살던 이 총각 이리해 천하 명궁이라 불린 것이지요. 아, 그전에는 활하고는 아무 인연이 없었다니까요. 그럼요.

다 아무것도 모르는 서울 아이들 탓이지요. 그렇습니다만 어쨌든 천하 명궁 소리 들으며 서울 구경을 하고 다녔습니다. 제 입으로는 한 번도 그리 말한 적 없습니다. 또한, 굳이 그게 사실이 아니라고 설명하지도 않았습니다. 소문이 온 거리에 다 퍼졌지요. 그가 나타나면, 소문으로 듣던 그 천하 명궁을 드디어 만났구려 하며 사람들이 몰려들어 알은 체를 하기에 이르렀지요.

하루는 총각이 대궐에서 나왔다는 사람과 마주쳤습니다.

천하 명궁으로 소문이 난 그 사람이냐는 소리를 듣는 순간, 총각은 제 거짓 신분이 들통 나 경을 치게 되는 줄 알았습니다. 변명할 틈도 없이 당장 대궐로 들어가야 한다는 말에 허둥지둥 따르기만 했지요. 가는 길에 이야기를 들어보니 곤장깨나 맞거나 주리 틀릴 일이 기다리는 건 아니었습니다. 그 총각은 대궐에 밤이면 나타나는 부엉이를 잡을 명궁으로 부름 받은 것이었습니다.

부엉이야 밤에 나다니는 새 아니겠습니까? 또 대궐이든 민가

든 가리지 못 하는 짐승 아니겠습니까?

어쩌자고 대궐에서 그놈을 꼭 잡으려 하는가 하면, 이런 사연이 있었습니다. 그 무렵 대궐의 공주가 병이 났어요. 병이 났는데 이리저리 손을 써도 차도가 없는 겁니다. 아, 점점 심해지는 게 그대로 두었다간 죽게 되겠더라, 이겁니다. 궁중 어의는 물론 전국의 이름난 의원을 불러 진맥을 한다 어쩐다 해도 무슨 병인지조차 제대로 알아내지를 못하니 손을 쓴대도 제대로 손을 쓴 것도 아니었지요. 화도 나고 애도 타 임금님이 하루는 밤늦게까지 잠이 들지 못했는데, 문득 부엉이 울어대는 소리를 들은 것입니다요. 그 소리를 의식하자 더 잠이 안 오는 겁니다. 임금님은 공주 또한 부엉이 울어대는 소리 때문에 잠마저 제대로 자지 못한다는 것을 곧 알게 되었습니다. 그래서 우선 부엉이부터 잡아야겠다고 생각한 겁니다. 임금님이 말입니다.

응? 아, 진즉 다녀오지 않고. 어서, 어서 소피 보고 와.

측간이 어디…….

*

부엉이 잡는 일에 골몰하게 되자 부엉이만 잡으면 공주의 병은 씻은 듯이 나을 듯한 생각마저 들었습니다. 공주도 생각이 같

268

았지요. 그런데 부엉이 잡아 줄 사람이 대궐에는 없었던 겁니다. 캄캄한 밤에 까마득히 높다란 오동나무 가지에 앉아, 있는 듯 없는 듯 부엉부엉 울어대는 그놈! 누가 잡아내겠느냐 이 말입니다.

그런 참에 천하 명궁에 대한 소문이 대궐에도 들어왔던 것이지요. 머슴 살던 총각은 부엉이를 떨어뜨릴 명궁으로 부름을 받은 것이었지요. 일이 그리되었던 것입니다.

당장 주리 틀리거나 할 일은 아니었습니다. 하지만 어디 내내 안도할 일은 아니지 않습니까. 천하 명궁이 임금님 명을 받들지 못 한대서야 어찌 몸 성한 채로 대궐에서 나올 수 있겠습니까.

아, 그런데 임금님은 이렇게 말씀하시기까지 해요.

"화살 하나로 꿩 두 마리를 맞힌 명궁이라 들었다. 눈 감고도 과녁 맞힐 재주를 가졌으리라 믿는다. 어두운 밤 높은 가지에 앉은 부엉이다. 그래도 너는 맞힐 수 있을 것이다. 내 믿음을 저버리지 않는다면 나는 너를 사위로 삼을 수도 있다. 아니면 재물을 한몫 챙겨주마. 반드시 그놈을 잡도록 하여라."

아, 이 일을 어찌합니까. 활이라고는 쏘아본 적 없는 총각이 무슨 수로 밤중에 부엉이를 쏘아 맞히겠느냐 이 말입니다. 무슨 그럴싸한 궁리가 떠오를 리가 없지요. 총각은 납작 엎드린 채 머리를 쥐어짜다가 대답은 안 할 수 없고 해서 사흘의 말미를 달라고 했습니다. 캄캄한 밤에 익숙해지자면 시간이 필요하다고 말이지요. 반드시 잡는다, 만다, 그런 소리는 하지도 못 했지요. 그 냥 사흘 말미를 받았습니다.

그리고 총각은 실수를 저질렀습니다. 자기를 데려온 신하에게 이러고 말았으니, 실수지요.

"그놈 왼눈을 쏘아 맞힐 터. 염려 놓으십시오."

그 신하가 걱정되어 이러쿵저러쿵하자 그만, 해버린 소리였습니다. 이제 더 큰 일이 났지요. 그 소리는 임금님에게 고스란히 다 전해질 터이니 말입니다.

이틀 동안 방바닥을 뒹굴었습니다. 벽을 치고 하며 머리를 쥐어짰습니다. 그래도 아무런 방도가 떠오르지 않았습니다. 속이 타 그만 모든 걸 털어놓고 처분을 기다리자 하는 생각마저 했습니다. 사흘째 되는 날 아침 신하가 마치 저승사자 같이 나타났을 때, 총각은 한 가지 방법을 가까스로 떠올렸습니다. 활로는 어찌할 수 없으니 나무에 올라 맨손으로 잡아보는 수밖에 없다는 생각을 한 것이지요. 아, 어떻게든 부엉이만 잡으면 됐지, 그놈의 것 꼭 활로 쏘아 잡으라는 법은 없잖습니까요?

이제 입에 침이 돌아요. 제대로 목소리를 낼 수 있었지요. 총각은 먹물을 준비해달라고 했습니다. 캄캄한 밤에 익숙해지기 위해서라는 소리를 덧붙여서 말입니다.

그날 어두워지기를 기다려, 먹물을 구한 그 날 말입니다, 그날 총각은 옷을 몽땅 벗고는 온몸에다 먹칠을 했습니다. 그렇게 해서는 정신을 집중해야 하니 누구도 드나들지 말라고 미리 말해놓은 뒤뜰로 갔습니다. 그리고 부엉이가 날아들던 오동나무로 기어 올라갔지요. 시골에서 자라서이기도 하지만 어려서부터 나무 하나는 잘 타 크게 어렵지 않게 눈여겨 봐둔 자리까지 올라갈 수 있었습니다.

마침 달도 없는 밤이었지요. 나뭇가지에 딱 붙어 매달리면 정말 누구도 분간 못 할 듯했습니다. 총각은 기다렸지요. 밤이 이슥해지고 드디어 어디서인가 부엉이 한 마리가 날갯짓을 하여 날아왔습니다. 와서는 바로 총각 옆에 턱 앉는 것이었습니다. 총각은 가슴이 크게 뛰고 와들와들 손끝이 떨리는 것이 가라앉기를 기다렸습니다. 온몸에 새까맣게 먹물을 칠한 총각을 부엉이는 끝내 알아채지 못했고 결국 총각의 손에 잡히는 신세가 되고 말았겠지요.

부엉이를 어찌 잡아챘는지 숨통은 또 어찌 끊어놓았는지 그 총각은 제대로 기억하지 못 한 채로 나무에서 내려왔습니다. 나무에서 어찌 내려왔는지도 제대로 기억 못 하기는 마찬가지였습니다. 그래도 부엉이 왼눈은 잘 찾아내 화살을 박아 넣었습니다. 다음에는 그놈을 나무 밑에 던져놓는 일이었지요. 손을 탁탁 털고 제 방으로 돌아온 총각은 먹물 씻어내는 일을 한참이나 했겠지요.

이튿날 아침 떠들썩한 소리에 그 총각은 눈을 떴습니다. 총각이 뒤뜰로 나가보았을 때 임금님과 대궐의 여러 사람이 모여 환호하고 있었습니다.

임금님은 역시 천하의 명궁이라고 칭찬을 쏟아놓았지요. 뭐, 임금님 사위요?

*

총각은 몇 달 대궐에서 살게 되었습니다. 그로선 그만하면 충분해 아쉬울 게 하나 없었습니다. 대궐에서 참 재미나게 잘 지냈는데, 그 총각 또 아찔한 순간을 맞이하게 됩니다요.

나라에서 활쏘기 대회를 연다고 하지 뭐겠습니까. 활쏘기 대회를 한다고 온 나라에서 명궁들이 모여드는데, 천하의 명궁 소리를 듣는 사람이 안 나간대서야 제대로 된 대회가 되겠느냐 이 말입니다. 아무리 빠져나가려 해도 어찌해 볼 수가 없는 일이었지요. 그래서 활을 메고 대회에 나섰지요.

마지막으로 그 총각의 차례가 되었습니다.

머릿속이 하얘진 채 그 총각은 사대에 나가 서기는 했습니다. 하지만 그때까지도 빠져나갈 방도를 떠올리지 못 한 채였습니다. 어떻게 해야 할 바를 몰라서 그냥 한참 서 있다가, 또 한참 활 시위만 잡았다가, 또 한참 잔뜩 당기고 가만히 서 있게 되었습니다. 아, 죽을 노릇이었지요. 구경꾼 모두가 숨을 죽이고 지켜보는데, 그 총각 몸에서는 이제 진땀이 흐르기 시작했습니다. 아무리 기다려도 활시위를 놓지 않으니 구경꾼들도 술렁이기 시작했습니다. 천하의 명궁은 별나게 쏘는가 보다 하고 지켜들 보는 겁니다. 그러고도 한참 뒤 더는 못 참은 누군가가 옆으로 다가와 이러는 것이었습니다.

"이보시오, 어서 활을 쏘지 않고 뭘 하는 거요?"

그러면서 팔을 툭 쳐요. 아, 그 바람에 화살이 시위를 떠나 휭 날아갔습니다. 과녁이 아니라 하늘로 날아갔지요. 그런데 마침 그때 하늘에 솔개 두 마리가 날아가고 있었고, 화살이 그중 한 마리를 맞히는 일이 벌어졌지 뭐겠습니까요!

구경꾼들은 모두 감탄을 쏟아놓기 바빴겠지요. 그런데 그때 그 총각 "에이, 건드리지만 않았으면" 하고 얼굴을 찡그렸습니다. 그리고 이러는 것입니다.

"한꺼번에 두 마리를 다 잡는 건데!"

아, 그랬다니까요. 그리고 또 이랬답니다.

"내 이제 다시는 활을 쏘나 봐라!"

그 총각은 그 뒤 제 말대로 다시는 활을 쏘지 않았습니다.

임금님으로부터 받은 재물로 논과 밭 사서는 농사에만 힘을 쏟았습니다. 그리해 우리가 더는 천하 명궁의 솜씨를 볼 수 없게 된 겁니다. 혹시라도 어디 가서 그 총각 실제로는 전에 활도 제대로 잡아본 적 없어 그리했노라고 말씀해서는 안 됩니다. 이 동리 분들 다 아시겠지요?

내 이야기는 모두 끝이 났습니다. 마지막 이야기는 아무래도, 할머니가 하신, 자기 복으로 산다는 막내딸 이야기만큼 깊은 뜻을 담은 듯하진 않습니다. 대신 재미가 있었다면 참 다행이고요.

복이 천지의 덕이란 말은 가슴에 새겨지네요. 천지의 덕은 반상을 가리지 않는다고 알고 있습니다. 저 천도를 알고 지극히 모실 수 있는 건 양반과 상민이 다르지 않겠지요. 반상의 구분을 없애고 백성들에게 땅을 고루 나누어 주어 농사지을 수 있게 한다는 말도 있었지요. 지금은 나라가 그 약속을 뒤집은 모양입니다. 난리가 또 났다지요. 어찌 되어가는지 모르겠네요. 세상 구경 나왔다가 난리 통 구경을 했습니다. 어쩌다 이 동리로 와서 이야기판까지 벌이게 되었는데, 재미가 있었다면 참 다행이겠으나…….

산골에서 태어나 대처로 나다녀 보시지 않았다지만 이야기를 많이 알고 계시네요. 친정 아버님이 이야기를 잘하신 분인 모양입니다. 저도 어릴 때 주로 아버지한테 이야기를 들었습니다. 특

별히 많이 해주진 않으셨지만 그래도 아직도 기억 나는 이야기들이 있습니다. 한 번은 벙어리였다가 말문 열려 이야기꾼이 됐다는 사람을 만나셨다던데 그게 참 신기해서 자주 떠오르더군요. 그 이야기꾼이 좋은 이야기 들으면 널리 해주라는 소리를 했다지요. 그때부터 이야기를 들으면 잘 기억해두려 했습니다. 오늘 이렇게 이야기하게 될 일이었나 봅니다.

대결에서 이기는 건 생각도 안 합니다.

나그네로 몸이 아파 이 동리에 주저앉았다가 이리 회복해 이야기까지 할 수 있게 되었으니 고마운 것은 접니다.

불어라, 회오리

바쁜 사람 붙들고 왜들 이러시우. 무슨 사연 자꾸 털어놓으라 그러시우.

저 아래 마을에서 주막을 했습니다요. 아, 그 물가 마을 한때는 사람이 많이 오갔지요. 장사도 그런대로 되고 했지요. 큰물 두어 차례 지고 나서 이 고갯길로도 사람들 제법 다니게 됐습니다. 그래두 사람 좇아 여기로 온 것 아니우. 댁들처럼 시끄러운 사람들 물리치러 왔답니다. 산바람이나 시원하게 쐬려고 여기로 주막을 옮겼답니다.

우리가 저 아래 살 때, 마을에 좀 별난 일이 있었습니다. 머슴 살 행색은 아닌 듯 보이는데 어떤 부부가 마을에 왔다가 어떤 영감네 집에 눌러앉았습니다. 머슴 살 행색은 아니나, 머슴 살 사정이 있어 머슴 사나보다 했습니다. 아, 물론 당사자야 말하지 않았지우. 머슴 사는 것이라 하지 않았습니다. 영감과 말이 통한다나 어쩐다나 그랬답니다. 나중에 알게 된 사실입니다. 그 사내가 좌수 되기를 소원하던 자더라는 것. 향리에서 인덕이 있고 돈도 있고 하면 좌수 자리 얻는다지요. 저희끼리 추천도 하고 해서 좌수 자리를 얻는다지요. 그걸 어떻게 해보겠다고 해서 나섰나 봐요. 영 그게 어려웠나 봐요. 돈까지 상당하게 썼는데 말입니다. 삼백 냥 남기구 다 잃었나 봐요. 돈도 많이 잃구 소문도 안 좋게 나구. 결국에는 낯 들고 다니기도 뭣했나 봐요. 다른 곳 가서 살자, 하고 짐을 꾸려 오래 살던 곳 떠났던 겁니다. 그리고 저 아래 마을 지나다가, 영감과 이리저리 이야기하다가, 그만 꾐에 빠졌던 겁니다.

틀림없을 겁니다. 심판이 명쾌하게 난 게 아니니 다 알 수는 없습니다. 꾐에 빠진 건 맞을 겁니다. 다들 그리 말하고 짐작하고 그랬습니다. 삼백 냥인가를 맡겼다는 겁니다. 주인 영감에게 맡겼대요. 영감이 이제 와 산골 어디 가서 살겠느냐고, 자기 집에 그냥 살면서 일을 도와다오 권했나 봐요. 일을 도와주면 그 값을 매달 쳐줄 테다, 새로운 계획이 잡혀서 떠날 때 맡긴 돈 받아 가라, 했다지요. 돈을 맡기고 맡았으니 확인서도 만들었대요. 확인서도 만들어서 서로 보관했대요. 서너 해인가 그 영감네에서 지내던 사내는 다시 좌수가 되고 싶었는지 어쨌는지, 좌수까지는 아니래도 좀 번듯하게 살고 싶었나 봅니다. 그래서 주인 영감에게 찾아가 그동안 고마웠다, 이제 새로 계획한 바가 있어 떠나겠다, 맡긴 돈 삼백 냥을 주시라 했겠지요.

그런데 주인 영감, 무슨 소리냐는 듯 쳐다봐요. 사내의 처도 확인서 따위 없대요. 새경 조로 한 해에 얼마 받는다는 계약서 같은 것밖에 없대요. 삼백 냥 있었으면 왜 머슴을 살았겠느냐고, 남편보고 정신 차리란 소리만 하더라나요.

이게 문제요. 그때 사내가 원님 찾아가 재판이 열리긴 했지요. 딱 부러지게 결론이 나지 않았어요. 원님이 양쪽을 호되게 심문하고 주위 사람들을 여럿 부르고 했습니다. 두 사람 사이에 있었다는 약속이 다른 사람에게 전혀 알려지지 않았으니 사내가 하는 소리를 곧이곧대로 들어주기는 뭣했지요. 그런데 사내의 처가 결국엔 영감과 함께 살게 되었더라 이 말입니다. 일이 엉거주춤하니 마무리된 뒤에요. 사내야 주인 영감의 집을 떠났지요. 얼마의 돈을 받긴 했습니다만, 그게 삼백 냥이 아니고, 그동안 일한 것 생각해서 노잣돈 얼마 준다는 것이었으니 죽을상을 하고 떠났답니다. 사내의 처가 결국엔 영감과 함께 살게 되었더라 이 말입니다. 그래서 많은 사람이 의심하는 거예요. 영감이 무슨 속임수를 썼다고요. 그동안 영감하고 사내 처 사이에 의심할 만한 일이 없고 하니 그렇게 추측할 뿐이지요.

모두 명재판관처럼 자랑했으니 한번 풀어보십시오. 오던 길 되돌아가서, 그 무슨 고을인가 원님 만나서 이러저러하게 수사해서 살인사건을 해결하라고 일러주든지요. 아까 뭐라고 했습니까? 여우를 때려잡았는데 처녀 둘이 죽어 있더라고 했지요? 여우를 잡았다는 말에 관가에서 나가보니 자매가 죽어 있더라, 뭐 그런 이상한 살인사건을 보고 왔다고 했습니까? 아침 댓바람부터 여우니 처녀니 하며 들이닥쳐서는, 사건의 진상이 어떻고, 한 며칠 머물 수 있었으면 진짜 범인이 누구인지 지목할 수 있었다고…….

뒤늦게 웬 말이 그리도 많으시우. 우리 아침 숟가락 놓기 바쁘게 손님들 점심 준비하게 됐어요. 이만 부엌으로 들어갑니다. 그사이 땔감 준비한 이 아이가 이야기 하나 할 터. 들어보십시오. 이 아이가 기가 막히게 재판하는 원님의 이야기를 할 겁니다.

*

이 주막집 아들입니다.

우리 어머니가 나를 머슴처럼 다루긴 하지요.

아버지는 사람 상대하는 것 싫어하십니다. 주막 일 거들떠보지도 않아요. 지금도 산에 가서 약초를 캐시는지 바람을 쐬시는지. 그 덕에 장작 패고 물 길어 나르고 다 내 몫이랍니다. 그런데 지금 이야기 상대도 하라는 것 아닙니까. 어쨌든 이야기 하나 시작하겠습니다.

옛날에 질그릇 장수 한 사람이 있었습니다. 이 사람이 지게 하나 가득 질그릇을 짊어지고 이 마을 저 마을로 팔러 다녔겠지요. 한번은 이렇게 높은 고개를 땀 흘리면서 겨우겨우 올라갔겠습니다. 고갯마루에서 한숨 돌리기 위해 질그릇 지게를 내려서 작대기로 딱 버텨놓고 적당한 데 앉았습니다. 이마에 흐르는 땀이 식자 담배까지 뻑뻑 빨며 여유를 부렸지요. 이제 쉴 만큼 쉬었다 생각하고 일어나는데 바람이 불어오는 듯한 게 상쾌하다고 생각했겠지요. 그런데 그 바람이 난데없는 회오리였습니다. 회오리가 이런 나무만 흔들었으면 좋으련만 지게를, 질그릇 지게를 냅다 돌려 메치질 않겠습니까. 아뿔싸. 지게의 질그릇은 와장창 모두 깨지고 말았습니다. 손 쓸 틈 없었지요. 질그릇 장수는 한동안 멍하니 넘어진 지게와 깨진 질그릇을 쳐다봤습니다. 그리곤 제 사정을 알아봐달라는 어린애처럼 털퍼덕 주저앉아서는 울기 시작했습니다. 손으로 바닥까지 쳤겠지요. 마침 고개로 올라오다 본 사람들이 있었습니다. 그러나 어쩌겠습니까.

누가 위로해준다고 그게 위로가 되겠습니까. 재수가 없다 보면 이런 일도 생긴다는 소리를 어떤 사람이 하다 머쓱했는지 그 고을 원님을 찾아가 보라고 했습니다. 그 고을 원님이 대단한 사람이라 어찌 피해 보상받을 방법을 알려줄지도 모른다는 소리를 했습니다. 말이 안 되는 소리인데, 그 사람은 그리 말했고, 질그릇 장수는 정말로 그 고을 원님을 찾아갔다는 것 아닙니까.

질그릇 장수는 고을 원님한테 갔습니다. 가서는, 재판을 하여 질그릇값을 받아달라고 하였습니다. 회오리가 질그릇을 박살 냈으니 회오리에 보상을 받아야겠다고 떼를 썼습니다. 아, 어이가 없지요. 그런데 이 원님이 어찌 된 사연인지를 차근차근 다시 이야기하게 했습니다. 그리고 나졸을 불러요. 조사는 해보겠다면서요.

"너희는 대동강에 나가 뱃사공 둘을 잡아 오너라. 하나는 올라가는 뱃사공이고 다른 하나는 내려가는 뱃사공이다. 꼭 그렇게 둘을 잡아 오너라."

나졸 둘이 대동강에 나가니깐, 돛에 바람을 받아 올라가는 배 한 척이 보였습니다. 두 나졸은 그 뱃사공을 불렀습니다.

또 얼마 동안 있으니까, 돛에 바람을 받아 내려가는 배가 한 척 또 있었습니다. 두 나졸은 또 그 뱃사공도 불렀습니다.

두 뱃사공은 무슨 영문인지도 모르고 원님 앞에 갔습니다. 올라가는 배의 사공이었는지 내려가는 배의 사공이었는지 질문을 받자 하나는 올라가는 배의 사공이고 하나는 내려가는 배의 사공이라 대답했습니다. 어떤 바람이 불기를 바랐느냐는 질문에는, 올라가는 배의 사공은 올라가는 바람을 바랐고 내려가는 배의 사공은 내려가는 바람을 바랐노라 대답했습니다.

이제 문제가 나갑니다. 이 원님이 어떤 판결을 했는지 맞춰보십시오.

*

어허, 하라는 이야기는 하지 않고 또 문제야.

이 주막집 주모도 아들도 다 문제만 내놓고는 꽁무니를 빼.

내 저 아이 오면 이야기 하나 하지요. 마침 생각난 명재판 이야기가 있습니다. 그것 하지요. 나그네도 하나 하시오. 아니면, 주모와 아이가 낸 문제를 풀어보거나. 자, 내가 이야기를 하나 하기로 했다. 나는 끝까지 이야기할 테니 들어봐. 애야, 밥 나오기 전에 끝날 짤막한 이야기를 하마.

하루는 어느 노인이 길을 갔어. 가는데 젊은이가 다가와서 담뱃대를 빌려달래요. 어지간히도 담배가 급한가보다 싶어 노인은 제 것을 빌려주었습니다. 쉴 참해서요. 노인이 어지간히 쉬기도 했고, 젊은이도 담배를 다 피웠어요. 그런데도 담뱃대 돌려줄 낌새가 안 보여요. 노인은 다시 길 갈 채비해 보이며 담뱃대를 돌려달라고 했지요. 잠시 잊고 있었으려니 했던 젊은이가 무슨 담뱃대를 돌려달라는 거냐고 하는 거예요. 노인은 느닷없이 따귀를 한 대 맞은 기분이었습니다. 호통도 치고 사정도 해봤으나 소득이 없어요. 노인은 이 길에서는 어찌할 방법이 없다고 생각해 원님에게 찾아가기로 했습니다.

원님이야 별 우스운 재판을 다 하게 됐다고 생각할 터. 별것도 아닌 일을 가지고 왜 싸우느냐며 그냥 함께 담배나 피우고 화해하라 했습니다. 원님은 노인의 담뱃대와 비슷한 길이의 담뱃대를 두 개 더 가져오게 하고 하나씩 쥐고 담배를 피우게 했습니다. 자기도 피우고 말입니다. 쭈뼛거리던 젊은이도 담배를 피웠습니다. 원님이 농담까지 건네자 웃기까지 하면서 말입니다. 노인도 담배를 뻑뻑 태웠습니다. 그러기를 얼마나 지났을까. 원님이 누가 담뱃대 주인이고 누가 담뱃대 주인이 아닌지 알겠다고 했습니다.

원님은 그사이 노인과 젊은이가 담배 피우는 모습을 살피고 있었습니다. 노인은 화가 나 거칠긴 하나 담뱃대 다루는 게 익숙했습니다. 젊은이는 대통에 담배를 담고 재를 털고 할 때 어딘가 어색해요. 원님은 그게 평소 짧은 담뱃대를 사용한 까닭임을 곧 알아봤습니다. 젊은이는 옥에 갇히고 노인은 담뱃대를 되찾았지요.

어떻습니까? 이 정도면 보통내기 원님이 아니지요.

내 하나 더 할 테니 들어보시우. 애야, 너도 들어라. 그리고 하다 만 너 이야기 계속해 보아라. 뒷마무리할 자신 없으면 항복을 하여라.

보통내기가 아닌 이 원님. 어느 날 두 상인이 천을 감은 두루마리 하나를 이 원님에게 가지고 찾아왔습니다. 서로 자기 두루마리라고 다투면서 말입니다. 원님은 몇 번이나 두 사람의 이야기를 듣고는 자기 힘으로 판결을 못 하겠다는 겁니다. 그러고도 고개를 갸웃거리더니 두 상인에게 두루마기에서 푼 천의 두 끝을 각각 잡으래요. 잡아당겨서 어느 쪽이든 이기는 사람이 가져가는 것으로 하자는 겁니다. 그때 보니 한 사람은 어이없어 한숨을 내쉬는 듯했고 한 사람은 입가에 살짝 미소를 짓는 듯해요. 둘 다 힘이야 비슷해 보이는데 말입니다.

얼마간 힘겨루기를 하는 듯하더니 한 상인이 곧 포기했습니다. 한숨을 내쉬었던 상인이었습니다. 어쨌든 이긴 쪽은 그 보란 듯이 기뻐했습니다.

원님은 포기하는 듯했던 상인에게 왜 힘을 쓰지 않았느냐고 물어봤습니다. 그 상인은 두 사람이 죽자사자 양쪽에서 당기면 옷감이 상하는 게 뻔한데 그걸 어찌 응하겠느냐는 것이었습니다. 원님은 제 짐작대로 일이 풀려간다 싶었습니다. 하지만 시침

뚝 떼고 어쨌든 이긴 상인에게 옷감을 안겼습니다. 그때까지는 기쁨을 감추기 바쁘던 그 상인이 잠시 뒤 듣게 되는 소리는 뒤로 나자빠질 명이었습니다. 제 옷감을 아끼지 않고 함부로 다루는 상인은 옥에 가둬 죄를 물어야겠다는 소리를 들을 줄 어찌 알았겠습니까.

한 며칠 옥에 갇혀 있던 그자는 모든 걸 실토했습니다. 실토하고 용서를 빌었습니다.

내가 이야기를 썩 재미있게 한 것 같진 않습니다. 자주 하지를 않았으니, 재미있게 하는 법을 연구해놓지 못한 게지요. 우리 이 나그네 양반은 이야기를 좀 해봤을 듯해. 어제 하루 내내 길을 같이 왔는데, 조용조용한 양반 같으면서도 꼭 필요한 말은 하던 것이…….

나그네 양반 이야기 잘하면 우리 먹을 밥이 공짜요. 술도 공짜가 될 수 있을 거요. 아예 주모와 아이가 낸 문제를 풀어버립시다. 그러면 딴소리 못 하고 밥도 술도 공짜라 할 것이우.

*

보통내기 원님이 아니군요.

주모와 아이가 낸 문제를 아직 풀진 못 했습니다. 조금 더 생각하면 어찌 풀 수 있으려나 모르겠습니다. 허기진 배를 채우면 풀 수 있을지도 모르겠습니다. 이렇게 한 사발 들이켜 목 축이는 것으로는 문제를 못 풀겠네요.

우선 나도 하나 해보겠습니다. 나도 명재판이라 할 재판을 한 원님의 이야기를 해보겠습니다. 문제는 못 풀었습니다. 대신 예전에 들었던 이야기를 하나 생각해냈습니다. 시작해보겠습니다.

섣달그믐이 가까울 때 어떤 비단장수가 많은 비단을 짊어지고 장삿길에 올라 있었습니다. 그날은 가야 할 곳이 멀었습니다. 무거운 짐 지고 재게 발걸음을 옮기느라 힘이 들었지요. 섣달그믐쯤 으스스한 날이었습니다만, 무덤도 없이 망주석만 우뚝 서 있는 곳에 짐을 내려놓고 쉬다 보니 잠시 졸게 됐나 봅니다. 오래도 졸지 않았을 겁니다. 그런데 눈을 뜨고 기지개를 켜고 보니, 어라, 망주석 앞에 놓아둔 비단이 없어진 겁니다. 귀신이 혀를 깨물 일인 것이 그 잠깐 사이에 허허벌판인 그곳에서 감쪽같이 짐이 없어질 수 있느냐 이 말입니다. 상인은 하늘로 땅으로 고개를 연방 돌렸습니다. 누가 잠깐 사이 그걸 짊어지고 도망갔다는 생각이 안 드는 것이었습니다. 차라리 도깨비 같은 게 짐을 가지고 하늘로 솟구치거나 땅으로 숨거나 했을 듯한 것이었습니다.

그러나 도깨비가 그럴 수는 없는 일. 비단 장수는 고을 원님에게 찾아가 보기로 했습니다. 한참을 여기저기 둘러보던 비단 장수에게 지나가던 사람이 무슨 일이냐고 묻고는 혀를 쯧쯧 차며 그 고을 원님이 지혜로워 도둑을 잡아줄 수도 있을 테니 가보라는 소리를 한 것이었습니다.

원님이 아무리 지혜롭더라도 이런 문제는 해결이 쉽지 않지요. 사건이 발생한 그 자리에 있었던 당사자가 누구도 못 봤다고 하고 또 허허벌판이었다고 하는데 어디서부터 조사할 수 있겠느냐는 말씀입니다.

이튿날 원님은 구경꾼들이 지켜보는 가운데, 날고 기는 도둑이라도 그 넓은 들판에서 눈 깜빡할 사이에 짐을 훔쳐갈 수는 없잖으냐며 비단 장수에게 얼마나 졸았는지부터 다시 물었습니다. 잠깐 눈을 감았을 뿐이라고 했던 비단 장수는 생각보다는 오래 졸았을 수도 있겠다고 했습니다. 허허벌판이랬지만 부근에 개울이 흘러 도둑이 몸을 숨길 수도 있었겠다는 추측도 원님이 내놓았습니다. 지혜로운 원님답게 뭘 해결해 나가는 듯했습니다. 그런데 이 원님이 고을의 나졸들에게 명한 것은 망주석을 잡아들이라는 것이었습니다. 아, 망주석요. 무덤도 없이 우뚝 선 망주석요.

비단 장수는 그곳에 망주석밖에는 없었다고 자신 입으로 몇 번이나 얘기했습니다. 그렇지만 그런 명이 나올 줄은 몰랐지요.

비단 장수야 얼른 뭐라고 말도 못 하고 엉거주춤하니 서 있었습니다. 구경꾼 중에는 웃는 사람들도 있었습니다. 허허벌판 망주석밖에 없는 곳에서 비단을 도둑맞았다는 비단 장수나, 망주석을 잡아들이라는 원님이나 다 그 순간에는 바보처럼 보였던 겁니다.

나졸들이 망주석을 뽑아 와 심문이 시작되었습니다. 이튿날 심문이 시작됐을 때는 구경꾼이 더 늘어나 있었습니다.

원님은 망주석을 향해 빨리 자백하라고, 시치미를 떼면 가만두지 않겠다고 엄하게 말했습니다. 원님이 아무리 엄하게 말한들 망주석이 대답할 리가 없지요. 입이야 새겨져 있지요. 그러나 그 입이 어디 열 수 있는 입입니까요. 망주석이 가만있으니 원님은 더 큰 소리로, 자백하지 않으면 곤장을 맞을 줄 알라고 호통을 쳤습니다. 이제 구경꾼 중에는 대놓고 웃음을 터뜨리는 사람도 있었습니다.

원님은 나졸들에게 명하고 나졸들도 어쩌지 못해 망주석에 곤장을 치기 시작했습니다. 구경꾼들 모두가 더는 참지 못하고 웃기 시작했습니다. 폭소가 터져 나오면서 곧 허튼소리나 상스러운 말까지 뒤섞였습니다. 바로 이때 원님이 벌떡 몸을 일으키고는 무슨 소란이냐고 야단을 쳤습니다. 구경꾼들이 얼굴에서 웃음을 다 거두어들이지도 못했는데 원님은 말했습니다. 여기가 어딘데 웃느냐며, 웃은 자는 모조리 잡아 가두라고 했습니다.

벼락같은 호통이었고 명이었습니다. 나졸들은 원님의 기세에 눌려 재빨리 구경꾼들을 꿇어 앉힌 뒤 하나하나 감옥으로 넣었습니다. 용서를 비는 소리가 여기저기서 나왔지요. 그러거나 말거나 원님은 나졸들을 다그칠 뿐이었습니다.

모두를 가뒀습니다. 그리고 원님이 옥으로 갔습니다. 사람들은 서로 눈짓을 하더니 무릎을 꿇고 용서를 빌기 시작했습니다. 원님이 몇 사람의 비는 소리를 귀담아듣는 듯하더니 무례하게 행동한 것은 아직도 분이 풀리지 않지만, 뭐든 하겠다고 하니 생각해보겠다고 했습니다. 그러고선 잠시 뒤 벌금으로 비단 한 필씩을 사흘 내로 갖다 바칠 수 있겠느냐고 물었습니다. 모두가 하나같이 그러겠노라고 대답했습니다.

벌금으로 낸 비단을 다 모아 보였더니 비단 장수는 제 비단이 틀림없다고 했습니다. 숫자는 맞느냐는 소리에는 몇 장이 빠지긴 하나 그만하면 됐다고 했습니다. 원님은 일단 그를 물러나게 하고 사람들이 급히 어디서 비단을 구했는지를 알아보게 해 비단을 팔았다는 사람을 잡아 오게 했습니다. 이전에 비단을 판 적이 없다는 사실 따위 조사한 바를 가지고 취조를 했습니다. 그자는 오래잖아서 자신이 비단을 훔쳐 개울을 따라 달아난 것을 털어놓았습니다. 남은 비단 어디에 숨겨놓았다는 것까지 다 털어놓았습니다.

원님은 취조 뒤 도둑을 재판까지 하고서 구경꾼들에게 인사를 하였습니다. 모두가 도둑 잡는 데 도움을 주었으니 고맙다는 인사였습니다. 벌금은 거둘 게 아니었으니 다 돌려준다고 하였습니다. 이제는 마음껏 웃어도 좋다고도 했습니다.

내가 한 건 이렇게 망주석으로 도둑 잡은 원님의 이야기였습니다. 이만하면 지혜로운 원님이라 할 만하겠지요.

*

뱃사공을 잡아들인 원님은 어떤 판결을 했는지…….

그것부터 이야기를 해보도록 하겠습니다. 두 뱃사공 중에서 누가 올라가는 배의 사공이고 누가 내려가는 배의 사공인지, 그리고 누가 올라가는 바람을 바랐고 누가 내려가는 바람을 바랐는지 다 확인한 뒤 원님은 목소리를 높여 말했습니다. 강을 올라가는 바람과 강을 내려가는 바람이 마주쳐 회오리가 되었고 그 회오리가 고갯마루에서 쉬려고 내려놓은 질그릇 장수의 지게를 돌려 매쳐 질그릇이 하나도 남김없이 다 깨진 일을 이야기했습니다. 뭔가 속는 기분으로 멀뚱히 쳐다보던 두 뱃사공은 질그릇 장수에게 질그릇값을 물어주라는 소리에 그러겠노라고 고분고분 대답했습니다. 내 짐작에는 그렇습니다. 원님이 눈을 부릅뜨고 그리 말하는데 어쩔 수가 없었던 것이 아닐까 합니다.

그럴싸합니까? 아, 그럼 원님이 마지막에 이랬다고 해둡시다. 원님이 뱃사공들에게 둘이서 한 사람 것 갚아주는 일이니 큰 부담되지 않아 좋겠다고 했다고 해둡시다.

이 이야기는 사실 내가 기억해 낸 이야기입니다. 전에 들은 이야기라는 말씀입니다. 똑같은 이야기는 아닙니다만 거의 같은 이야기를 들은 적이 있었답니다. 그러니 저 아이한테 자랑하지 마시지요. 대신 주모가 내준 문제 잘 풀어 어찌해봅시다. 밥이 공짜가 될지 술이 공짜가 될지, 아니면 밥이고 술이고 다 공짜가 될지…….

어느 고을에 원님이 막 부임했을 때, 일대에서 위세가 뜨르르하며 소문이 안 좋게 난 중이 하나 있어 불렀더니, 찾아와서는 오는 길 회오리바람에 제 귀한 삿갓을 잃어버렸다며 찾아달라고 청하는 겁니다. 새로 온 원님을 골탕 먹이겠다는 소리지요. 힘겨루기가 시작된 겁니다. 원님은 귀한 삿갓 잃어버렸으니 참 안타까운 일이라며 의외이게도 진지하게 해결 방도를 찾겠다고 했지요. 그리고는 아랫사람을 불러 사공들을 잡아 오라는 겁니다. 이쯤 해놓고서 원님은 고을의 풍속과 산중 소식 따위 한담을 한참 하는 겁니다. 중은 사공들이 투덜대며 끌려오는 것까지 보고 돌아갔지요. 그리고 얼마간 지나니 회오리바람을 일으킨 사공들에게서 받아낸 돈으로 삿갓을 준비해놓았으니 받아가라는 전갈을 받고 이게 무슨 재미난 일인가 싶어 다시 원님을 만나러 왔지요.

원님이 내민 건 쇠갓이었습니다. 중은 그걸 써봤습니다. 그러자 사령들이 달려들어 삿갓을 벗지 못하게 쇠줄로 이리저리 묶어버렸지요. 중이 이게 무슨 짓이냐고 따지자 원님이 이리 말했습니다.

"사공들이 제각기 동풍이니 서풍이니 남풍이니 북풍이니 불기를 기원해 그게 뒤섞여 하늘에 전달돼 회오리바람을 불러들였더이다. 어쨌든 남의 귀한 삿갓 날려버렸으니 보상을 해야 하잖겠느냐고 했더니 순순히 갓 만들어 주라고 돈을 내놓았지요. 대신 쉽게 날리지 않도록 쇠갓을 만들어주라더군요. 그리고 삿갓 주인도 간수 잘할 수 있도록 쇠줄로 단단히 매고 다니는 수고는 해주어야겠다고 부탁하더이다."

돌아갈 때야 쇠줄 풀어 쇠갓 벗었지요. 그래도 중은 원님에게 이미 기가 꺾여 고을을 위해 열심히 기도하겠다고 아뢰었답니다.

내가 이런 이야기를 전에 들은 적이 있는데, 마침 기억이 난 겁니다.

주모가 내준 문제는 어디 들은 이야기로 풀 수 있는 게 아니네요. 그래도 어떻게 해결해보겠습니다.

*

죄수 되기를 소원한 사람이라.

이 사람이 주인 영감에게 삼백 냥을 맡겼는지 맡기지 않고 내놓으라고 한 것인지 알 수는 없습니다. 그래서 이 고을 원님도 딱 부러지게 심판하지 못 했겠지요. 그러나 일이 다 끝난 뒤에 마을 사람들이 재판 전후 사정을 다 살펴봤을 때 추측하게 되는 바가 있더라 이것 아니겠습니까. 내 생각도 주모와 크게 다르지 않습니다. 그러나 원님이 되어 꼼짝 못 할 증거를 찾아내거나 자백을 받아내거나 해야 명재판을 했다고 할 수 있을 터. 내내 그 생각을 하느라 밥이 어디로 넘어갔는지도 모르겠군요. 내가 이제 마무리할 이야기가 그럴싸하다 싶으면 밥이 공짜가 되거나 술이 공짜가 되거나 하지 않을까 기대해 봅니다.

죄수 되기를 평생에 소원으로 하던 사람의 아내가 주인 영감과 함께 살게 되었더라고 하지 않았습니까? 맞지요? 그게 전부터 두 사람 눈이 맞아 확인서 따위 없던 것으로 하자며 짝짜꿍해 놓았을 수 있는 일 아니겠습니까? 의심할 수 있겠습니다. 아, 거기까지야 짐작하지만 그걸 어떻게 밝혀내냐고요? 네, 이제부터 밝혀보도록 해야지요.

좌수 되기를 소원하던 사람이 원님한테 돈을 찾아달라고 고발했겠지요. 주인 영감과 좌수 되기를 소원하던 사람은 원님 앞에서 제 주장을 계속했겠지요. 원님은 좌수 되기를 소원하던 사람의 아내도 불러 물었을 겁니다. 이 고을 원님과 똑같이 나도 관련된 사람들을 불러 묻고 알아봤을 겁니다. 그런데 그걸로는 명확하게 심판하기 어려웠으니 엉거주춤하니 마무리하고 만 게지요. 좌수 되기를 소원하던 사람은 진실이 뭐든 간에 제 뜻을 몰라주는 아내에게 화가 나 욕을 하거나 때리려고 했을 수도 있겠습니다. 아, 그랬다고요? 그래서 그 사람 아내가 따로 나가버렸다고요? 달리 갈 곳이 없어 주인 영감 집에 일할 수 있게 해달라며 되돌아왔고, 그리고 반년인가 뒤에 함께 살게 되었더라. 의심이 되지만 그럴 수도 있겠다…….

자, 여기서는 내가 원님입니다. 나는 주인 영감과 좌수 되기를 소원하던 사람에게 이리 말할 겁니다.

"이건 대단히 어려운 문제다. 어려운 문제이긴 하다만 어느 정도 가닥을 잡았다. 나는 계집을 궤짝 속에 넣을 테니 너희 둘은 번갈아 그 궤짝을 지고 저 앞 다리까지 가서 돌아오너라. 그 때까지는 내 생각을 다 정리해 심판을 해주마."

원님은, 나는 나졸들에게 죄수 되기를 소원으로 하던 사람의 아내를 머물게 한 방으로 나졸들을 보내 궤짝에 넣어 나오게 명합니다. 그리고 누구부터 먼저 할 거냐고 두 사람에게 묻습니다. 어찌 되든 순서가 정해지고 두 사람은 제 운명이 걸린 궤짝이라 생각하고 다리로 갈 겁니다. 죄수 되기를 평생에 소원으로 하던 사람이 먼저 궤짝을 지게 되었다고 합시다. 그 사람은 이러겠지요.

"다리 위에서 이 궤짝을 던져버리고 싶구나. 무슨 꿍꿍이셈을 가지고 주인 영감한테 돈 삼백 냥 맡긴 것 없었던 일이라고 우기느냐. 그동안 감쪽같이 나를 속이고 영감과 눈을 맞추고 마음을 맞췄구나. 지금이라도 바른 소리를 하면 내 다 용서하고 너와 살마. 죄수가 되어 너를 떵떵거리게 살게 할 방도도 이젠 생각났으니 돌아가서는 바른 소리를 하여라."

그다음에 궤짝을 짊어진 주인 영감은 이랬을 겁니다.

"이보게, 자네가 마음만 단단히 먹으면 이 일은 탄로 날 수가 없어. 나도 다리가 후들거릴 정도로 겁이 나지. 하지만 다른 증거가 없으니 우리가 꾸민 대로 일이 풀려나갈 거야. 중요한 건 겁먹거나 해서 엉뚱한 소리를 해버리는 거야. 이제 이 일은 되돌릴 수 없게 되었으니 지금까지 한 대로만 해. 삼백 냥 따위는 없었다고. 그러기만 하면 자네는 삼백 냥에 우리 집까지 얻는 거야. 좌수 되겠다며 돈 다 날리고 삼백 냥 건져 자네를 어디 산골로 데려가려던 작자에게서야 마음 떠난 지 이미 오래전이라는 것 다 아니 나는 자네를 믿네."

멀찍이 따라오는 나졸들에게는 들리지 않게 목소리를 낮추었겠지요. 목소리를 낮춰 그리 말했겠지요.

두 사람이 다 다리까지 다녀온 뒤. 원님은, 나는 궤짝을 열게 합니다. 궤짝에서 나오는 건 누구인고 하면 관아의 여종이올시다. 내가 좌수 되기를 소원하던 사람의 아내와 그 여종을 바꿔치기해서 방에 머물게 한 것입니다.

주인 영감이 가슴에 털이 났더래도 이런 순간에는 주저앉게 마련이지요. 아니면 납작 엎드리며 용서를 빌기 시작할 겁니다.

*

오, 이 나그네 양반.

주모도 듣고 아이도 들었습니다.

주인 영감과 좌수가 평생의 소원이던 사내가 차례로 다리까지 다녀온 뒤 궤짝을 열었는데 엉뚱한 여자가 나타났던 것 아니우. 관아의 여종이 말이우. 두 사람이 한 말을 관아의 여종이 다 듣고 하나하나 짚어가며 아뢰었을 테니 증거가 딱 나왔구려. 이러면, 해결이 된 게지요. 문제가 풀렸다구.

어떻소? 우리 이 나그네 양반 문제 푸는 솜씨 놀랍구려. 주모나 마을의 여러 사람이 의심하고 추측한 바가 틀림없는 사실임을 밝혀냈으니 말이야. 주인 영감 잡아들이게 됐으니 말이야. 지금 주모 아들도 탄복하는 얼굴이라니까.

이런 순간 바른말 하지 않으면 회오리가 어디서 불어와 이 주막을 돌려 매쳐 버릴 겁니다.

내 이 나그네 양반하고 더 동행하며 동무로 삼아야겠소. 산골 무지렁이라 자기소개를 합디다만, 이제 보니 그건 그냥 한 말이야. 정말 산골에 처박혀 있었더래도 조상님들 사정 있어 그리 산골에 들어가 살았지 그냥 대대로 무지렁이였던 집안의 사람이 아니야. 내 막내아우뻘이지만 그냥 동무로 삼을 작정이오. 이방이 하늘의 달을 다 팔아먹을 정도로 바보인 원님도 있다더니, 오늘 하고 듣는 이야기의 원님은 하나같이 지혜가 있군요. 원님이라면 그래야지. 여기 이 나그네는 이야기 속 원님 못잖구려. 이야기 속 원님들 못잖잖아요? 그렇지 않습니까?

혹시 주모 바깥양반도 별난 사정 있어 사람들 피해 산으로 다니는 것 아니우? 허허, 우리보고 처음부터 시끄럽다며 입막음을 하려 했는데 걱정 마시우. 우리가 다 그런 형편에 처한 사람들이니. 걱정하지 마시고 다 말하시우.

내가 아침 댓바람부터 떠든 이야기는, 여우가 사람을 홀린다는 소문이 자자하고, 사람을 헤치는 걸 목격한 사람들이 직접 나서 뒤쫓기도 그동안 여러 번 한 고을에서 터진 사건에 관한 것이었수. 그날도 여우가 나와 해괴한 짓을 하더라는 소리가 있어 저녁때 술 마시러 주막에 모였던 머슴살이 총각 몇이 나서 산 중턱까지 뒤따라서는 드디어 한 마리를 때려잡았다지요. 다른 한 마리는 허리통을 세게 맞고도 날쌔게 몸을 빼내 다른 골짜기로 내뺐다고 합니다. 그걸 머슴살이 총각 하나가 따라가 기어코 잡았다는 겁니다. 이미 밤이 되고 또 다들 지쳤는지라 여우는 두고 돌아왔다지요. 머슴살이 총각들이 이튿날 관가에 신고하고는 길잡이로 나서 현장에 갔더니, 여우는 온데간데없고 타지에서 와서 남의집살이하던 처녀 둘이 죽어 있더라……

　이 살인사건도 해결해야겠으니, 술도 더 내놓고. 우선은 내 동무가 문제를 푼 게 맞다 답하시우.

　주모는, 내가 꼭 회오리를 불러와야 바르게 대답하려우?

우리 가문의 복덩이

오늘은 먼저 너희가 이야기를 하나 해봐라.

일아, 원아. 들어보고 재미나면 그때 나도 하마. 얘기가 생각 안 나는 게 아니라니까. 안 해주겠다는 것이 아니라는데도 자꾸 그러네. 들어보고 재미나면 나도 그만큼 재미나게 하나 해주겠다는 그 소리지. 아, 하다 보면 더 재미나게도 해줄 수 있는 일이고말고. 오늘은 너희가 하는 이야기 들어봐야겠다. 짤막해도 괜찮지. 긴 것도 있고 짧은 것도 있는 법이니까.

일아, 원아. 생각해봐. 그동안 들은 이야기가 하나둘이 아닐 텐데, 그깟 이야기 하나 못 하겠느냐. 이 어미가 해준 것만 해도 얼마나 많으냐. 듣기만 하고 저는 안 하니까 잊어버리지. 내가 해준 이야기가 아니면 더 좋지. 그야 당연하지. 이야기도 해보아야 솜씨가 늘지.

우일이 네가, 해볼 테냐. 그래, 알았다. 어서 해봐라.

그래, 우리 들어보자.

*

꾀 많은 하인이구나. 꾀 많은 하인 못된 양반 골려 먹은 이야기구나.

이 어미는 재미나게 들었다. 원이는? 이야기야 그렇게 짤막해도 되지. 이런 이야기는 짤막해서 좋지 뭐. 짤막해도 재미가 있잖아. 못된 양반 얼굴이 붉으락푸르락 달아오르는 게 눈에 뵈는 것 같더라.

우원아, 옛날 어느 시골 마을에 한 양반이 살았다지 않느냐. 조상 대대로 물려받은 농토로 지주 노릇을 하며 살던 양반이랬지. 벼슬해야 양반이지. 땅이라도 많아야 양반 행세를 하지. 벼슬도 없고 땅도 없으면 그건 껍데기 양반 아니냐. 그래, 우일이가 한 이야기의 양반은 시골 사는 양반이고, 벼슬은 했는지 어쨌는지 모르지만, 땅은 많아서 지주 노릇 하는 양반이랬지. 그런데 심사가 좀 고약했다나. 양민들 불러 자기 집의 일, 그것도 험한 일을 시켰다니 고약한 게지. 그리고 남의 제사에 밤 놔라, 대추 놔라 하면서 간섭도 어지간히 해댄 모양이구나. 이런 사람들 심사가 고약한 게야. 은근히 고약한 거라고.

일아, 하루는 이 양반이 나들이를, 서울 구경을 한다면서 집을 나섰더랬느냐? 그래. 원아, 양반집에서 가장 꾀 많고 대담한 하인이 견마잡이로 따라가겠다고 했댔지. 양반은 든든한 하인과 함께 서울구경을 가게 된 게지. 양반이야 말을 타고 가지. 하인은 견마잡이이니까, 고삐를 잡아야지. 하인이 고삐 잡고 말을 이끄는 게지. 그런데 주인인 그 양반 고약한 심사야 밖에 나왔다고 해서 어디 가겠느냐. 시골에, 집에 있을 때처럼 행세했겠지. 말을 너무 빨리 끈다, 한번은 그랬겠고. 말을 너무 천천히 끈다, 한번은 또 그랬겠지. 길이 가파를 수도 있고, 말이 지칠 수 있으니까 빨리 가다가 천천히도 가고 그러는 법이지. 그런데, 양반은 제 심사만 살피고 그러는 게지. 제 성질대로만 한단 소리야. 하루 내내 투덜거렸다지 않느냐.

시골에서 서울구경 간 거니까, 몇 날 며칠이 걸렸겠지. 여기서 서울 가려면 몇 날 며칠이 걸리지. 장정 걸음으로도 여러 날이 걸리지. 달포씩이나 그렇게 걸릴걸. 여기 경상도에서야 서울이 그렇게 멀지. 그 시골 양반과 하인이 그렇게 걸어가다가 한번은 산길에 접어들었댔지. 산길이니 인적이 뜸한 곳이겠지. 산길이니까 아무래도. 꾀 많은 하인은 그때를 기다렸을 게다. 아니, 주인 양반 투덜대는 소리를 듣다가 듣다가, 아마도 그런 생각까지도 하게 됐을 게야. 우원아, 그때 이랬다지 않느냐.

"어르신, 이제 그만하면 말을 실컷 타셨을 겁니다."

양반은 산길에 말이 힘겨워한다 싶어 그러나 싶었어. 그 소리만도 그리 기분 좋지 않은데, 이러기까지 하더래잖아.

"그러니 저와 바꿔 타십시다요."

"바꿔 타다니?"

양반은 어이가 없었지. 바꿔 타다니 뭘 바꿔 탄다는 것인지. 말은 한 마리고, 그 말은 양반이 타고 있는데 말이야. 바꿔 타자면, 하인 놈이 제가 타겠다는 소리 아니냐 이 말이야.

심사 고약한 양반 속이 금방 끓어오르지. 말에서 뛰어내려, 이놈 네 이놈 만복이 네놈 어쩌거나 하고, 죽일 놈 살릴 놈 어쩌거나 하고 뭐 그랬겠지. 그런데 그새 하인은 냉큼 말에 올라타더라니까. 그러고서 주인이 길길이 날뛰는데도 아랑곳도 하지 않아. 견마잡이가 주인 대신 말을 타고 고개를 넘는 거야. 하인은 말을 타고 주인은 씩씩거리며 뒤따라가고. 볼 만한 풍경이구나. 한참 산길을 갔겠지. 그리고 말을 우뚝 멈춰 세우는 거야. 훌쩍 뛰어내리더니, 양반을 덥석 들어 올려 말에 태워.

"이제부터는 평지이옵니다. 좀 있으면 오가는 사람도 많을 겁니다. 주인 어르신 체면을 살리셔야죠."

양반은 어이가 없어 아무런 말도 못 해. 얼굴만 붉으락푸르락

했겠지. 얼마를 그렇게 가다가 사람들이 나타났겠지. 사람들이 옆으로 지나가자 양반은 고래고래 악을 쓰기 시작했다지.

"이것 보시오, 길 가는 사람들!"

뭔 일이 났나 싶어 다들 쳐다봤겠지. 양반은 소리쳤지.

"이놈, 이놈을 잡아다가 관가에 데려가시오. 여태 내 말을 빼앗아 타고 왔습니다."

그런데 그때 하인은 다소곳하게 견마잡이 역할을 잘하고 있단 말씀이야. 다른 사람들은 두 사람이 무슨 놀이를 하나 싶어 쳐다봐. 무슨 우스꽝스러운 놀이를 하나 하고 쳐다봐. 양반은 더 열불이 뻗쳐 목에 핏대를 세우고 소리쳤겠지.

"여태 내 말을 빼앗아 타고 왔다잖소. 어서 이놈을 관가에 데려가시오."

그렇게 자꾸 소리를 쳐대면, 그 양반이 이상하게 보이지. 나중에는 똑바로 봐줄 리도 없지. 하인은 다소곳하게 견마잡이 역할을 잘하고 있거든. 그 양반 얼굴에 고약한 심사가 다 드러나는데 사람들이 믿어줄 리가 없지.

어쨌든 그렇게 한참 길을 갔겠지. 또 인적 드문 곳이 나타나. 그러면 하인이 이번에도 제가 말을 타고 주인을 걷게 하는 거야. 그것만으로 그쳤겠어? 내내, 서울 가는 내내 그랬지.

주인 영반이 영 바보가 아닌 다음에야 길길이 날뛰기만 했겠

어? 하인이 주인 말 뺏어 탔다고 했겠느냐고. 관가에 데려가라
고 우겨댔겠느냐고. 미친놈 쳐다보듯 하는 사람이 한둘이 아닌
데 말이야.

이윽고 서울이 가까워졌단다. 양반이 이러더란다.

"아무튼, 서울 사람들한테는 말 바꿔 탔다는 말은 아예 말거
라."

*

그래, 우원아, 그건 너 오빠 말이 맞다.

양반이 그동안 어지간히도 당한 게지. 말 내주고 좀 걷는 게
낫다 싶었겠지. 심사 나쁜 사람으로, 그러다 아예 미친놈으로 취
급받아서야 하겠느냐고. 그러면 저만 손해 아니냐.

하인이 꾀가 많은 거지. 대담하기도 하니까 주인을 덥석 잡아
들고 올렸다 내렸다 했겠지. 주인이 아무튼 서울 가서는 말 바꿔
탔다는 소리 하지 말라고 했을 때 하인이 이랬을지도 모르겠다.
"입 밖에도 내지 말라는 말입지요?" 하고 말이다. 씩 웃으면서.
그거야 약 올리느라고 하는 소리지 뭐겠느냐. 그때도 양반이야
고개만 끄덕였겠지. 어쩌겠어. 꾀 많고 대담한 하인에게 심사 나
쁜 양반이 된통 당하는 이야기구나. 그런 이야기야.

벼슬하거나 땅 많다고 다 양반이 아닌가보다. 진짜 양반은 심사가 좋아야 양반인가보다. 일아, 원아. 그렇지 않겠느냐.

이제 이 어미가 이야기할 차례구나. 보자, 어떤 이야기가 좋겠느냐. 그래, 옛날에······.

*

옛날 옛적 한 마을에 양반 형제가 살고 있었단다.

이 양반네는 윗대에 큰 벼슬을 해 권세 있던 가문의 후손이었어. 그런데, 형과 동생의 처지가 날이 갈수록 차이가 나. 형은 부자로 잘사는데 동생은 웬일인지 자꾸 가세가 기우는 거야. 생활에 어려움을 겪을 정도로 기울고 말았다니까. 형네가 가끔 도와주긴 했지. 형은 집안 농토 고스란히 물려받아 먹고사는 데 지장 없었지만, 동생은 벼슬해보겠다고 노력하다가 그게 뜻같이 되지 않았거든. 공부한 대신 땅 제대로 못 물려받은 동생이 어려워질 수밖에 없었겠네.

양반이야 벼슬해야 양반이지. 벼슬 못 하면 땅이라도 많아야 양반 행세를 하지. 그런데 땅을 물려받지 못 한 데다 벼슬도 하지 못 했다지 않느냐. 부부와 자식 둘에 하인 둘까지 여섯이나 되었다지 않아. 그 동생이라는 양반 식솔들 생계를 감당하기도 수월찮았을 거야.

그 동생 양반한테는 자식이 둘 있었대. 하나는 다른 집으로 보낼 딸이고 하나는 집을 물려받을 아들이야. 딸 운명 아들 운명이 그렇지. 그때나 지금이나. 옛날 옛적이래도 양반 있고 하인 있는 세상이니 요즘 세상이지 뭐. 옛날이 아니라 어디 다른 고장 일이라고 생각하며 들으면 되겠구나. 그 동생네 아들은 글공부하는 아들이야. 꽤 총명했나 봐. 그런데 글공부한다고 당장 먹을 것이 나오는 게 아니니 그게 걱정이겠지.

과거를 봐서 벼슬을 해야 하는데, 그때까지는 부모가 뒷바라지를 해줘야지. 그런데 그 양반은 별 뾰족한 수가 없어. 언젠가부터 부부는 살림 잘 지켜줄 며느리만 기대하게 되었지. 며느리가 들어와 없는 살림이나마 잘 지키며 얼마 동안 더 아들 뒷바라지해주면 그때는 영광을 보지 않겠느냐 하는 식으로 생각한 거지.

부인이 하루는 이래. 마냥 걱정만 할 게 아니라, 시험을 쳐서 며느리를 뽑자는 거야. 그 부인이 생각한 시험이란 건, 살림을 얼마나 알뜰하게 하는지 알아보려는 것이지. 부인은, 곡식을 조금만 내주고서 살아보라고 하면 어떻겠냐고 물어. 그거 그럴싸한 생각이라고? 그리 생각할 사람도 있겠지. 양반은 그렇게 생각했나봐. 바로 방을 하나 써서 턱 내걸었으니 말이다. 쌀 몇 되를 가지고, 그래, 쌀 석 되를 가지고 온 식구 한 달 살림을 꾸려 보시오. 성공하는 처녀 있으면 집안 신분 따지지 않고 며느리로 삼을 것이오. 방을 그렇게 써 붙이지 않았겠어.

방이 붙자 관심이 쏟아져. 인근의 처녀들이며 또 딸 가진 부모들한테서. 그래도 한때는 당당한 가문이라지 않느냐. 뭣보다 신랑감이 관심을 끌었을 거야. 글공부도 많이 해 과거 급제도 멀지 않았다는 소문까지 돌았을지 모르지. 보니까 아직 소과 진사시에도 응시해본 것 같지 않다만. 소문이야 과장되게 나고 하는 법이니까. 아, 방이 붙고, 소문도 나고 하니 신분에 원한 맺힌 상민 집안이라면 귀가 솔깃할 만하지.

곧 첫 도전자가 나왔어. 어떤 집 처녀지. 아, 상민 집 처녀는 아니고, 그래도 양반 행세는 하는 고만고만한, 어쩌면 동생네와 비슷비슷한 처지의 집 처녀가 아니었는지 몰라. 그런데, 쌀 석 되를 가지고 여섯 식구, 아니 자기까지 포함해 모두 일곱 식구가 한 달을 어떻게 먹고 살겠니. 누구는 굶어야 해. 누구를 굶기겠어. 제가 참아야지. 그리고 하인들 굶기려고 했지. 그래서야 어디 성공하겠니? 그렇지. 당장 입 나오고말고.

보다 못 한 양반은 그 처녀에게 퇴짜를 놓고 말았지. 아낀다고 애를 썼다만 계속 이럴 수는 없지 않느냐면서 돌아가라고 했겠지. 달리 무슨 말 하겠니.

다른 처녀가 도전자로 기다리고 있었으니 시험은 금방 계속됐어. 이 처녀도 생각한 게 있었는데, 죽으로 버텨보자는 것이었어. 죽으로 버틴다는 게 어디 말처럼 쉬운 일이겠어. 그리고 누가 좋아하겠어. 밍밍한 죽에 간장으로 어떻게 버티겠느냐고. 힘들 때는 그렇게도 버티지만, 양반 부부가 그러자고 시험을 본 건 아니거든. 없는 살림에도 시부모 봉양 잘하고 무엇보다 제 신랑 뒷바라지 잘할 신부 찾는데 다들 이런 식이어서는 곤란한 일이잖니. 보름인가 버티긴 버텼지. 오래 버텼어. 하지만 더는 할 수 없는 시험이었지.

그다음 도전자들은 나물을 섞는다거나 어쩐다거나 하는 식으로 머리를 썼지만 다 안 될 일이었어. 어떤 처녀 하나는 몰래 들여온 쌀을 썼어. 무슨 재주인가 싶으면서도 좋아라 하고 지내던 양반 부부 그 사실을 알고는 고민에 빠졌지. 쌀 석 되를 내주고 일곱 사람이 한 달을 살 방도를 찾아보라고 한 건 결국 그런 부정을 생각해보라고 한 꼴인 것 같거든. 이건 돈 내고 양반가와 혼인할 사람 찾는 것 아니냐고. 신부가 재산을 가지고 와서 신랑 뒷바라지해보시오. 우리는 그런 신부 찾소이다.

양반은 아무리 추워도 곁불도 안 쬔다고 하는데, 자식 혼사를 그렇게 치를 수는 없잖아. 큰집 형님이 혀를 찼다는 소리부터 해서 이리저리 들려오는 소리도 왜 없었겠어. 진작부터 아들은 말리던 일이었지. 부부는 이제 방을 내리려고 했어. 그런데, 이제 더는 도전에 나설 처녀도 없으리라 생각했는데, 새 도전자가 집을 찾아왔어. 물어보니 상민 집안의 외동딸이야. 늙은 부모를 모시고 산댔지.

방도가 있느냐니까 다소곳이 한번 맡겨봐 달라는 거야.

주저하다 양반은 눈 딱 감으며 마지막이다 생각하고 그 처녀에게 맡겨봤어. 안주인은 쌀을 내주면서도 기대를 하지 않아. 오래 애쓸 필요 없이, 안 되겠다 싶으면 얼른 말을 하고 물러나라고, 그게 모두 덜 망신당하는 거라고 했지. 그렇게 기대도 하지 않았는데…….

들어봐. 처음에는 영 이상해. 양반 부부가 보기에는 말이야. 앞선 도전자들도 다 실패했지만 그래도 아껴보려고 하긴 했단 말이야. 이 처녀는 영 이상하게도 아끼려고 하지를 않아. 한 끼에 쌀을 한 주먹씩만 해서 죽을 쑤어도 모자랄 판인데 한 되씩은 쓰는 듯 밥을 듬뿍 퍼 담아 상을 내는 것이 아니겠어?

처녀는 생글생글 웃으며 걱정하지 말고 잘 먹어야 한다고, 잘 먹어야 무엇이든 하지 않겠느냐고 하는 거야. 하인들이야 이게 웬일인가 싶어 좋아라고 했지. 물론 이 처녀는 제일 먼저 나가떨어지겠구나 하는 생각도 하면서 말이다. 쌀을 내준 안주인은 두어 숟가락 떠다가 괜히 아까운 쌀만 축내는구나 하고 투덜거렸지만, 체면 구기게 나서지 말라는 바깥주인 눈짓에 입을 다물었어.

하인들과 함께 밥상머리에 앉은 처녀도 한 그릇 가득 밥을 떠왔네. 그러게. 어쩌려고 이러나 몰라.

이 처녀 다음 때도, 또 그다음 때도 마찬가지야. 하루 지나자 쌀이 반 넘어 사라져버렸어. 바닥나는 건 이제 시간문제지. 그런데도 얼굴에 웃음기가 가시지 않은 이 처녀가 여종을 살짝 불러. 그러고서 이렇게 말해.

"내 말을 잘 들어라. 이 집안이 다시 일어나자면 이제부터 내 말을 잘 들어줘야 해. 이 집안이 살아야 너도 살 수 있을 것 아니냐. 지금 내 부모님 댁을 알려줄 테니 당장 다녀와야겠다. 내 어머니한테 동네 바느질감을 모아 달라고 하여라. 그리고 너는 그걸 가지고 오너라."

다른 처녀들이 시험받는 동안에는 죽만 먹느라 입이 절로 나오던 여종이었지.

그런데 오랜만에 밥도 배불리 먹어 여종은 기분이 좋았지. 일이 어떻게 돌아가든 기분이 좋았으니 군소리하지 않고 그 처녀의 명을 따랐지. 알려준 대로 처녀의 부모님을 찾아갔고, 반나절 지나서는 바느질감을 잔뜩 안고 돌아왔겠지. 미리 이야기가 돼 있었던 눈치야. 여종이 보니 처녀 바느질 솜씨도 보통이 아니지 뭐니. 쌀 아끼지 말고 밥상을 차리게 하고 자기는 밤늦게까지 바느질을 해. 이튿날에도 여종은 처녀의 부모님 댁으로 뛰듯이 다녀왔지. 바느질감을 안고서 말이야.

바느질감만 안고 왔겠니? 아, 삯도 받아와야지. 처녀는 여종에게 바느질삯으로 쌀도 사고 찬거리도 사게 해. 그러니 밥상은……

양반 부부는 이게 웬일이냐며, 드디어 무슨 부정을 저지르느냐 따지려 처녀를 불렀어.

여종이 먼저 나서 이러는 거야. 아씨가 바느질하여 받은 삯으로 제가 사온 것이니 부정한 것이 아니라고. 그래서 처녀의 바느질은 계속되었지. 식구들 모두에게 수북한 밥이 나오는 상도 계속되었지. 안주인이 이리저리 살펴봐도 몰래 가져오는 쌀이나 돈이 있는 게 아니야.

안주인은 바깥주인에게 하나하나 정탐한 걸 알리고 바깥주인은 안주인에게 이런 방법도 있었구려 하며 고개를 끄덕였지. 생각도 못 한 방법이었겠지.

우리라도 어찌 그런 방법 쉽게 생각해낼 수 있었겠어?

그러게 말이다. 처녀가 차린 밥상은 부지런히 일한 삯으로 차린 밥상이었지. 다른 처녀들은 아끼는 것만 생각했지 일해 돈을 모으는 건 생각 못 했지. 양반은 그동안 자기네가 그랬음을 깨달

앗지. 양반 신분에 일할 생각은 못 했지. 얼마 되지 않는 농토를 하인에게 일구게 했으니 날로 가세가 기울었던 거지. 툭 하면 입 쑥 나오는 하인들 데리고 농사지은들 얼마나 잘 지었겠니. 그런 일들을 떠올리면서 양반은 혼자 고개를 끄덕였어. 한편으로는 양반집 며느리가 아니라 상민 집 며느리를 얻겠다고 한 게 영 틀려먹은 생각은 아니었다고 자기를 두둔도 하면서 말이다.

하루는 밥상 물리고 양반은 그 처녀를 불렀어. 어떻게 아끼는 대신 일할 생각을 했는지를 물어보려고. 처녀는 나이 드신 제 부모를 보고 배웠다는 거야. 소작으로 시작하신 부모가 아끼려고만 해서야 어찌 재산을 모을 수 있었겠느냐고 반문을 하고는 그 자세한 과정을 이야기해주는 거야. 양반이라도 때로는 체면을 내려놓아야 할 때도 있다고도 했지.

듣다가 양반은 "됐어!" 하고 제 무릎을 쳤어. 그러곤 이렇게 덧붙였어.

"우리가 드디어 며느릿감을 찾았구나!"

일이 이렇게 되었으니 한 달을 다 채울 필요도 없지 뭐. 열흘인가 만에 그 집 며느리가 되었지.

많은 사람 축하받으며 그 처녀 혼례를 치렀지.

*

그렇지. 상민 처녀가 양반가 안주인이 된 이야기지.

그 처녀가 며느리가 되고부터 양반집 형편은 어떻게 되었겠니? 아, 이젠 굶을 걱정은 없지. 며느리가 부지런히 삯바느질하고 하인들도 열심히 일했으니까 밥은 먹을 수 있었지. 하지만, 며느리 혼자 힘으로 집안을 그 이상으로 일으켜 세우기는 어려운 노릇 아니겠느냐.

양반이 상민하고 결혼하는 일도 있냐고? 왜 없겠느냐. 사람 사는 세상에. 요즘에야 다 양반 행세한다고? 그렇다지. 큰 전쟁 뒤엔 세금 내고 군역 맡을 상민이 부족해 천민이 상민이 되는 길을 열어주기도 했다더라. 요즘에야 상민이 돈으로 양반 산 경우도 많지. 다 허울뿐이지만. 돈으로 살 수 있는 양반이면 돈으로 팔리기도 하는 게 양반 아니겠느냐. 팔리고 나면 저는 상민 되는 거고 또 팔리면 천민 되는 것 아니냐. 그 처녀는 돈으로 양반을 산 건 아니지. 살 궁리를 하고 있어서 양반이 된 거지. 살 방도가 없으면 양반도 상민 되고 천민이 된다니까. 그 처녀 허울뿐인 양반 며느리가 하고 싶지는 않을 거야. 양반다운 양반 며느리를 하고 싶었지.

그래서 며느리는 밥을 지으면서도 바느질을 하면서도 무슨 방도가 없을까 궁리했어. 늘 생글생글 웃으면서 말이다. 달리 뾰족

한 수가 나오지 않았는데, 하루는 무슨 수가 나올 듯도 한 거야. 그래서 될 수인가 안 될 수인가는 모르겠지만 일단 남편을 불렀어. 공부하던 남편을 불렀으니 제 요량으로는 괜찮다 싶기도 한 수였나봐. 이렇게 말문을 열었겠지. 서방님을 다시 부르고선 우리 집안이 계속 이러고만 있을 수는 없잖으냐, 무언가 수를 내봐야지 않느냐, 뭐 그런 말을 하는 거지. 그 말에 남편은, 당장이야 달리 무슨 수가 있겠느냐며 한숨을 내쉬어. 그러곤 이렇게 말해. 조금만 참아 달라고. 글공부 열심히 해볼 터이니. 실은 요즘 과거가 쉽지 않다는 생각도 자꾸 들고 그렇지만 그런 생각 누르고 열심히 책을 읽어보리라고.

여자는, 그러면 되지요, 해. 서방보고는 그렇게만 해 달래. 수는 제가 생각해보겠대. 그런데, 큰댁이 저렇게 큰 부자로 사니 한번 단단히 도움을 청해보는 건 어떻겠냐는 거야. 한밑천 마련해 주면 살림을 일으켜서 갚겠다고 해보라는 거야.

남편은 이맛살을 찌푸리며 고개를 내저어.

"당신이 아직 잘 몰라서 하는 소리요. 백부가 얼마나 인색한지 모른다오. 형제간의 우애 많이 강조하시지만 실제로는 그렇지 않아요. 자랄 때나 형제라는 말도 있잖소. 사실 세상이 다 그렇잖소. 큰댁이 별난 게 아니라. 여하튼 그동안 쌀말이라도 얻어오려면 온갖 싫은 소리 다 들어야 했답니다. 구차하게 방을 내다

붙였을 때도, 남부끄러운 일 벌였다고 하면서도 뭐 하나 도와주신 건 없잖소. 다 그렇다오. 한밑천 마련해 달라고 했다가는 구박만 당하고 쫓겨 오기 십상이에요. 그리고 그걸 누가 얘기한답니까? 연로하신 아버님께서 나서겠소, 공부하는 내가 나서겠소?"

그러자 여자가 고개를 끄덕여. 알아들었다는 뜻 같은데 엉뚱하게도 이런 말을 또 꺼내는 거야.

"그럼 한 가지만 부탁해요."

여자가 제 남편에게 한 부탁은 어디 가서 큰 구렁이 한 마리를 산 채로 구해 달라는 것이었어.

큰댁에 가서 궁색한 소리 하라는 건 아니지만 이것도 쉽잖은 일이잖아. 무슨 소용에 닿는 일인지도 알 수 없고. 하지만 남편은 그것마저 못 한다고 할 수는 없었거든. 이튿날 남편은 하인을 데리고 들로 나갔지. 쉽지 않아. 이튿날도 나갔어. 둘이서 산으로 들로 이리저리 들쑤시고 다니다 커다란 구렁이 한 마리를 잡긴 잡았네. 그래서 자루에 넣어 왔겠지.

그러자 아내는 곡식 창고에 자리를 마련해서 구렁이를 모셔.

정화수를 떠다놓는다, 촛불을 켜놓는다 하고선 두 손을 모아 빌면서 절도 해. 업구렁이라고 그런 게 있어. 업구렁이를 가신으로 모시는 것이었지. 남편은 썩 보기 좋지는 않았지만, 그동안

애쓴 모습도 생각나고 해서 뭐라고 하진 않고 방으로 들어갔지.
책을 봐야지.

　며칠 뒤가 그 집 주인 양반 생신날이었거든.

　며느리는 시집오면서 친정에서 얼마간 받아온 돈을 그때 처음
으로 풀어 잔칫상을 푸짐하게 차릴 준비를 하고는 큰댁 어른들
을 모셔오게 해. 시아버지는 형님 식구를 초청할 수 있게 된 것
만으로도 흡족해하는 듯했는데, 거창한 상이 준비되니 어리둥절
해했지. 큰댁 식구들이야 더했지. 형이 동생 집에 와보니 정말
뜻밖의 푸짐한 잔칫상이 떡하니 차려져 있잖아. 똑똑한 며느리
얻어 밥은 먹게 되었다는 소리야 들었지. 하지만 그새 이렇게까
지 집안이 일어섰을 줄이야 몰랐지.

　이게 다 웬일이냐고, 이게 다 웬 음식이냐고, 뭐 그런 소리가
큰댁 내외 입에서 절로 나왔겠지. 사정을 잘 모르면서도 동생 내
외는 싱글벙글하며, 다 새아기 덕이라고, 며느리 덕에 잔칫상까
지 크게 차릴 수 있게 됐다고 했겠지.

　잔치 분위기가 무르익던 때였어. 큰댁 어른이 곡식 창고에 들
어간 며느리를 봤거든. 촛불을 켜놓고 절을 하는 모습까지도 말
이야. 그 모습 유심히 봐놓았다가 동생네 며느리가 나왔을 때 불
러 물어보았다고. 어디다 대고 절을 한 것이냐고. 그랬더니, 며
느리가 망설이더니 이렇게 털어놓는 거야. 사실대로 말씀드리

겠다면서, 곳간에 업을 모셔놓았다는 거야.

"업?"

"업구렁이 말이옵니다."

동생네 며느리가 이어서 하는 소리는 깜짝 놀랄 소리였어. 자기가 시집올 때 꿈을 꿨는데, 큰댁에 있던 업구렁이가 자기네 집으로 들어오더라는 거야. 그러고는 마당에서 구렁이가 실제로 나타났다는 거야. 그래서 그때부터 치성을 드리며 정성껏 모시고 있다는 거야.

이때는 큰댁 안주인도 눈을 크게 뜨고 지켜보고 있었지.

큰댁 어른은 엄청난 일이 일어났구나 싶은 게 어찌해야 할지 모르겠고 머리까지 어질어질해. 제집에 있던 업이 동생 집으로 왔다면 큰일이었거든. 여태 제집이 떵떵거렸던 건 다 업구렁이 때문이었구나 싶었던 거지. 그리고 동생네가 거창한 잔치까지 하게 된 것도 업구렁이가 복을 옮겨주어서 그리된 것이겠구나 싶었던 거지.

더 오래 내버려두어서는 큰일이 나겠는 거야. 둘러보니 동생네는 한창 복이 솟아나는 중인 것 같아. 안 그러고서야 이런 거창한 잔칫상이 어디 가당한 일이겠느냐고.

큰댁 어른은 우선 헛기침을 하고 제 할 말을 했어.

"이보게, 아우. 우리 조카며느리 말이 사실이라면 저 업은 원래 내 집에 속한 것이네. 그러니 나한테 돌려주시게. 업은 함부로 가져갈 수 있는 게 아닐세."

"형님, 그거야, 원래 형님 거라면 돌려드려야지요. 그런데 어떻게……."

동생은 당황해 우선 그렇게 둘러대었어. 그때 며느리가 차분한 목소리로 이렇게 말해.

"큰아버님, 그건 어려운 일이 아닙니다. 하지만 스스로 나온 업을 그냥 가져가실 수는 없답니다. 큰아버님도 함부로 가져갈 수 없다고 말씀하셨잖습니까. 그랬다가는 큰 화를 당하게 되지요. 친정에서 들은 이야기로 저는 그렇게 알고 있습니다."

"그래, 알았다. 나도 어찌 신령을 내 마음대로 데려가겠느냐. 그동안 너희가 잘 받들었으니 공짜로 찾아가지는 않으마. 정성 껏 치성을 드려 두 집에 모두 피해가 없도록 하마. 그리고 우리 아우에게는 논이라도 몇 마지기 내놓음세. 논 열 마지기면 되겠는가? 아우, 어떤가?"

형님이 말했지. 어리벙벙해져 있던 동생은 입까지 벌리고 말았겠지.

어쨌든 이리되어 동생은 형제간의 우애를 강조하면서도 인색하던 형한테서 생각지도 못한 논 열 마지기를 얻게 된 거야. 그럼, 논 열 마지기면 대단하지. 논을 얻고 모든 식구가 기뻐하는데 며느리는 그러고만 있지 않아. 집안사람 모두 시켜 큰댁 자랑을 하고 다니게 하지 뭐겠어. 형님이 우애 깊고 인심 후해 논 열 마지기를 그냥 뚝 떼서 동생 주시네! 동생네 내외는 물론 하인 둘도 그러고 다녀. 동네에 소문이 돌아 이웃 마을 큰댁 어른 귀에도 들어갔겠는데, 그 사람이야 제가 진짜 우애 깊고 인심 후한 사람 된 기분이지 뭐. 기분 좋지. 남들한테 그런 소리 들어 싫을 사람 누가 있겠어. 괜히 나들이도 자주 하게 되고, 그때마다 가슴을 쫙 폈겠지. 동생이 은혜를 알긴 안다고 때로 속으로 중얼거리고, 동생이 상민 집안 며느리를 얻기를 잘했다고 만나는 사람에게 때로 칭찬도 하고 그래. 그랬다고.

그러니 형님네와 동생네 사이가 좋아졌겠지. 점점 더 말이다.

*

우원아, 너도 이제 무슨 이야기 하나가 생각났구나.

구렁이가 복을 가져오느냐고? 구렁이가 복을 가져오기도 하지. 집안에 재산을 늘려준다는 구렁이가 업구렁이 아니냐. 징그러운데 그게 어떻게 복을 가져오느냐고?

나도 모르겠다. 그런데 무슨 이야기니? 무슨 이야기가 생각났기에 그러니? 구렁이가 나오는 이야기라면, 까치 잡아먹으려던 구렁이를 어떤 선비가 활로 쏘아 죽이면서 어찌어찌 되는 그 이 야기니? 무슨 이야기인지 얼른 생각이 안 나네. 셋째 딸이 나온 다고? 구렁이가 나오고 셋째 딸이 나오고, 둘이 결혼한다고? 그 럼 그건, 알겠다. 내가 해준 이야기는 아닌 것 같은데, 누구한테 들었니? 안방 왕할머니한테 들었겠구나. 그래 어릴 적에 그 할 머니한테 들었겠구나. 너희 왕할머니는 아주 오래된 이야기 많 이 아시지. 옛날 옛적이래도 까마득한 시절 이야기 많이 아시더 라.

그 구렁이는 업구렁이는 아니지. 뭐 그렇다고 까치 잡아먹으 려던 무시무시한 구렁이도 아니고. 나그네에게 복수하려던 요 사스러운 구렁이도 아니고. 어떤 할미가 낳은 구렁이 아니더냐.

그 구렁이는 옛날 옛적 어떤 할미가 낳은 구렁이지. 할미의 자 식이었지. 혼자 살던 할미가 뒤늦게 자식이 있었으면 하는 생각 을 했다지. 하게 되었다지. 그래서는 치성을 드리는데, 드디어 배가 불러오고, 드디어 몸을 풀어 낳았는데, 보니 구렁이더라 이 이야기이지 않느냐. 제 자식이지만 구렁이니까 징그러웠던가보 다. 뒤란 어디랬나 굴뚝 밑 어디랬나. 삿갓으로 덮어놓고 키웠더 랬지. 남들 보면 놀랄까봐. 그런데 이웃집 셋째 딸은 징그러워하 지 않고 신랑감으로 삼아 결혼하잖느냐. 제 자식이지만 할미도 함부로 남 앞에 내세우지 못했는데, 그 셋째 딸이 무서워하지도 징그러워하지도 않았고, 나중에 혼례를 올렸지. 구렁이 신랑하고 사람 신부하고 결혼하는 게 어찌 말이 되겠느냐. 하지만, 그건 다 옛날, 옛날이래도 무지하게 오랜 옛날 옛적이니 그랬는가 보다 해야지 뭐. 할미가 혼자서 자식 낳은 것도 다 옛날 옛적, 무지하게 오랜 옛날 옛적이니까 그랬는가보다 해야지 뭐. 할머니한테 들을 때는 그런 것 따지지 않고 들었겠지. 그때는 너희가 어렸으니까. 지금보다야 어렸으니까.

나는 그 이야기가 있다는 건 알겠는데, 뒤가 어떻게 풀려 가는지는 모르겠다. 할머니한테 들으면 좋으련만, 기억이 가물가물해 제대로 하실 수 있을지 모르겠구나. 기억 돌아왔을 때 딱 찾아가서 들려 달라고 해봐라. 아, 지금 말고.

원아, 우원아…….

＊

뭐라고? 그걸 다 기억하시더라고?

구렁이 신랑하고 이웃집 셋째 딸이 혼례를 올리고 잘 살았다더냐. 그래, 그랬겠지. 아, 혼례를 올릴 때 허물을 싹 벗어 버리고 사람이 되었구나. 영영 구렁이인 신랑하고야 어찌 살았겠느냐. 사람이 되었구나. 그랬어.

혼례를 올리고, 멀끔한 장부이니 남들 부러움 사며 살았겠는데, 어쩌다가 집을 나가느냐. 바람이 나서 집을 나간 게 아니라, 과거를 보러 가거나 뭐 그런 일로 집을 나갔겠지. 그때는 아주 까마득하게 먼 옛날이니 과거는 아니고, 그때도 무슨 일이 있었겠지 않느냐. 그래서 나갔겠지. 그랬는데, 나가면서 제가 벗은 허물을 잘 지키라고 신신당부를 해놓았는데도 그게 탈이었구나. 첫째 딸, 둘째 딸이 보여 달라고 하고 징그럽다며 기어이 불태워버렸구나. 그래, 그래서 그 길로, 제 허물 타는 냄새를 맡고서는 집으로 돌아오지 않았구나. 어디서 딴살림을 차려 살았다고? 못 돌아갈 곳이라 생각하고 이제 다른 곳에서 살기 시작했구나.

그것도 모르고, 셋째 딸은 제 신랑 찾아 길을 나섰던 게지. 별별 고생을 다해 신랑을 찾아갔더니, 남 밭도 매주고 빨래도 해주고 하면서 어찌어찌 찾아갔는데 구렁이 신랑은 다른 여자 신랑이 떡하니 되어 살고 있구나. 뭐라고? 호랑이눈썹을 찾아오라고 했다고? 신랑이 호랑이눈썹을 찾아오는 사람과 살겠다고 해서 대결이 펼쳐졌구나. 호랑이눈썹을 구해오라고 한 건 어려운 과제를 해결하는 사람을 진짜 아내로 삼겠다는 뜻이겠지. 무시무시한 호랑이를 찾아가는 것도 힘든데, 눈썹까지 뽑아오라니 얼마나 힘든 시험이냐.

호랑이눈썹에 달리 무슨 뜻이 담겼는지는 모르겠다. 나도 모르겠다. 할머니는 뭐라고 하시더냐? 그래, 할머니는 술술 이야기하시지. 그런 것 하나하나 따지지 않으시고. 자꾸 새겨보다 보면 뜻이 풀릴지도 모르지. 다른 이야기를 하고 듣다 보면 풀리기도하지. 그래서?

기어이 호랑이눈썹을 구해온 셋째 딸이 진짜 아내가 된다고? 그래서 둘이서 행복하게 잘 살았더라는 이야기, 그런 이야기구나.

우리 우원이도 기어이 이야기 하나 했네. 장하다.

너희 왕할머니도 대단하시다. 안방에 누워서도 바깥일을 다아시는 듯도 해. 그 이야기를 아직도 다 기억하시는구나. 보면 분명히 정신이 가물가물한데도 기억을 한다고. 그런 건······.

그런 건 너희 할머니보다도 뛰어나시다. 너희 어미보다도 뛰어나고말고.

추석 지내고 보름도 더 됐다만 날이 좋아 감나무 아래 평상에 이렇게 앉아, 다들 이야기 하나씩 돌아가며 하는 것도 재미가 쏠쏠하구나.

그렇구나.

*

우리 이야기는 어디까지 갔느냐? 그래, 우일아, 업구렁이가 어디 갔느냐?

구렁이 담 넘어가듯 한다는 말처럼 어디 내빼버리고 없느냐? 그렇지. 그래. 업구렁이는 벌써 큰댁으로 갔구나. 소중한 신령으로 모시고 갔지. 그 값으로 논 열 마지기를 주고서. 동생네에 논 열 마지기를 떼어주고서 말이다. 그 뒤에 며느리는 식구들이 큰댁 칭찬을 하고 다니게 했어. 소문이 돌아 큰댁 어른 귀에도 들어갔지. 큰댁에서는 기분이 좋아져서 우쭐거렸다지. 동생네가 은혜를 안다고 좋아했다지. 그러니 형네와 동생네 사이가 좋을 수밖에. 두 집이 점점 사이가 좋아졌지. 그러고 끝났느냐 하면, 여기서 끝나도 좋지. 하지만 한 대목이 더 남았어.

며느리는 큰댁에서 받은 열 마지기 논으로 힘껏 농사를 지었단 말이야. 하인들 데리고 남들보다 부지런히 움직이며 곱절의 정성을 들여. 그러니 소출이야 많지. 많을 수밖에 없지. 조금씩 재산을 불려나갈 수 있었지. 몇 년 지나지 않아 열 마지기 외에 따로 서른 마지기나 되는 논을 장만했어. 어느새 부자라는 소리를 들을 정도가 되었다, 이 말이야.

하루는 며느리가 큰댁 식구들을 초대했어. 초대해서는 성대하게 대접을 했거든. 음식을 맛나게 먹고, 술도 몇 잔씩 한 뒤 형과 동생이 이런저런 이야기를 할 때였어. 며느리가 다가오더니 큰댁 어른에게 이렇게 말하는 거야. 큰 죄를 지었다고. 예의범절 어긋나게 사람 맞이한 것도 아니고 음식이 잘못된 것도 아니었으니 무슨 소리인가 싶지. 큰댁 어른만 아니라 모두가 며느리를 쳐다봐. 무슨 말을 하려나 싶어 지켜봐. 업구렁이 이야기를 하네. 벌써 몇 년도 더 된 그 업구렁이 이야기를. 그때 다 꾸며낸 것이라네. 큰댁 어른은 놀라는 눈치야. 동생네 식구들도 놀라기는 마찬가지지.

"어떻게든 집안을 일으켜 보려고 한 일이었습니다. 어쨌든 큰아버님을 속였습니다. 오늘 초대하여 대접한 것은 사죄의 말씀도 올리고 또 어떤 질책이라도 달게 받기 위해서입니다."

"무슨 말인지 도통 모르겠구나. 아니, 모를 것도 없다만, 너무 놀라 무슨 말부터 해야 할지……."

큰댁 어른이야 그러지만, 며느리는 차분하게 제 말을 해. 다 준비된 말이지.

"덕분에 우리도 살 만해졌습니다. 그때 빌렸던 논 열 마지기를 돌려드리려 합니다. 한시도 그냥 받았다고 생각하지 않습니다. 식구들 모두 돌려드려야 할 것으로 기억하고 있었습니다."

이런 것까지는 의논이 없었던 식구들은 놀라면서도 같은 생각이었다는 듯 모두 고개를 끄덕였지. 어안이 벙벙해진 채 큰댁 어른이 두리번두리번 살피더니 이내 웃음을 터뜨려. 그러고는 말하는 거야.

"아니다. 그 땅 임자는 너희다. 우리 집도 그 사이에 재산이 많이 늘었느니라. 하나 아까울 것 없다. 그냥 두어라. 나는 지금도 업구렁이 때문이라고 굳게 믿고 있다. 그러니 그 이야기는 더 하지 말도록 하자."

큰댁 어른이 그 소리를 하는 동안 식구들 입은 절로 벌어졌지. 얼굴도 환해지고 그랬겠지. 며느리는 늦지 않게 한마디 했어. 큰아버님 은혜가 바다와 같이 넓고 깊다고.

그러자 큰댁 어른이 동생 바라보며 뭐라고 말했느냐 하면, 이랬지.

"우리 가문에 복덩이가 들어왔네! 복덩이가!"

동생이야 고개를 끄덕이지. 두 눈에는 눈물이 글썽글썽해져서 말이야.

그 후 형제는 더욱 의좋게 지냈겠지. 큰 부자로 오래오래 잘 살았겠지. 뭐 이렇게 끝내도 좋다만, 아쉬운 건 없니? 이야기 끝에 뭐가 하나쯤 더 붙어야 하겠니? 공부하던 아들이 있잖느냐. 동생네 아들 말이다. 공부를 왜 했겠느냐? 그래, 과거 보려고 했겠지?

공부하던 아들이 과거에 급제했다니까. 높은 관직에 나아갔다니까. 그래서 가문의 영예를 널리 떨칠 수 있지 않았겠느냐.

*

우리 일이도 글공부해서 과거를 볼 때가 있겠지.

너희 어미는 그때를 기다린다. 멀지 않았어. 재산 넉넉하지 않고 벼슬 끊긴 지도 한참이다. 물론 먹고야 살지. 하지만 넉넉하다고는 할 수 없다. 예전만 못하단 소리 늘 하시지 않느냐. 너희 할아버지 너희 할머니 모두. 너희가 이제 남씨, 영양 남씨 이 집안을 일으켜 세워야지.

벼슬도 없고 땅도 없으면 양반이라고 할 수 없다. 심보야 당연히 발라야지. 너희 외가야 몰락한 양반이지. 이제는 양반 소리 듣기도 어려운 신세가 되어버렸다만. 너희 할머니야 수시로 험담하겠지. 외가는 양반네 아니라고. 그 말 곧이듣지 마라. 그럼 너희 어미와 너희 아비 어찌 혼례를 했겠느냐. 생판 상놈 집안이었으면 늘 양반이네 주장하고 족보 뒤적이는 너희 할아버지가 왜 혼사를 알아봤겠느냐. 지금 산골에 농사꾼으로 살기야 살지. 그리된 건 진작이었지. 그리된 건 저 옛날에, 나도 들은 얘기다만, 저 윗대 할아버지 친척분이 역모 사건에 연루되면서 혹시 화가 미칠지도 모른다 싶어서 숨어들어가 살면서 그리된 게야.

　양반네 표시 내지 않고 산골 농사꾼으로 살아왔다. 멸문지화 당해서는 안 되니 말이다. 심보야 다 바르지. 이미 세상 뜬 너희 외할아버지도, 너희 외삼촌도 심보는 다 바르지. 외삼촌이야 공부를 좀 하기는 했지만 산골에서 해본들 얼마나 오래 할 수가 있었겠느냐.

　그런데 우리 우일이 너는 공부를 할 수 있잖느냐. 이 어미는 과거 보는 그날까지 아무 걱정 없이 공부할 수 있도록 힘을 쓸 거다. 너는 공부만 하여라.

　나라 꼴이 걱정이긴 하다. 듣도 보도 못한 먼 나라에서 배를 타고 찾아와 나라 문을 열라고 한다잖느냐. 중신들은 개화해야 나라를 살린다느니 쇄국해야 살린다느니 한다잖느냐. 떠돌아다니는 백성 많아지면 민란이 나는 법인데 어쩌려나 모르겠다. 전라도나 충청도에서는 벌써 크게 들고 일어났다지.

　병은 또 왜 이리 돈단 말이냐. 호열자에 장질부사에 난리가 따로 없구나. 이러다 과거도 못 볼 일이 생기려나 어쩌려나. 그래도 너는…….

　원이는, 우리 우원이는 좋은 신랑 만나야지.

　제대로 된 신랑을 만나야 한평생 걱정 없고 보람되게 세상 사는 거지. 좀 전에 원이가 한 이야기에서, 이웃집 첫째 딸이나 둘째 딸과는 달리 셋째 딸은, 그 아이는 징그러운 구렁이가 훤칠한 장부이고 걸출한 선비인 것을 알아봤지 않느냐. 그런데 호랑이 눈썹이…….

뭐라고?

그게 그럼 사람 심보를 꿰뚫어보는 물건이냐?

구렁이 허물 뒤집어썼어도 그 안에는 신랑감 들어앉은 걸 알아볼 수 있는 눈이더란 말인 게지. 일아, 원아. 그렇지?

그렇구나.

씨름이 끝난 뒤

해 있을 때 당도하기는 어렵겠구나. 좀 멀어야지.

그동안에도 친정 가는 길이 쉽지 않았다. 그래서 좀체 나서지를 못 했지. 집안 잔치 있다는 것 듣기만 하고 다 그냥 넘겼잖아.

그랬잖느냐. 멀어도 좀 멀어야지. 그리고 너희 아버지가 먼저 나서서 가자고 하는 적도 없고 하니 그랬던 거지 뭐. 다들 근동 사람하고 혼인했는데, 나만 대처 사람인 너희 아버지하고 혼인해서 이리된 거지 뭐. 산골 살던 너희 외할아버지는 어쩌자고 나를 그 먼 데다 시집보냈는지 몰라.

*

봐라. 너희 아버지 벌써 저렇게 앞서 간다. 내빼듯이 말이다.

하루 이틀이 아니다. 너희 외할아버지 첫딸을 어떤 사람한테 보냈는지 아시긴 아시나 몰라. 장인이나 사위나 서로 보기를 몇 번 했겠어. 혼사 때 보고 그걸로 끝인 셈이지.

그땐 다 그랬다지만, 다 그런 것도 아니지. 누구는 봐라. 처가 일에 너희 아버지가 누구처럼 손발 걷어붙이고 나서는 위인도 아니었고, 그렇다고 무슨 마음만이라도 제대로 표시할 줄 아는 사람도 아니었고, 그저 덤덤하게 지내왔으니. 첫딸이라지만 나는 친정에 면목이 없지 뭐. 너희 이모들이 제대로 딸 노릇 했지 나야 하나도 못 했다. 이번에 제사에 가는 게 도대체 얼마 만이냐. 너희 외할머니 살아 있을 때 가보는 걸로는 마지막일지도 모른다.

너희야 처음 아니냐. 어릴 때, 어릴 때 내가 하나는 업고 하나는 손에 잡고 갔던 적이 있는데, 그때 너희 외할아버지가 너희를 얼마나 귀여워했는지 모른다. 뭐 말이야 별스럽게 한 건 아니지만, 얼굴빛이 다 환해지고 입이 절로 벌어지고 하셨지. 원이 네가 발걸음을 떼놓을 때마다 고개를 끄덕거리면서 어쩔 줄 몰라 하셨다. 그때가 어째 어제같이 떠오르는구나. 너희야 어디 기억이라도 하겠니. 이번이 다 처음인 셈이다. 더구나 이렇게 뭐라도 사 들고 가는 건. 대처 산다면서도 뭐 하나 반듯하게 사 들고 가는 건.

그런데 일이 틀어져버리니 어쩌겠느냐. 새벽같이 나섰으니 분명히 서둔다고 서둘렀다. 그런데도 꼼짝 못 하고 붙들려 있었으니, 반나절 가까이 그렇게 붙들려 있었으니 해 있을 때 당도하기는 글렀다. 벌써 글렀지.

*

이러다 정말로 난리가 나는 게 아닌지 모르겠다.

어지간한 일이었으면 사람들을 그렇게 붙들어놓고 조사를 한다느니 어쩐다느니 했겠니. 아무래도 난리가 나려나 보다. 아니, 다른 데서는 벌써 난리라지. 난리가 났다지.

그래, 관청엘 들이닥쳐 불을 지르고 했다니, 난리가 난 거지. 벌써 난리가 났지. 고부 땅에 군수로 부임한 조 아무개가 뇌물로 바친 게 몇천 냥이래. 군수 벼슬을 몇천 냥에 따내곤 할 일이 뭐겠어. 뇌물로 쓴 돈 되찾으려고 이젠 백성을 쥐어짜는 거지. 농민들에게 터무니없는 죄를 씌워 풀어주는 대가로 재물을 빼앗는다잖아. 그뿐이 아닌가봐. 농민들에게 물세를 걸었다지. 농수를 모아놓는 보를 고친답시고 농사일로 바쁜 농민들 동원해 멀쩡한 보가 있는데도 다시 보를 쌓게 하고는 그때부터 물세를 징수했다지. 제 아비 공덕비 세운다고 또 돈 갈취하고. 나라님은 어쩌자고 그런 자를 군수로 세워서 이 난리를 몰고왔는지 원. 대표로 전 아무개라는 사람이 진정했는데, 고부 땅 군수인 조 아무개가 매를 쳐서 죽였다지 않느냐. 죽은 사람 아들이 가만있을까. 그러고서 난리가 난 거지. 사단이 어떻게 되는지 벌써 소문으로 다 들려왔나보다. 난리 소식까지 아는 사람은 다 아나 봐. 제발 여기까지는 난리가 들이닥치지 말아야 하는데, 어쩌려나 모르겠다. 너희 외삼촌 엉뚱하게 휩쓸리지 않았을까, 그게 딱 걱정이다.

친정에서 소식이 왔다기에, 나는 너희 외할머니가 어찌 되었나, 병환을 얻었다거나, 아니 나이가 많으니 혹시나 세상 떴다는 소식일지도 모른다고까지 생각했다. 숨을 일부러 차분히 내쉬고, 뭔 소식이냐고 하고 들었다. 그런데 엉뚱하게도 너희 외삼촌이 사라져버렸단다.

도대체 무슨 소린지 알아듣지를 못하겠더라. 아직도 뭔 소린지 모르겠다. 멀쩡한 너희 외삼촌이 사라지다니 뭔 소리냐 말이다. 그리고 올케는 어쩌자고 그 소식을 한참이나 지나 전하느냐고.

*

추석 다 지나고 이제야 말이다.

추석 전에 알려줬으면 좀 좋아. 추석 지내놓고 바로 나 혼자서 조용히 다녀왔으면 되었을 텐데, 그랬으면 일이 이렇게 시끄럽지 않고 좋았을 텐데. 한여름 더위가 한풀 꺾였다 싶을 때 너희 외삼촌 이미 사라졌다지 않느냐.

그래도 한창 농사철인데. 농사꾼이, 농사꾼이 말이다. 아마 벼에 꽃이 필 무렵이었을 거다. 벼도 꽃이 피고말고. 이삭 나오는 게, 그게 벼꽃 피는 거지. 논 주인이 아침 먹고 한 바퀴 휘 둘러보고 돌아오면 그때부터 점심때까지. 딱 그때 피지. 우리가 먹는 밥의 쌀 한 톨도 다 그렇게 벼꽃이 피고 알이 차 여물어 된 것 아니니. 철따라 물 대고 물 빼고 그것만 해도 여간 손이 많이 가는 게 아니지. 그런데 어디 유람을 가겠느냐.

너희 외삼촌이 노름판 찾아 떠날 일도 없지. 무슨 여자하고 바람이 나 혼적 없이 도망질했을 리는 더더구나 없다. 그렇다고 그 동네가 무슨 큰 강이 있어 물에 휩쓸릴 리도 없는데, 그럼 어떻게 된 건지 나는 도통 모르겠다. 땅으로 꺼진 것도 아니고 하늘로 솟구친 것도 아니고 사람이 어디로 사라졌단 말인지.

산짐승이 물어갔느냐고? 마을 뒤로 병풍처럼 산이 높다랗게 둘러싸고 있으니 산짐승이야 많지. 하지만 산으로 나무하러 다닌 게 하루 이틀이겠니. 웬만한 산짐승이야 다 사람 피하지, 사람한테 달려들 짐승이 어디 흔하겠니. 범이면 모를까. 범이라도 강단 있게 버티고 서서 지게막대기 휘두르면 어쩌지 못한다.

한밤에 뭘 마주쳐도 겁내지 않고 다 물리칠 분이었다, 너희 외할아버지가. 너희 외삼촌도 그 강단은 고스란히 물려받았어. 그러니……

*

하루는 장에 갔다가, 너희 외할아버지가 술을 한잔 먹었다.

느지막이 집으로 돌아오는 길이었나보다. 우원아, 너희 외할아버지가 하루는 장에 갔다가 술을 자셨다고. 술을 자셨으니, 친구를 만나거나 했겠지, 그래서 서로 술잔을 권하고 하다가 늦었다고. 오늘 같은 날이었겠지. 바람도 이렇게 불고. 아, 바로 이맘때였겠다. 그때가, 그때가…….

해도 떨어지고 나서 주막을 나섰을 거야. 그때가 너희 외삼촌이 아직 세상에 태어나지 않았을 때니까, 너희 외삼촌이 외할머니 뱃속에 있을 때였으니까, 초겨울 찬바람 불 때는 아니고, 딱 이맘때, 추석 지나고 다시 만월이, 만월 비슷한 것이 뜰 때였지. 나는 그때, 첫딸이었으니까, 너희 외삼촌보다 아홉 살이 많으니까, 딱 아홉 살이었겠네. 내가 아홉 살 적에 너희 외할아버지가 하루는 장에 갔다가 술을 마시고 늦게 되었다고. 그때 너희 외할 아버지가 죽다가 살아난 일을 겪었다고. 강단 없는 사람이었으면 죽었겠지. 혼이 빠지기라도 했겠지. 그런데 너희 외할아버지는 아무렇지도 않게 집으로 돌아왔다니까. 많이 늦어서야 돌아오긴 했지. 새벽녘이나 되어서야 돌아오긴 했지. 너희 외삼촌도 강단이 있으니까 돌아오겠지. 사람이 흔적도 없이 사라질 순 없는 일이잖아. 제 발로 나갔으면 제 발로 돌아올 수 있는 것이지.

일아, 우일아! 너희 아버지 좀 붙잡아라!

……저 양반 혼자서 엉뚱한 길로 간다.

*

우일아, 너희 외할아버지가 하루는 장에 갔다가 술을 자셨다고.

술을 자시다가, 친구를 만나거나 했겠지. 어쩌면 친구를 만나 술을 자시게 되었거나 했겠지. 어쨌든 그래서 둘이서, 어쩌면 셋이서 서로 술잔을 권하고 하다가 늦었다고. 오늘 같은 날이었다. 그래, 딱 오늘 같은 날…….

해도 떨어지고 나서 주막을 나섰을 거야. 장터에 있는 주막인지 어떤지는 모르겠다만. 장터 주막이기가 십상이겠구나. 그건 그렇고, 외가에 가려면 마지막에 고개를 하나 넘어야 하잖아. 장터에서 집까지야 멀지. 너희 사는 대처에서 너희 외가까지 만큼이야 안 되지만. 멀지. 가깝지는 않지. 술이야 취했지만 거기까지 너희 외할아버지가 아무 일 없이 잘 오셨다고. 고갯마루까지는.

그런데 그때는 밤이었지. 해 떨어지고도 한참이 지난 밤이었지. 달은 떠 있었는데 그날은 구름이 많았나봐. 환하진 않았나봐. 그래도 너희 외할아버지 무섬증 없이 고갯마루까지 올라섰는데, 한숨도 돌리고 계속 가려는데, 부르는 소리가 딱 들리지 뭐겠어. "어이, 여보슈. 나 좀 보고 가슈" 하고 부르는 소리가 들리는데, 너희 외할아버지 술이 확 깨셨겠지.

"나 말이우?" 하고 되돌아보니 큰 나무 밑에 웬 사람 그림자가 하나 서 있지 뭐겠어. 지나올 때 못 봤는데, 나무 뒤에나 숨어 있다가 나타난 건지 뭔지.

*

그 밤에 너희 외할아버지를 불러 세운 사람이 누구냐고?

안 그래도 너희 외할아버지도 누군가 싶어 물어봤더래. "누구시오? 우리 동네 분은 아닌 것 같은데" 하고 얼굴을 살펴보려는데, 나무 그림자에 묻혀 뭘 제대로 알아볼 수가 없더래. 그 고갯마루에는 큰 밤나무 한 그루가 서 있거든.

너희 외할아버지 술이 확 깼다고 했지만 마신 술이 있는데 어질어질하셨을 거야.

그 사람과 뭐라고뭐라고 말을 주고받았대. 서로 김 서방이라는 것 겨우 확인했다니, 술이 다 깬 건 아니지. 아니, 그때쯤에는 술기운이 잔뜩 올라왔을 때일 거다. 그러니, 그냥 섬뜩해서 긴장을 확 했다, 이 말인 거지. 심장이 덜컥 내려앉고 오줌을 지리거나 한 것은 아니지만, 긴장은 되지. 누군지 모를 사람을 한밤 고갯마루에서 만났으니. 무서운 건 사람이라니까. 무서운 건 사람이야. 그렇지 않느냐.

기억도 못 할 말 더 주고받다가 문득 정신 차려보니 그 사람이 이러더라는 거야.

"그 장에서 사 온 고기 좀 내놓고 가시우."

*

사정해도 내놓을까 말까인데 명령조라니까.

너희 외할아버지 한 근쯤 고기를 툭 떼어주지 못할 바도 아니었대. 하지만 산적인지 뭔지 모를 부랑패가 고기 얼마 뺏자고 밤이슬 맞으며 고갯마루를 지켰겠느냐 싶으면서 호락호락하게 보여선 안 되겠더라는 거야. 여차하면 다 뺏길 일이잖아. 목숨까지도.

"한 해에 몇 번 못 사먹는 고기요. 식구들을 위해 산 것이라 이번에는 줄 수 없소이다. 다른 날 봅시다."

너희 할아버지는 그러고서 주먹다짐이 시작될지 모른다고 생각해 어깨에 힘을 잔뜩 주었다지. 그런데 그자가 이런다지 뭐겠어.

"김 서방이 힘깨나 써 보이는데 나하고 씨름 한판 합시다. 그래서, 씨름해서 지면 나한테 고기를 다 주시오. 나도 늦은 밤까지 기다렸으니 그만한 기회는 얻어야 되겠수."

상대는 빙글빙글 웃는 것도 같더래. 술에 취했지만 상대가 그렇게 나오니 너희 외할아버지도 호기를 부렸지.

"그럽시다! 그런데 씨름은 단판이요 삼세판이요?"

그쪽에서는 좋을 대로 하라네. 너희 외할아버지는 이번에도 호기를 부려, 그럼 그냥 단판으로 빨리 끝내자고 했지.

*

단판승부이니 어쨌든 일이 곧 끝나려니 싶었어.

348

씨름에 져서 고기를 내놓는다면 빼앗긴 기분도 아닐 것도 같더래. 왠지 기분도 좋더래. 다 술기운 탓이겠지, 술기운. 사내들이 술을 마시면 그렇게 된다잖아.

그자가 씨름을 하자고 해놓고서 칼이라도 빼드는 건 아닌가 싶었는데 그런 일도 없었고 말이야. 너희 외할아버지는 오랜만에 힘 써보게 되었다고 잔뜩 신이 나기까지 했는지도 몰라. 다 술기운 때문이었겠지만. 그런데 그 단판승부가 좀체 나지 않지 뭐겠어. 허리춤을 잡을 때 상대가 헐렁하다고 생각했는데 두어 번 힘을 써보곤 곧 생각을 고쳐먹었어. 내내 빙글빙글 웃는 것 같은 것이 상대는 여유를 부리고 있었어. 너희 외할아버지는 단단히 마음을 먹었어. 그리고 무슨 일이 있어도 이기고 말겠다고 다짐을 했지.

그때 너희 외할아버지는 식구들을 생각했대. 이 싸움은 소고기 두어 근 놓고 벌이는 싸움 정도가 아니다. 여기서 져버리면 목숨을 내놓으라는 소리를 듣게 될지도 모른다. 식구들 앞날까지 달린 싸움이다, 뭐 그런 생각을 무심결에 하게 되더래. 한밤에 고갯마루에서 씨름을 청해온 그자의 정체가 무엇인지도 모르면서 너희 외할아버지는 그런 생각을 했더래. 어쩌면 그때부터 상대가 그냥 예사 사람이 아니란 직감이 있었는지도 모르지.

그럼 그게 뭐였느냐고?

그 밤에는 너희 외할아버지도 그자의 정체를 알 수 없었다. 밤
새도록 씨름을 하게 되었고 새벽녘에야 간신히 그자를 쓰러뜨릴
수 있었는데, 그러고는 곧장 허리띠로 나무에 묶어놓고 집으로
돌아왔는데, 그때까지도 너희 외할아버지는 그자의 정체를 몰랐
어.

땀에 흠뻑 젖어서, 어깨를 맞대고 빙글빙글 돌다가 드디어 으
라차차 힘을 쏟아내곤, 또 숨을 몰아쉬며 한참을 쉬다가 다시 으
라차차 힘을 쓰고, 뭐 그러기를 밤새 한 거야. 밤새도록. 그자도
대단했지만, 너희 외할아버지도 대단했지. 그자도 너희 외할아
버지 같은 사람을 맞닥뜨리게 될 줄은 몰랐겠지. 몰랐으니 시비
를 걸었겠지. 처음엔 여유도 부렸지만 만만한 상대가 아니라는
걸 알고는 온갖 기술을 부렸을 거야. 그런데 그때는 이미 너희
외할아버지가 스스로 지어낸 생각을 바위처럼 무겁게 느끼며 맞
서고 있었지. 너희 외할아버지는 언제인가부터는 이 씨름에서
이기고 나면 뭘 얻게 될 것인지에 대해서도 혼자 정하고 또 그대
로 믿게 되더래. 너희 외할아버지는 언제인가부터 그때 너희 외
할머니 뱃속에 있던 너희 외삼촌을 생각했다지. 세 딸뿐만 아니

라 아직 태어나지 않은 자식까지. 아들인지 딸인지도 몰랐지만, 여하튼 귀한 생명을 자신이 지킨다고 생각하며 온 힘을 다했대.

그러고는 자신이 이기면 태어날 자식이 대단한 일을 할 사람이 될 것으로 믿은 거지. 혼자. 자신이 져버리면 자식도 그냥 산골 농사꾼으로 한평생 살고 갈 일밖에 없다는 생각을 했다는 거지. 누가 뭐래서가 아니라, 혼자. 몇 대 선대에 몰락하다시피 해서 그 골짜기에 들어와 살게 된 이래 아무것도 바뀌지 않은 산골 농사꾼의 삶을 살다가 나뭇잎처럼 바람에 날려갈 거라고 생각했더래.

뒷날에야 그 이야기를 해. 너희 외삼촌한테.

그날 그랬다고. 당장은 아니고, 너희 외삼촌 태어나 한참이나 자라, 너희만 할 때인가 언제인가.

너희 외할아버지가 좀 더 오래 사시고, 너희도 외할아버지한테 직접 그 씨름 이야기를 들을 수 있었으면 참 좋았을 텐데…….

*

"씨름을 하자는 놈이 있어서……."

너희 외할아버지는 그렇게 한마디 하고선 푹 고꾸라져서 잠들어버리더래.

밤새 너희 외할아버지가 돌아오지 않아 걱정하던 너희 외할머니는 뭔 일인지 모르지만 돌아왔으니 다행이다 싶어서 그냥 밖으로 나가, 마침 구름 사이로 나온 달 보고 두 손 모아 고맙다고, 고맙다고 인사나 했대.

너희 외할아버지와 밤새 씨름을 한 그자의 정체가 뭔지 우리 식구들 가운데 제일 먼저 알게 된 건 바로 나였다. 너희 엄마. 어떻게 된 일인가 하면, 너희 외할머니가 한숨 자고 난 너희 외할아버지에게 무슨 일이 있었는지를 물었고, 그랬더니 너희 외할아버지는 어떤 사람이 씨름을 하자고 시비를 걸기에 밤새 겨루다 새벽녘에야 이겨서 나무에 묶어놓고 왔다고 대답하지 뭐겠어.

"이겼으면 됐지. 어쩌자고 묶어놓기까지 했수."

거듭 밤새 씨름을 했고 그자를 고갯마루 큰 밤나무에 묶어놓았다는 소리를 듣고서 너희 외할머니는 동네 사람을 불렀어. 질수 없는 씨름이었고, 너희 외할아버지 온 힘을 다 쏟은 씨름 한판이었고, 마침내 너희 외할아버지가 이긴 씨름이었지. 새벽이 되어 으라차차 소리와 함께 상대를 번쩍 들어 올렸을 때, 순간적으로 너희 외할아버지는 고갯마루의 나무를 뽑아든 느낌이었대. 아니, 아예 산 하나를 뽑아든 느낌이더래. 그리고 모든 게 끝낯지. 밤새 이어진 씨름이 승부가 났지. 상대가 땅에 떨어지고, 너희 외할아버지도 털썩 주저앉았다가 땅바닥에 길게 누웠더래.

한참이나 숨을 몰아쉬며 하늘을 올려봤겠지. 그러곤 너희 외할아버지는 일어나 그때까지 바닥에 누워 있던 자를 달랑 들어올렸더래.

"씨름에서 내가 이긴 걸 확인시켜야 하니 그때까지는 참아주셔야겠소."

그러고서 나무에 허리띠로 그자를 단단히 묶어버렸더래. 이런 이야기는 다 나중에 한 거고, 그때, 그 새벽에 돌아와서는, 씨름에서 진 자를 나무에 묶어놓고 왔노라고만 했지.

너희 외할아버지는 다시 코를 드르렁 골기 시작했고, 나는 동네 사람들을 따라나섰다니까. 너희 외할아버지가 장에 갔다가 돌아오는 길에 넘어야 했던 고갯마루로. 내가 그 고갯마루로 가보니까······.

*

빗자루 몽둥이 하나만······.

그래, 빗자루 몽둥이 하나만 달랑 묶여 있지 뭐냐.

그래, 김 서방은 없고 쓰다가 버린 빗자루 몽둥이가 하나만 달랑 묶여 있지 뭐냐. 그제야 사람들이 한다는 소리가, 너희 외할아버지가 도깨비에게 홀려 밤새 씨름을 했다는 거야.

그리고 도깨비 이야기가 왁자하게 쏟아지더라니까. 누구는 빗자루 몽둥이에 핏자국이 없는지 살펴보라더라. 피가 묻으면 빗자루 몽둥이가 도깨비가 된다면서. 아무리 살펴도 핏자국이 안 보이니까 누군가는, 그냥 물건이 오래되다보면 도깨비가 된다고도 했어. 별별 게 다 도깨비가 되더라고. 누구는 자기가 언제 장에 갔다 오는데 고목에서 퍼런 불이 일더라며 그게 도깨비불인지 그때는 몰랐다고 했고, 또 누구는 이상한 노랫소리를 들었는데 그게 다 도깨비 장난질인지 이젠 알겠다고 했고 그랬지. 한동안 마을에선 도깨비 이야기로 떠들썩했지. 어느 동네 아무개 집에서는 일 년에 몇 번이나 솥뚜껑이 솥 안에 들어가 있고, 또 어느 동네 또 아무개 집에서는 자고 나니 소가 지붕 위에 올라가 울어대더라는 이야기도 했지. 다 도깨비 장난질이라는 거지. 도깨비 이야기로 온 동네가 떠들썩하고, 너희 외삼촌 태어난 건 그러고 한 달도 채 안 돼서야.

너희 외할아버지가 도깨비와 밤새 씨름한 이야기를 별스럽게 하지는 않았을 거다. 온 동네가 떠들썩할 때도 말이다. 누가 물어보면, 뭐 그런 일이 있었지요, 하고 말았던 걸로 나는 기억해.

도깨비는 다 김 서방이라는 소리를 싱거운 농담처럼 덧붙이기나 하셨지. 그런데 딱 한 번 너희 외삼촌에게 아주 상세하게 이야기하는 걸 나도 곁에서 들은 적이 있어. 그때가 너희 외삼촌이 너희만 할 때인가 어쨌는가 그랬을 거야.

너희 외할아버지가 큰 기대를 걸었지만 달리 너희 외삼촌에게 해줄 수 있는 건 없었지. 내가 초겨울에 태어난 어린 동생 귀엽다며 이듬해 봄부터 업어주기야 많이 업어주었지만. 아궁이에 불 때면서도 업었고, 는개가 내리는 날도 업었고 그랬지. 좀 자라서는 누나들과 다 같은 밥 먹고, 다 같은 일 하면서 살았지. 산에서 나무하고, 산비탈 논밭 일구며 그 골짜기 사람들 다 그렇듯 그냥저냥 살았지. 누나들 시집가는 것 지켜보며 농사꾼으로 자랐지.

글이야 좀 배웠지만, 너희 외삼촌 장가갔을 때는 너희 외할아버지와 조금도 다르지 않은 그냥 한 농부였지.

언제 한 번은 너희 외할아버지가 벙어리 이야기꾼 만난 일을 이야기해주더라. 벙어리였다가 말문이 열려 이야기꾼이 됐다는 사람을 만났는데 웃기고 슬프고 무시무시하고 통쾌한 것까지 구색 있게 갖춘 이야기를 때에 맞춰 척척 끄집어내는데. 그런 사람 한번 집으로 데려와 몇 날 며칠 이야기만 들어봐도 좋겠단 소리도 하셨지. 아, 그때부터 외할아버지가 우리한테 이야기를 가끔 해주셨던 것 같구나. 그때부터 이야기를 더 재미나게 해주셨던 것 같구나. 공자 왈 맹자 왈 가르치지 못하는 대신 이야기로 우리를 가르쳤지. 그러면서 우리도 이야기를 좀 하게 됐을 거다. 너희 외삼촌이야 또래들 앞에 두고 제법 이야기를 잘했다.

보자, 선하고 순한 너희 외삼촌이지만 자라면서 세게 고집부린 적도 있구나.

장 구경 갔다가 보부상이 멋있어 보였는지 마을로 찾아온 등짐장수 이야기에 홀려서인지 장사를 해야 부자가 된다면서 농사 안 돕겠다고 뻗대는데 모두 기가 찰 정도였지. 그런 일도 있구나. 어찌 수습되었는지는 이제 기억이 없다만, 다 자라고 나서 그때 일 물으면 겸연쩍게 웃기만 하더라. 산골짜기에 살지만, 마음속에는 넓은 세상 나가고 싶은 마음이 있었던 게지.

한 번은 소 꼴 먹이러 나갔다가, 고개 너머 딴 마을 아이들과 시비가 붙은 일로 몰려다닐 때는 전쟁을 치르는 듯했지. 어찌나 화가 났는지 혼자서라도 분풀이를 하겠다며 몽둥이 들고 쳐들어갔다가 그 마을 어른들에게 잡혀 온 적도 있다니까. 풀쐐기에 쏘여 팔이 퉁퉁 부었는데도 아픈 것 다 잊고 혼자 쳐들어갔다니까. 내가 오이 꼭지로 문지르고 식초로 닦아주고 하니까 그때는 나보고 아프다며 야단을 쳤지. 그렇게 성질도 부렸다만, 너희 외삼촌 장가갔을 때는 너희 외할아버지와 조금도 다르지 않은 그냥 한 농부였지.

그런데…….

그런데 달랐던가봐. 너희 외삼촌 마음속에는 다른 꿈이 자랐나봐.

민심이 곧 천심이다.

사람이 곧 하늘이라는 말이라더라. 나라님과 관청이 해야 할일은 우리 같은 백성을 하늘같이 공경하는 것이라더라.

*

지난봄에 너희 외삼촌을 봤더랬다.

대처로 나오는 일은 잘 없는 일이었지. 나는 그렇게 생각했지.

농사꾼이, 농사짓고 장에 오가고 그러면 되었지 대처 출입할 일이 별스레 뭐가 있겠느냐 생각했지. 그런데 그동안에도 너희 외삼촌은 나들이를 했던가 봐.

너희 아버지가 정이라도 표시할 줄 아는 사람이면 어떻게 불러내어서라도 술잔씩이라도 나누며 소식 주고받고 했을 텐데, 큰누나한테 할 말이라도 있으면 그렇게라도 전하고 했을 텐데, 그동안 그러지 않았지. 어쩌면 너희 외삼촌은 고지식하게 격식만 따지니 너희 아버지 같은 사람 별로 만나고 싶지도 않았을지도 모르지. 처남 매부 사이인데도. 나이 차가 문제가 아니라, 다른 문제가 있는 거지 뭐. 그저 볼일만 보고 돌아가고 했나봐. 대처까지 나와서 사고팔고 해야 먹고사나봐. 그러면서 뜻 맞는 사람들 만났겠지. 그럴 때라도 한 번씩 얼굴 볼 수 있었으면 내가 친정 자주 못 가는 것 갚음이라도 했을 텐데, 나는 그게 아쉽고 아쉽지.

너희 할아버지, 너희 아버지 공자 왈 맹자 왈 책은 읽었다지만 너희 외가 일 있을 때마다 한 것 보면 인륜이 대단하게 반듯한 듯 보이지는 않더라. 격식은 까다롭게 따진다만. 공자 왈 맹자 왈 읽었더라도 뭐 과거 급제할 만큼 제대로 읽은 게 아니어서 그러는 건지 어쩌는 건지.

요즘에는 다른 공부를 해야 한다는 사람도 있다더라. 중국 너머에는 아라사도 있고 영국도 있고, 또 다른 나라도 여럿 된다고 하잖니. 일본 너머 저 바다 멀리는 미국이라는 나라가 있고.

중국이 그 나라 중 한 나라한테 무릎을 꿇었다지 않니.

세상이 바뀌었으니 양반이니 천민이니 따져서는 그 나라들과 맞서 이길 수가 없다지 않니.

*

포목전 갔다가 돌아오는 길이었다.

낯익은 얼굴이 있어 보니 너희 외삼촌 아니었겠니. 지난봄에 그렇게 만났다니까. 너희 외삼촌 눈에는 큰누나인 내가 오히려 안쓰러웠나보더라. 밥때도 아닌데도 국밥집으로 데려갔으니. 그래서 이야기를 좀 나눌 수 있었지.

하지만 이렇게 갑자기 사라질 낌새 같은 건 눈치챌 수가 없었지. 흔들리는 나라를 돕고 힘든 백성을 편안하게 하자면 하늘의 명을 제대로 알아야 한다는 말은 했지. 하늘을 마음에 잘 모셔서 받들라고 했지. 나라 꼴이 말이 아니라며 한숨도 쉬고 울분도 좀 쏟아내기는 했지. 나라 살림이 쪼들리기로서니 없는 논밭에 세금을 물리기까지 해서야 농민이 어떻게 살아가겠느냐. 곡식 꾸지 않고는 굶어 죽게 되었는데, 문제는 봄에 꾸어 가을에 갚을 때 빌린 곡식의 절반 넘게 이자로 물어야 한다더라. 그래서 장리 쌀이라지. 이런 장리쌀 얼마 동안이나 꾸어 살겠느냐. 결국엔 떠돌이 거지가 되거나 아예 도망하여 이름을 숨기고 살거나 해야 하는 거지.

그게 한 집 문제만이 아닌 게, 사람이 사라져버리면 그 사람 몫의 군역은 누가 하느냐고. 군포는 누가 내느냐고. 고스란히 남은 이웃 몫이 되는 거지.

죽은 사람까지 군포를 내야 한다더라.

없는 논밭에 세금을 물리고 죽은 사람한테까지 군역을 시켜야
하니 나라 꼴이 말이 아니지. 그런 말 이러쿵저러쿵하고선, 밥
한 그릇 이웃과 나누는 것도 하늘을 모시는 거라고 했지.

언제 이야기냐고?

그날.

포목전 갔다가 돌아오는 길에 만났던 그날 한 이야기지. 밥때
도 아닌데 국밥집 가서 너희 외삼촌과 내가 이야기를 나누었다
는 그날 일이지.

밥 한 그릇 이웃과 나누는 것도 하늘을 모시는 거라는 말. 뒤
에 알고 보니 그게 저 경주 땅 최 뭐인가 하는, 고매하다는 사람
이 깨우친 가르침이라더라. 나는 그저 농사꾼인 너희 외삼촌이
살기가 팍팍해졌나 싶어 눈물만 잠깐 비쳤다.

아무것도 모르고.

그런데 설마 이 난리에 휩쓸린 것은 아니겠지.

민란이 났다지 않느냐. 서울로 밀고 올라간다지 않느냐.

그러니까.

나라님과 관청이 두 눈 시퍼렇게 뜨고 있는데 어쩌자고.

교도들이 혹세무민했다는 죄로 처형당한 그 교조 최제우라는
사람 억울함 풀고 포교할 자유를 얻기 위한다면서 들고 일어났
다던데, 이제는 왜놈들 물러나라, 서양 놈들 물러나라……

외친다지.

*

멀기도 참 머네.

다들 근동 사람하고 혼인했는데, 나만 대처 사람인 너희 아버지하고 혼인해서 이리 먼 길을 오게 된 거지 뭐. 너희 외할아버지는 어쩌자고 나를 그 먼 데다 시집보냈는지 몰라.

오늘 새벽같이 나섰는데 아직도 당도 못 했구나. 너희 외가가 멀긴 멀구나. 너희 외할머니 살아계실 때 이렇게 와보게 되니 다행이다. 천만다행이다. 이제 언제 또 와보겠니. 너희 외할머니가 우리 우일이, 우원이 얼굴은 알아보시려나 모르겠다. 다들 이번 제사에도 너희 엄마는 못 온다고 생각하겠다. 너희 두 이모만 오고. 근동에 사는 너희 두 이모만 오고. 혹시 너희 외할아버지 이런 기대 품었을까. 먼 데 대처에서 온 중매쟁이를 받아들인 건, 딸 셋 중 하나라도 산골 벗어나서 다른 세상 만날 기회를 볼 수 있기를 은근히 기대했는지도 모르겠다 싶다. 그래서 다른 건 따지지도 않고 혼사 잡았을 수도 있다 싶다. 곰곰 생각해보니.

멀기도 먼 너희 외가 그 골짜기는 윗대 집안 어른 누구가 역모 사건에 연루되면서 멸문지화 피하려고 숨어든 골짜기다. 너희 외가가 아예 쌍놈 집안이었으면 그 혼사가 이루어졌겠느냐. 언젠가도 이야기했다만 말이다.

너희 외할아버지가 다른 삶을 살 수 있기를 크게 바랐을 자식은 막내이자 독자인 너희 외삼촌이었겠지. 내일이 너희 외할아버지 제삿날인데, 너희 외삼촌까지 사라졌다는데 첫딸인 내가 어찌 집에 가만 앉았겠니. 너희 외할아버지 돌아가셨을 때, 원이 너도 네 두 발로 충분히 걸을 나이였으니 그때 다 같이 와봤어야 했는데, 그때 병이 돌아, 어지간히도 크게 병이, 어린애고 어른이고 할 것 없이 다 토하고 싸대는 병이 돌아 너희는 밖으로 못 나오게 했지.

그래.

너희는 외할아버지 마지막 길도 못 봤던 거다.

늦은 인사를 이제 하러 가는 것 아니냐. 설마 내일에서야 도착하겠느냐. 오늘 중에는 당도할 터이니 어서 가자.

너희 외삼촌도 나타나서, 민심이 곧 천심이라는 말이 뭔지 제대로 알아듣게 해주면 좀 좋겠니. 새 하늘이 열린다는 건 또 무슨 소린지 제대로 알아듣게 해주면 좀 좋겠니.

좀 좋겠냐 말이다.

*

우일아, 우원아. 이젠 멀지 않았다.

너희 외할아버지가 밤새 씨름을 한 고갯마루가 먼저 나올 테고. 그것만 넘으면 외가가 멀지 않았다. 뭐라고? 저 소리는, 저 소리는, 뻐꾸기 소리가 아니지. 아니고말고.

뻐꾹 뻐꾹 뻐뻐꾹. 뻐꾸기야, 봄에, 초여름에 그렇게 울어대잖아. 저 소리는, 기러기나 뭐 그런 새 우는 소리 아니려나 몰라. 그러니까. 밤하늘을 날아 어디 물가로라도 가나 보다. 멀리서 날아왔겠지. 기러기라면 여기서 겨울나고 봄에 북쪽으로 가. 일아, 원아. 너희 아버지 또 안 보인다. 그래도 이제 무서울 것 하나 없다만. 내가 있고, 너희가 또 내 옆에 있으니 말이다.

그 밤나무가 그 자리에 그대로 서 있나 보자.

달이 떴는데도 어둡구나. 딱 그때 같은 날인 게지. 바람도 불고……

작가노트
옛이야기 다시 만나기

옛이야기 다시 만나기

　나는 옛이야기와는 거리가 먼 삶을 살았습니다. 소설을 읽었고 소설을 썼고 소설을 가르쳤습니다. 옛이야기가 사람들 사이에서 살아 있던 시절을 살짝 경험은 했습니다. 마지막 세대는 그 시절을 아름답고 그렇게 떠올리기도 합니다. 모두 텔레비전과 같은 다른 이야기판으로 달려가 잊고 말았지요. 나도 마찬가지였습니다. 나의 이야기판은 소설이었습니다.

　소설이란 옛이야기와 얼마나 거리가 멀겠습니까. 옛이야기야 마주 앉아 하는 것이고 마주 앉아 듣는 것이지요. 그러나 소설은 고독한 존재인 작가가 또 다른 고독한 존재인 미지의 독자를 향하여 자판을 두드려 보내는 모스부호 같은 것입니다. 이야기판의 외형에서만이 아니라 소설과 옛이야기는 그 이야기 자체에서도 먼 거리가 있습니다. 소설을 기준으로 삼는 눈에 옛이야기는 삶의 모양새를 재현하고 뜻을 담아내는 데 있어서 지나치게 소박하고 지나치게 단순합니다.

그런데 그 옛이야기를 곁눈질하면서 매력을 느꼈습니다. 소박하고 단순한 그것들은 어린이 독자를 위하여, 소위 '전래동화'로 다듬어지는 것이 당연하다고 별생각 없이 생각했습니다. 그런데 어른의 이야기인 소설을 읽고 쓰고 가르치며 살아온 내가 나의 목소리로 다시 해보고 싶다는 욕심을 가졌습니다. 드디어는 '어린이와 가정'을 마음에 두었던 그림 형제의 옛이야기(märchen)에 도전하는 의미로 '청년과 사회'를 겨냥한 우리 옛이야기 다시 쓰기 작업을 구상하기도 했습니다. 옛사람들의 삶과 지혜가 담긴 우리 옛이야기가 더 넓은 문학 현장에서 계승되어 널리 향유될 수 있다고 보았던 것이지요. 그리고 그 가치가 크다고 보았던 것이지요. 벅찬 가슴으로 도전하는 작업임을 널리 알아주기를 바라는 마음도 품었음은 물론입니다.

최종적으로 '다시 만나는 옛이야기'라는 이름표를 달았습니다. 애초에 '옛이야기'를 '청년'과 '사회'와 함께 놓고자 한 마음은 어디에 버리지 않았습니다. 고스란히 작품에 담았습니다. 독자들이 작품을 읽어나가면서는 좀 더 풍부하고 즐겁게 이해해주시리라 믿습니다.

*

이 작업을 처음엔 당연하게도 소설 작업이라고 생각했습니다. 소설 작업이라는 내 생각이 그대로인지 그새 바뀌었는지는 뒤에서 말해보겠습니다.

지금 당장은 이 작업이 옛이야기에서 소재나 이야기 구조를 빌려오는 식도 아니고 옛이야기의 먼지를 털고 살짝 '광'을 내는 식도 아님을 강조해둡니다. 모든 작품은 가능한 한 옛이야기의 원형을 훼손하지 않으면서 현대소설로서의 구체성과 개연성을 고려하여 고치거나 다시 쓴 것으로, 입말투로 구연할 수 있는 형식이며, 때로는 옛이야기가 구연이 되는 상황과 옛이야기가 실제 삶 가운데 살아 있던 당시의 사회를 함께 재현하기도 합니다. 그때 그렇게 생각했습니다. 지금도 그렇게 생각합니다. 그러나 그냥 소설 작업이라고 해도 되는지는 따져봐야겠습니다. 뒤에서 말하겠습니다. 뭘 숨기겠다는 뜻이 아니라 나 자신 답을 내놓자면 시간이 필요해서입니다.

『복은 빌릴 수도 있지』는 모두 열한 편의 단편을 담고 있습니다. 여섯 편의 단편을 담은 『흰 눈썹 휘날리며』(2011년)에 새로 쓴 다섯 편을 보태고 제목을 바꾸어 단 것입니다. 그리고 처음의 짧은 '작가의 말'을 이 긴 '작가노트'의 첫머리에 거의 그대로 풀어놓고 있기도 한 것이 이 책 『복은 빌릴 수도 있지』입니다. 『흰 눈썹 휘날리며』 시절 여섯 편은 모두 전통시대 머슴이나 나무꾼 같은 일반 민중, 그리고 입신양명에 실패한 지식인 등이 주인공입니다. 그들의 좌절하지 않는 낙관적인 태도나 절체절명의 위기를 극복해내는 의외의 발상 등을 집중적으로 포착해 도드라지게 새겨보려 했지요. 오늘의 힘겨운 현실을 살아가는 '나이 불문한 모든 청춘'에게 위안과 희망 그리고 통쾌함을 선사하고자 한다고 그때 말했습니다. 되새김하는 가운데 우리 인생 자체와 또 함께 살아가는 세상에 대한 통찰도 더불어 할 수 있기를 감히 바란다고도 그때 말했습니다.

이번에 보탠 다섯 작품의 주인공도 이전의 주인공들과 자연스럽게 어울릴 듯합니다. 주먹이나 반쪽이 그리고 재주 많은 삼 형제 같은 어린 주인공이 세상을 살아가는 자세나 알아내는 세상도 이전 작품의 그것과 대동소이하면서 다채로움을 더해 주리라 기대합니다.

『복은 빌릴 수도 있지』는 '다시 만나는 옛이야기' 시리즈 3권입니다. 신화적 옛이야기를 담은 『해가 되어라 달이 되어라』와,

무시무시하거나 기이한 이야기와 유쾌하거나 통쾌한 이야기를 담은 『이제 그만 가보겠습니다』에 이어지는 세 번째. 그렇습니다만, 나는 여기에 실린 작품들의 원전 이야기를 다른 이야기들보다 먼저 만났습니다. 소설을 읽고 소설을 쓰고 소설을 가르치며 잊어버렸던 옛이야기의 세계와 다시 만나게 된 일을 이제부터 풀어나갈까 합니다. 기억이 난다면 언제 어디서 어떻게 만났는지 말하겠습니다. 만남을 어떻게 확장했는지 그리고 그 만남의 의미는 무엇인지에 대해서 말해봐도 좋지 않을까 합니다.

*

옛날에 이야기 듣기 좋아하는 아이가 살았답니다. 대개 서당 학동으로 소개되는 이 아이는 이야기를 듣기만 하고 다른 사람한테 들려주지 않았지요. 이야기를 주머니에 넣어두기만 한 것이지요. 배운 글로 이야기를 종이에 적어 주머니에 넣어두기만 하고 궁금해하는 머슴에게도 해주지 않습니다. 아이가 자라 총각이 되고, 이야기들은 주머니 속에서 귀신(삿된 것)이 되지요. 총각이 장가가게 되자 귀신들은 총각을 죽일 계획을 짭니다. 그런데 머슴이 이야기 귀신들이 하는 소리를 듣지요. 그리고는 총각이 장가가는 길에 동행해 구해주지요. 무사히 혼례식이 끝난 뒤 머슴으로부터 모든 사실을 들은 총각은 주머니를 활짝 열어 젖혀서 이야기들이 훨훨 돌아다니게 해줍니다. 그리고 머슴을 친아우처럼 대해주지요.

우리 옛이야기 중에 「이야기 귀신」 혹은 「이야기 주머니」라는 것이 있습니다. 바로 위와 같은 줄거리를 가진 이야기입니다. 『복은 빌릴 수도 있지』의 첫 작품 「벙어리 이야기꾼」은 바로 이 옛이야기를 다시 쓴 것이지요. 사실 '다시 만나는 옛이야기' 전체의 첫 자리에 놓이는 작품입니다. 이 작품으로 전체를 시작하는 마당을 마련하고 싶었습니다. 「이야기 귀신」은 이야기에 대한 이야기 아니겠습니까. 이야기란 듣고 혼자 아는 게 아니라 다른 사람과 나누어야 하는 것. 이야기란 한 곳에 머물지 말고 사람들 사이를 돌아다녀야 이야기로서의 힘과 가치를 발휘할 수 있다는 뜻을 담은 독특한 우리 옛이야기가 바로 「이야기 귀신」입니다.

이 옛이야기는 이전에 내가 알지 못한 것입니다. 철학에 대한 철학을 메타 철학이라고 하듯 이야기에 대한 이야기는 메타 이야기라고 합니다. 메타 이야기는 흔치 않습니다. 이런 이야기라면 산골 어느 마을로 찾아갔다가 누구네 쪽마루에 앉아 듣고 녹음해서 이제 세상에 알린다고 하면 좀 멋있겠습니다. 하지만 그렇지 못합니다. 나는 그런 현장과는 아주 거리가 먼, 책상물림일 뿐입니다. 아마 『우리 옛이야기 백 가지』에서 처음 만나지 않았나 합니다. 앞에서 나는 옛이야기가 제대로 살아 있던 시절의 마지막 순간을 살짝 경험했다고 했습니다. 그건 마실 다니는 사람들과 전깃불이 없는 밤을 통해 옛이야기를 나누던 상황과 분위기를 어느 정도 안다는 뜻입니다. 어린 시절 들어 알게 된 것보다 읽어 알게 된 옛이야기가 더 많습니다. 그 옛이야기를 삼십년도 더 지나 다시 만나는 일은 주로 '동화집'이나 다듬어진 '설화집'을 통해서 이루어졌습니다.

다시 만나는 첫 순간은 『우리 옛이야기 백 가지』(서정오)와 『옛이야기 보따리』(서정오)와 『세계 민담 전집 한국편』(신동흔) 그리고 『조선동화대집』(심의린), 『다시 읽는 임석재 옛이야기』(임석재) 같은 책들과 주로 함께했습니다. 머릿속에 느낌표가 새겨지거나 물음표가 일어나는 이야기를 만난 뒤엔 그 이야기의 여러 각편을 찾아보았습니다. 비교적 이른 시기에 채록 과정을 거친 『한국의 설화』(정인섭)와 『조선전래동화집』(박영만) 그리고 『한국구전설화』(임석재) 등의 도움을 받았습니다. 언제 어디서 누구로부터 어떤 과정을 거쳐 이야기를 얻어듣게 되었다는 채록 상황과 이야기하는 사람의 사투리나 개인적 말투까지 살아 있어 현장의 느낌이 물씬 전해지는 여러 설화집의 도움도 **빼놓**을 수 없습니다.

논문과 설화 해설이라 할 내용을 담은 책들을 통해 옛이야기를 다시 만나기도 했습니다. 『설화의 재발견』(모봉구)과 『설화 속 동물 인간을 말하다』(심우장 외)가 얼른 생각나는 책들입니다. 얼른 생각나지 않는 책들이라고 해서 영향이 작았던 것은 아닙니다. 일일이 밝힐 수도 없는 여러 논문과 웹의 온갖 조각 정보도 마찬가지입니다.

*

「이야기 귀신」의 하인은 주인집 도련님을 귀신들로부터 구해내지요. 「벙어리 이야기꾼」의 하인(머슴)은 그럴 뿐만 아니라 그 일을 통해 그 자신 말문이 열려 이야기꾼이 됩니다.

「벙어리 이야기꾼」은 전통시대 이야기의 가치와 특성을 잘 보여주는 원전 이야기 본래의 구조를 지키면서 하인을 벙어리였다가 말문이 열려 이야기꾼이 되어 어릴 적에 들은 좋은 이야기를 널리 하겠다는 다짐을 하는 이야기로 심화시킨 것이라 하겠습니다. 그 덕분에 블로그 독자에게서 "좀 더 구체적이고 더 현실적인 이야기가 된 느낌"이라는 감상이 나오지 않았나 합니다. "나는 벙어리입니다. 아니, 벙어리였습니다" 하고 첫마디를 떼며 하인이 그 과정을 직접 말하는 방식은 궁금증을 불러일으키며 작품 전체에 긴장을 조성해 전체적으로 흥미를 더했다고 생각합니다. 원전인 「이야기 귀신」을 다시 써 「벙어리 이야기꾼」을 만들기까지 무슨 전문가의 연구에 기대거나 하지는 않았습니다.

이처럼 다시 쓰는 작업의 기본 틀이 본인도 잘 모를 창의적 발상 과정을 거쳐 단숨에 잡히는 경우도 있지만 다른 사람의 연구나 해설이 결정적 역할을 하는 경우도 있었습니다. 옛이야기 「호랑이를 세 번 만난 사람」은 그 자체로 대단히 재미있습니다. 하지만 『설화의 재발견』에서 '화를 다스리는 최고의 경전'으로 보는 해설을 접하지 못 했다면 그것을 다시 쓴 「어흥!」이 지금의 「어흥!」이 되지 못 했을 것은 틀림없는 사실입니다. 아주 통쾌한 이야기를 만들 수 있겠다는 생각은 했습니다만, 현재의 「어흥!」에 만족하는 터에 그 해설을 읽을 수 있었던 것을 행운의 하나로 말하지 못 할 이유가 없습니다.

물론 하루에 고개 세 개를 넘어가며 차례대로 호랑이를 만난다는 설정은 요즘 독자들에게는 너무 단조롭고 뻔하게 느껴질 수 있어 하루가 아니라 추수 뒤 얼마 동안에 벌어진 일로 처리했습니다. 그 가운데 호랑이와의 첫 만남은 꿈에서의 만남으로 완화하여 처리했습니다. 세 번의 만남 중 한 만남만을 다룬 각편도 있습니다. 새경을 받지 못해 화가 난 머슴이 제대로 제 권리를 찾지 못 하던 상황에서 화를 다스리고 문제 해결의 열쇠로 화를 승화시키는 과정을 충분히 나타내자면 호랑이와 세 번 만나는 각편이 정본이어야 합니다. 그런 생각으로 「호랑이를 세 번 만난 사람」을 다시 쓴 것이 독자 여러분이 만난 「어흥!」입니다.

표제작 「복은 빌릴 수도 있지」는 『흰 눈썹 휘날리며』에서 한 작품을 뽑아보라고 했을 때 다수가 뽑아준 것입니다. 「복은 빌릴 수도 있지」는 『세계 민담 전집 한국편』(신동흔)의 「하늘에서 빌려 온 복」을 원전 삼아 다시 쓴 것입니다. 이 이야기가 학계에서는 '차복설화'로 불리며 연구 논문도 다수 있다는 것을 확인했습니다. 그러나, 그런 연구나 또 다른 해설에 빚지지 않고 아주 자연스러우면서도 수월하게 「복은 빌릴 수도 있지」로 만들어냈습니다. 가장 큰 도움은 채록한 설화를 한 차례 다듬은 상태 그 자체(원전)에서 왔다고 해야 할지도 모르겠습니다.

'차복설화'의 각편에 따라서는 복을 빌리는 사람 '차복'과 복을 빌려주는 사람 '석숭'의 이름이 뒤바뀐 경우도 보입니다. 「복은 빌릴 수도 있지」에서 나는 이러한 혼동을 다음과 같이 해결해두었지요.

차복이란 이름은 복을 빌렸다는 뜻에서 지은 이름임이 틀림없어. (…중략…) 차복이란 이름은 이야기꾼들이 이 이야기의 핵심 내용과 관련지어 만들어낸 이름이라고 봐야 하겠지. 그 말만 마지막으로 해두기로 하자고.

차복이 하늘에서 옥황상제에게 부탁해 아직 태어나지 않은 석숭의 복을 빌린 뒤 다시 나무하러 다니는 일상을 살다가 복을 맞이하는 것은 알밤 한 보따리를 주우면서입니다. 아내에게 주려고 가져가던 알밤 한 보따리가 부싯돌로, 다시 사냥한 노루에서 말 한 마리로 바뀌는 믿기지 않는 일들이 이어지지요. 이런 과정을 그럴 법하게 펼쳐내지 못 한다면 오늘날의 독자들은 옛이야기를 우연의 연속 같은 것에 의지한 낡은 이야기로 치부해 던져버릴 가능성이 큽니다. 이야기꾼으로서 차복설화에 매력을 느꼈을지라도 오늘날의 독자와 상대하자면 개연성과 구체성을 보강해야만 합니다. 그렇게 다시 만나는 일은 「복은 빌릴 수도 있지」만이 아니라 모든 작품과 관련된 것입니다.

*

옛날에 풋나무 장사를 하는 남자가 있었답니다. 이 남자 열심히 일해도 자식이 많아 살기 힘든 데다 처와 마음도 잘 맞지 않았다네요. 어느 날 남자는 처자식 두고, 호랑이 밥이나 되겠다며 산으로 갔습니다. 호랑이를 만난 남자는 자신을 잡아먹어 달라고 하지요. 그런데 웬걸 호랑이는 제 눈썹 하나 뽑아주더니 서울 어디서 팥죽 장사하는 여자를 찾아가라고 해요. 호랑이 눈썹은 신기한 물건이었습니다. 눈 위에 척 대면, 원래 닭이었던 사람은 닭으로 소였던 사람은 소로 보이는 겁니다. 팥죽 장사하는 여자의 가게에서 손님마다 특성을 잘 파악해 장사하면서 살다가 여자와 혼인하게 되지요. 몇 년 지나 잘살게 되자 고향의 자식과 부인이 생각나지 뭐겠습니까. 그래서 팥죽 장사하는 여자에게 처자식들에 대해 털어놓지요. 여자가 데리고 오라고 해 그들을 데리고 와 같이 잘살았답니다.

1981년인가에 제주도에서 채록했다는 「신기한 호랑이 눈썹」은 대략 위와 같은 이야기입니다. 각편에 따라서는 호랑이 눈썹으로 전생을 본다거나, 손님으로 온 부부와 서로 상대를 바꾸어 잘살게 된다거나 하기도 합니다. 각편마다 조금씩 다르긴 하지만 호랑이 눈썹은 원래(전생 등)의 모습이나 본성을 꿰뚫어 보게 하는 힘이 있는 물건이라 하겠습니다. 이 이야기가 시선을 끈 것은 「구렁덩덩 신선비」에서 먼저 호랑이 눈썹을 만난 까닭입니다. 그때 호랑이 눈썹이 무엇을 의미하는지 제대로 알지 못 했습니다. 이 이야기에서 의문은 자연스럽게 풀렸지요.

「흰 눈썹 휘날리며」는 제법 깁니다. 「신기한 호랑이 눈썹」을 원전으로 다시 쓴 이야기가 이렇게 길어진 것은 개연성과 구체성을 보강하는 과정에서 그리되었습니다. 그러나 단지 그 때문만은 아닙니다. 구체성과도 관련되는 것이긴 한데 「흰 눈썹 휘날리며」의 배경은 꽤 소설의 배경을 닮지 않았습니까? 옛이야기에서 흔히 옛날 옛적 어떤 마을 정도로 처리되는 배경이 어떻게 바뀌어 있습니까? 옛날 옛적 어떤 마을은 조선 후기 어느 때, 정확하게는 정조 시대 한양으로 바뀌어 자리 잡고 있습니다. 주인공은 풋나무 장사를 하는 남자가 아니라 청나라를 드나들기도 한 역관입니다. 이 정도면 이야기가 길어질 수밖에 없는 일이지요.

소설에 가까운 배경 설정은 「복은 빌릴 수도 있지요」에서도 시도된 것입니다. 차복이 재산을 불려가는 과정에 개연성과 구체성을 부여하느라 조선 후기의 상공업이 발달한 때를 불러들인 바 있지요. 그때도 옛이야기와 어울릴 것인지 따져봤습니다. 「흰 눈썹 휘날리며」에서는 더 많이 따져봐야 했지요. 「흰 눈썹 휘날리며」에 대한 호오는 이 같은 소설다움을 어떻게 받아들이느냐 하는 문제와 상당히 관련 있습니다. 「벙어리 이야기꾼」이나 「어훙!」의 시원시원한 전개 과정에 그새 호흡이 맞춰진 분들에게 「흰 눈썹 휘날리며」는 번잡하고 거추장스러웠을 수도 있겠습니다. 그 반대의 경우도 물론 있겠지요.

'다시 만나는 옛이야기'는 옛이야기와 소설 사이에서 내가 어떤 자세를 취할 것인지 내내 생각하게 했다고 할 수 있습니다. 옛이야기를 소설로 다시 쓴다는 당연하다면 당연한 생각은 그래서 자주 다시 생각해봐야 할 것이 되곤 했습니다. 지금 당장 말할 수 있는 것은, 내가 옛이야기를 소설에 미치지 못하는, 뜯어고쳐서나 오늘날의 독자에게 내놓을 만한 것으로 보지 않는다는 점 정도입니다.

*

민중의 낙관적 삶. 그리고 기상천외의 발상. 『복은 빌릴 수도 있지』에는 이런 것들이 담겨 있다고 했습니다. 앞서 살펴본 네 편의 이야기가 그렇고 뒤에 수록한 일곱 편이 그렇습니다.

민간설화 중 주로 민담을 다시 만나는 편이 이 3권이라고 하겠습니다. 신화, 전설, 민담을 총칭하여 설화 혹은 민간설화라고 하지요. 민담은 그 수가 가장 풍성하고 또 널리 구연이 되며 사랑받았습니다. 종교나 고대 왕권과 관련 깊은 신화가 민족적 단위에서 수용된다면 전설은 역사성(시대성)과 깊은 관련이 있으며 지역적 단위에서 수용됩니다. 이와 달리 환상과 상상력에 기댄 민담은 세계적으로 분포합니다. 민담을 구성하고 움직이는 환상과 상상력은 곧 민중의 소망을 바탕으로 한 것이겠지요. 타고난 복이 없더라도 복 누리며 살 길을 마련하거나, 호랑이에게 죽을 위기를 장가도 못 가고 새경도 못 받는 제 처지 벗어날 계기로 삼거나, 죽으려다 신기한 물건 얻어 세상과의 불화와 자신의 불운을 극복하는 이야기는 민중의 소망이 만들어낸 이야기이지요.

유럽의 「엄지 동자」와 아주 비슷한 우리 옛이야기가 「주먹이」입니다. 말 그대로 주먹만 해서 주먹이인 아이가 낚시하러 간 제 아버지 주머니에서 빠져나와 그동안 구경만 하던 세상 속으로 뛰어들면서 위험천만한 모험 끝에 안전하게 돌아오는 이야기는 작은 존재도 얼마든지 세상을 살아갈 힘과 용기가 있다고 격려해주지요. 「반쪽이」의 주인공, 눈도 귀도 팔도 다리도 하나뿐인 반쪽이는 또 어떻습니까? 호랑이를 힘으로 때려잡고 양반과 내기에서는 기지를 발휘해 보기 좋게 이기지요. 자연계와 인간계 각각의 강자를 모두 이긴 것이라는 어떤 해설이 그럴싸하게 들릴 만한 일을 해내지요. 반쪽이는 부잣집 양반의 딸을 색시로 맞이해 제 반쪽은 색시이니 자신이 이제 온쪽이가 되었다고 선언합니다.

이런 식 좌절 없는 삶은 누구 복에 사느냐는 부잣집 아버지의 물음에 배은망덕한 듯이 보이게도 제 복에 산다고 했다가 쫓겨난 셋째 딸과 머슴살이 때려치우고 활 하나 둘러멘 채 서울로 간 시골 총각에게서도 볼 수 있습니다. 다, 모두 다, 해피, 해피, 해피엔딩입니다. 이런 삶을 상상한 것은 민중이고 이런 삶을 펼쳐놓는 것이 민담이지요. 민담의 좌절 없는 성취의 삶은 발상의 전환과 행동주의에 의한 것이 아닌가 합니다. 얼마 되지도 않는 아버지 재산에 기댈 생각 않고 세상으로 용감하게 길 떠나 한평생먹고살 재주를 얻게 된 삼 형제나, 경제적 곤란을 절약이 아니라일을 통해 극복하게 하여 당당히 양반집 며느리가 되는 상민의딸을 보면 말입니다.

'다시 만나는 옛이야기'의 첫 발상은 대체로 위와 같은 삶과생각에 크게 영향받았습니다. 현대소설의 내향적 성향 인물들과 그들의 비극적 인식 및 좌절로 요약되는 삶에 나 자신 좀 지쳐 있던 터라 끌리는 바가 있었던 겁니다.

그리하여 머슴이나 나무꾼 같은 일반 민중, 그리고 입신양명에 실패한 지식인 등을 주인공으로 내세웠습니다. 그들의 좌절하지 않는 낙관적인 태도나 절체절명의 위기를 극복해내는 의외의 발상 등을 집중적으로 그렸습니다. 그리하여 오늘의 힘겨운현실을 살아가는 '나이 불문한 모든 청춘'에게 위안과 희망 그리고 통쾌함을 선사하고자 한다고 말하기도 했습니다. 뒤에 주먹이와 반쪽이와 제 복에 산다는 셋째 딸과 머슴살이 때려치운 시골 총각과 복덩이로 인정받는 상민의 딸을 불러들인 것은 더 풍성하게 이야기하기 위해서입니다. 도깨비 만난 사람과 지혜로운 원님을 불러들인 것도 마찬가지이지요.

여기에 초점을 맞췄을 때의 나는 민담의 허무맹랑하게도 생각되는 성취와 그 과정에서의 우연의 연속을 오늘날의 독자에게 자연스럽게 느껴지도록 하는 일에 공을 들였습니다. 그러니까 앞에서 말한 개연성과 구체성을 강화하는 일을 했다는 말입니다. 처음에 나는 옛이야기에서 내용으로서 가치를 발견한 것이지 형식으로서 가치는 별로 의식하지 못했습니다. 형식의 심상찮은 가치는 말로 했을 옛이야기이니 입말투(구어체)로 써봐야겠다고 작정하면서 곧 깨닫게 된 것입니다.

*

옛이야기를 구연하는 상황을 생각해보십시오. 입말투가 자연스럽게 구사되는 상황을 생각해보십시오. 먼저 화자. 맞은편엔 청자. 그리고 그 둘이 마주 앉은 특정한 시간과 장소. 화자와 청자 사이의 상황, 그것을 현장성이라 명명할 수 있겠지요. 우리 현대소설사의 초창기 채만식 같은 작가의 작품에서 전래의 흔적으로서 보이나 이후 대부분 현대소설에서는 거의 의식할 수 없게 된 상황, 즉 이 현장성이 옛이야기에서는 매우 중요한 요소입니다.

'다시 만나는 옛이야기'의 작업은 이야기(서사)에 개연성과 구체성을 부여했다는 것. 그리고 화자와 청자 사이에 형성되는 현장성까지 그려내고자 했다는 것. 이에 대해서는 2권인 『이제 그만 가보겠습니다』의 작가노트에서 이미 말한 바 있습니다. 화자와 청자가 함께하는, 상호작용하는 현장이 독자들에게 흥미로움을 더해 이야기에 몰입하게 한다는 것도 확인한 바 있습니다. 옛이야기의 근원 상황이라고까지 해본 입말투와 현장성에 주목한 것은 흥미 배가 차원보다 심층적인 의미를 지니는 것이라는 점도 언급한 바 있지요.

옛이야기의 근원 상황을 상상하면서 「주먹이냐 반쪽이냐」 같은 작품의 형식이 나올 수 있었습니다. 「주먹이냐 반쪽이냐」는 우리 옛이야기 「주먹이」와 「반쪽이」를 자의적으로 이어붙인 게 아닙니다. 몸을 다쳐 어떤 마을에 머물게 된 나그네와 그 마을의 할머니가 주위 사람들의 부추김에 이야기 시합을 벌이게 돼 한자리에서 두 이야기가 구연이 된 결과입니다. 실제 옛이야기 채록 현장에서는 한 사람의 이야기꾼에 의해 몇 편의 이야기가 구연 되기도 하고, 청중이었던 이가 주위의 권유에 이야기꾼으로 나서서 이야기를 더 보태기도 합니다. 그러니 「주먹이냐 반쪽이냐」의 현장이 더 진짜 같은 현장일 수 있습니다.

다들 떡까지 해서 이 늙은이를 이렇게 이야기판에 끌어다 놓으
니 잔뜩 긴장돼 이야기가 잘 안 나올 듯해서 그런다오. 동리 사람
들이 먼 데서 온 나그네와 함께 대결하라고 부추기고, 판정도 제대
로 하겠다며 이리 모여 앉았으니 내가 긴장이 되어서 말이지요.
그래서 그 긴장도 풀기 위해 우스운 이야기를 먼저 할까 합니다.

두 사람은 동네 사람들이 제대로 깔아준 '멍석'에서 각자 세
개의 이야기를 하게까지 됩니다. 먼저 이야기를 한 할머니는 사
또와 이방이 나오는 우스운 이야기부터 시작해 삼 형제 이야기
에 이어 자기 복으로 산다는 셋째 딸 이야기까지 합니다. 그 세
이야기 전체는 「내 복에 살지요」가 되었습니다. 나그네는 할머
니와 마찬가지로 사또와 이방이 나오는 우스운 이야기부터 시작
해 비슷하면서도 또 다른 삼 형제 이야기, 그리고 셋째 딸에 대
응할 시골 총각 이야기까지 합니다. 그가 한 세 이야기 전체는
「다시는 활을 쏘지 않으리」가 되었지요.

이 두 작품에는 이야기를 하고 이야기를 듣는 상황이 그려질
뿐만 아니라 각각의 화자가 어떤 경로로 이야기를 많이 알아 할
수 있게 되었는가 하는 화자의 이야기꾼으로서의 내력이 슬쩍
드러납니다. 할머니의 경우만 보자면, 할머니는 산골에 살던 어

릴 적 친정아버지로부터 많은 이야기를 들었다고 합니다. 이야기꾼 내력이 다른 만큼 두 사람이 세상을 보는 눈도 차이가 납니다. 할머니가 사또에게 달을 파는 이방을 비난하는 것에 비해 나그네가 이방에게 속는 바보 사또를 풍자하는 것을 이미 발견한 (깨달은) 독자들이 분명히 있으리라 생각합니다.

이쯤이면 이야기 구연 현장에 독자들이 제법 익숙해졌으리라 생각합니다. 그런데 마지막 작품 「씨름이 끝난 뒤」는 어떤가요? 이건 좀 생뚱맞다고 생각할 수도 있겠습니다. 현장성에 익숙해지긴 했더라도 이야기 그 자체보다 현장성이 훨씬 큰 비중을 차지하는 「씨름이 끝난 뒤」는 도깨비와 씨름한 사람에 대한 옛이야기가 아니라 그냥 소설이라고 생각할 수도 있을 듯합니다. 동학 농민군의 봉기로 나라가 뒤숭숭하던 시대를 그린 소설이라고 해도 괜찮겠지요. 그렇지만 나는 예외적인 작품으로 보아 제외하는 것보단 옛이야기와 소설 두 장르의 관계라든가, 옛이야기가 실제 삶의 어떤 상황에서 구연이 될 수 있는지에 대해 연구하고 추측할 거리를 던져두는 작품으로 남겨두기로 했습니다.

「씨름이 끝난 뒤」는 앞의 다른 작품에서 세상 구경 나왔다가 난리 통 구경을 하게 되었다는 나그네의 현실적 근거를 마련하는 작품입니다. 또 벙어리였다가 말문이 열려 이야기꾼이 되었다는 머슴이 했을 이야기의 생명력을 확인하는 작품이기도 합니다. 그런 까닭에 남겨두기로 했습니다.

「벙어리 이야기꾼」의 머슴은 이야기를 한 번 해본 것이 아닙니다. 그 뒤 그가 한 여러 이야기는 나그네를 이야기꾼으로 만들기도 했습니다. 머슴은 서당 학동이 글로 적어 주머니에 가둬둔 이야기를 해방한 존재입니다. 이야기가 글로 적혀 갇히자 삿된 것(귀신 같은 것)으로 변하고 그것을 글 모르는 머슴이 회복하게 하는 이야기는 문자문화와 구술문화의 갈등 그리고 그 해결 방안까지 내다본 민중의 혜안이 담긴 이야기입니다.

우리 옛이야기의 주요 캐릭터인 도깨비를 정면으로도 다루고 싶었습니다. 그래서 만든 작품이 「도깨비 놀기 좋은 날」입니다. 『도깨비, 잃어버린 우리의 신』(김종대)에서 알게 된 도깨비 특성을 많이 살려봤습니다. 도깨비가 지닌 '감투'나 '방망이' 등 주보(마법적 도구)에서 짐작할 수 있듯 도깨비는 옛이야기를 즐긴 민중들의 소망이 반영된 존재로 사람들 가까이에 있는 하위 신(격)이라 하겠습니다. 장난이 심하고 해코지도 합니다만 가난한 사람을 부자로 만들어주는 존재이지요. 민중들은 한 번쯤 만나 보려 하고, 또 그 이야기를 즐겁게 나눕니다. 「도깨비 놀기 좋은 날」은 왕고모에서 시작해 삼대가 그 이야기를 나누는 현장입니다. 한편 이야기꾼의 사명을 이야기 기술과 함께 승계하는 현장이기도 합니다.

다 지나간 시대의 이야기를 단지 다시 한다면 그것은 때늦은 이야기입니다. 그런데 그 이야기에 누구도 생각지 못 한 새로움을 담아내었다면 그것은 한참이나 앞서가는 놀라운 이야기일 수 있습니다.

옛이야기는 원래 마주하거나 둘러앉은 상태에서 구연하던 것이지요. 눈 오는 밤 등잔불 밝힌 방이나 더운 여름날 큰 정자나무 그늘에 둘러앉아 흥겨워하는 사람들의 모습이 떠오르시는지요. 옛이야기가 살아 있던 시대는 바로 그러했습니다. 그런데 진작부터 혼자 고독하게 책을 읽는 세상으로 바뀌었지요. 소설은 고독한 존재인 작가가 또 다른 고독한 존재인 미지의 독자를 향하여 자판을 두드려 보내는 모스 부호 같은 것이 아니겠습니까.

구술시대에는 말이 중심이었습니다. 문자시대에는 글이 중심이었고요. 메신저의 말풍선이 상징하는 오늘날은 어떤 시대인가요? 이미 시작되었고 앞으로 더 분명해질 새로운 구술시대, 마셜 맥루한이나 월터 J. 옹이 말하는 2차 구술시대에는 어떻게 될까요? 말과 글이 함께 어우러질까요? 옛이야기를 되살리는 작업은 그동안 주로 전래동화라는 이름으로 이루어졌습니다. 옛이야기는 원래 아이들만을 위한 것이 아니었는데도 말입니다. 다시 만나는 옛이야기'는 우리 옛이야기를 둘러앉아 말로 하던 원래 모습과 그 정신을 살려 복원합니다. 뿐만 아니라 전통시대의 단순 소박한 옛이야기를 사건 전개의 개연성과 구체성을 강화하며 현대적으로 계승합니다. 옛이야기를 소설화하는 이 같은 작업의 저변에는 전통시대 이야기의 힘과 공동체의 정신을 오늘에 맞게 되살리고자 하는 의도가 놓여 있다고 해야 할 것입니다.

발터 벤야민은 소설이 발흥하여 융성하는 사이 옛이야기와 그 판이 쇠퇴한 상황을 문화사의 거대한 흐름으로 살펴본 바 있지요. 입말투(구어체)로 구연할 수 있는 형식을 창출하며, 때로는 옛이야기가 구연되는 상황과 옛이야기가 실제 삶 가운데 살아 있던 당시의 세상을 함께 재현하는 이 작업은 그렇다면 무슨 의미를 가질까요? 읽을 수 있는 텍스트이자 들을 수 있는 텍스트이기도 한, 즉 일종의 구연 대본을 지향하는 듯한 이 작업의 의미는 무엇일까요? 그것은 문자문화의 등장과 함께 쇠퇴한 구술문화를 되살리면서, 오래된 이야기와 그 이야기판의 놀라운 힘을 동시에 되찾아오는 일입니다. 진작부터 논의된 우리 시대 서사의 위기가 이로써 하나의 돌파구를 찾는다면 더없이 좋겠습니다.

*

　오래전부터 전해진 말. 전하며 새롭게 하는 말. 몸짓과 낯빛을 더하여 연기하는 말. 기억하기 좋도록 단순한 구조인 말. 여럿이 함께 만들고 널리 즐긴 말. 옛이야기 다시 만나기는 이 같은 옛이야기를 단지 오늘날의 미학적 감각에 맞추어 소설화나 영화화하는 것이 아니어야 합니다. 전통시대 의사소통의 문화적 정수를 복원하고 계승하는 일이어야 합니다. '다시 만나는 옛이야기'는 그 일을 옛이야기의 열린 구조와 역동성에 주로 초점을 맞춰 해보려 했습니다. 소설을 포함한 근대문학이 문자문화의 감각적 편중에, 또 작가와 독자의 분리에 연루되었음을 분명하게 깨닫는 시간이기도 했습니다.

　이 작업이 그래도 소설 작업이라면 그동안 소설이 망각한 것을 되찾아오는 차원에서 그렇다고 할 수도 있겠습니다. 지금은 소설 작업이 아니어도 상관없다고 생각합니다. 사실은 소설을 넘어선 작업이라 생각합니다. 중세의 로망스에 이어 새로운 이야기로 등장한 근대의 소설(novel)은 그새 새로운 이야기라고 할 수 없게 되었으니까요.

　한 시대의 종언을 막무가내로 부정하지도, 한 시대의 종언에 쉽사리 절망하지도 않는 일. '다시 만나는 옛이야기'는 이런 차원에서 그동안 망각한 것들을 복원하고 계승하기 위한 다시 만나기라고 혼자 정리해봅니다.

더 잘해보자고 다짐도 합니다.